KB172633

서유기

일러두기

1. 이 번역은 대만의 이인서국里仁西局에서 나온 이탁오비평본李卓吾批評本『서유기교주西遊記校注』(2000년 초판 2쇄)를 저본底本으로 삼고, 상해고적출판사上海古籍出版社 및 북경인민출판사北京人民出版社 등에서 나온 세 종류의 다른 판본을 참고로 하되, 이탁오의 이름으로 된 평점評點은 생략하고 이야기 본문만 번역한 것이다.

2. 이 번역에서 혹시 발견될 수도 있는 오류는 역자 모두의 책임이다.

3. 기본적인 줄거리를 이해하는 데 반드시 필요한 사항은 각주 형식의 역주를 두어 설명하였고, 그 외에 불교나 도교와 관련된 개념어 등에 대한 설명은 '●'으로 표시하여 각 권의 맨 뒤에「부록」('불교 · 도교 용어 풀이')으로 실었다.

4. 주석에서 중국 고유명사의 표기는 현행 맞춤법의 규정에 따라 신해혁명(1911)을 분기점으로 하여, 그 이전은 한자 발음대로, 그 이후는 중국어 원음대로 표기하였다. 단, 현행 외래어 표기법이 중국어 원음을 올바로 나타낼 수 없다고 판단되는 경우는 예외로 두었다. 예를 들어, '曲江縣'은 현행 외래어 표기법에 따르면 '취장시앤'이라고 써야 하지만 이 책에서는 '취쟝시앤'으로 표기하였다.

5. 본문 삽화는 청나라 때의『신설서유기도상新說西遊記圖像』에서 발췌하였다.

6. 책명은『 』으로, 편명이나 시 등은「 」으로 표기하였다.

7. 이 책의「부록」에 포함된 '불교 · 도교 용어 풀이', '등장인물', '현장법사의 서역 여행도'는 서울대학교 서유기 번역 연구회의 역자들이 직접 작성한 것이다.

8. '불교 · 도교 용어 풀이'는 가나다순으로 정리했다.

西遊記

서유기

오승은 지음
홍상훈 외 옮김

6

솔

차례

제51회

독각시대왕의 고리에 하늘신들이 무기를 빼앗기다

한편, 제천대성은 싸움에 져서 여의봉도 없이 빈손으로 금두산金兜山 뒤편에 앉아 눈물을 뚝뚝 흘리며 외쳤어요.

"사부님! 이제껏 제 소원은 오직 이것뿐이었습니다."

부처님 은혜는 덕이 있어 모두를 융합시키시고
같이 태어나 같이 자라도록 하니 그 뜻 무궁하도다.
같이 살고 같이 수양해 같이 해탈하며
같이 자비를 베풀고 같이 염원하시어 신령스런 공덕을 드러내신다.
연기緣起와 법상法相을 같이하니 마음이 진실로 하나 되며
견식과 지혜를 같이하니 도를 두루 통하게 된다.
어찌 알았으랴, 지금 마음 기댈 곳 잃게 될 줄을?
빈손에 맨발이니 어찌 융성해지랴?

佛恩有德有和融　同幼同生意莫窮
同住同修同解脱　同慈同念顯靈功
同緣同相心眞契　同見同知道轉通

제천대성은 한참이나 슬퍼하다가 생각했어요.

'저 요괴는 날 아는 놈이야. 저놈이 싸우면서 정말 하늘궁전을 떠들썩하게 할 만하구나, 라고 날 칭찬했지. 그렇다면 절대 이 세상의 괴물이 아니니, 하늘의 흉악한 별[天上兇星]의 신이 틀림없어. 속세를 그리워해 아래 세상으로 내려온 것일 텐데, 어디서 내려온 요괴놈인지 알 수가 없으니 하늘나라로 올라가 조사해봐야겠다.'

손오공은 이렇게 결론을 내리고 급히 몸을 돌려 근두운을 타고 곧장 남천문南天門 밖에 다다랐어요. 고개를 들어 보니 광목천왕廣目天王이 그를 맞으며 절을 올리는 것이었어요.

"제천대성, 어디 가시오?"

"옥황상제를 뵐 일이 있소. 당신은 여기서 뭐하시오?"

"오늘 제가 남천문을 순찰할 차례입니다."

말이 끝나기도 전에 마馬, 조趙, 온溫, 관關, 이 네 원수가 예를 올렸어요.

"제천대성님, 마중 나가지 못해 죄송합니다. 차나 한잔 드시지요."

"일이 있어서……."

손오공은 그렇게 말하고 광목천왕 및 네 원수와 작별하고 바로 남천문 안으로 들어갔어요. 곧바로 영소보전靈霄寶殿에 이르자, 어김없이 장도릉張道陵, 갈선옹葛仙翁, 허정양許旌陽, 구홍제丘弘濟, 이 네 천사와 남두의 여섯 관리[南斗六司], 북두의 일곱 장군[北斗七元]이 그 앞에서 손오공을 맞으며 예를 갖추고 말했어요.

"제천대성님께서 여긴 어떻게 오셨습니까?"

그리고 또 이렇게 묻기도 했지요.

"당나라 스님을 보호하는 일은 끝내셨습니까?"

"아직 멀었어, 멀었다고! 길은 멀고 요괴는 많으니, 겨우 반이나 채웠을까? 지금은 금두산 금두동金峴洞에서 막혀버렸어. 웬 뿔 달린 괴물이 사부님을 동굴로 잡아가서, 이 어르신이 그놈을 찾아가 한바탕 싸움을 벌였지. 그런데 신통력이 대단한 그놈이 이 어르신의 여의봉을 빼앗아 가버려서 요괴를 잡기 어렵게 돼버렸어. 아마 하늘나라의 웬 흉악한 별신이 속세를 그리워해 아래 세상에 내려온 것 같은데, 어디에서 내려온 요괴인지 알 수가 있어야지. 그래서 단속을 소홀히 한 걸 따지러 이 어르신이 옥황상제를 찾아온 거요."

허정양이 웃으며 이렇게 말했어요.

"이 원숭이는 여전히 이렇게 방자하군!"

"방자한 게 아니야. 손 어르신은 평생 입이 좀 무거운 편이어서 두목을 찾아온 거라구."

장도릉이 끼어들었어요.

"여러 말할 것 없습니다. 안에 알리기나 합시다."

"고맙소."

네 천사는 영소보전에 아뢰어 손오공이 옥황상제를 뵙게 했어요. 손오공은 옥황상제를 올려다보며 인사하고 말했어요.

"노인장, 수고 좀 끼치게 됐소! 이 몸이 삼장법사를 모시고 서쪽으로 불경 구하러 가는데, 가는 길 내내 흉한 일은 많고 길한 일은 적은 것은 더 말할 필요도 없을 거요. 지금은 금두산 금두동에 와 있는데, 웬 뿔 달린 요괴놈이 사부님을 동굴로 잡아갔으니, 쪄 먹을지, 삶아 먹을지, 아님 육포를 만들어 먹을지 알 게 뭐요? 그런데 이 몸이 그놈 동굴로 찾아가 싸움을 벌였는데, 그 요괴가 이 몸을 아는 것 같았소. 그놈은 정말 신통력이 뛰어나서 이 몸의 여의봉을 빼앗아 가버려 잡기가 어렵게 됐소. 아무래도 하늘나라의 흉악한 별신이 속세를 그리워해 아래 세상으로 내려온 것 같소. 그래서 이 몸이 특별히 와서 아뢰오니, 천존께서 자비를 내리시어 살펴주시구려. 명령을 내려 흉악한 별신들을 조사하고 군사를 내어 요괴를 토벌해주신다면, 이 몸은 황공무지하겠소이다!"

그러더니 깊이 고개 숙여 절하고 말했어요.

"삼가 아뢰었사옵니다."

옆에 있던 갈선옹이 웃으며 말했어요.

"이 원숭이는 어째서 앞엔 오만하다가 뒤에는 공손한가?"

"무슨 말씀을! 당치 않소! 앞엔 오만하다가 뒤에는 공손한 게 아닙니다. 이 몸이 지금은 휘둘러댈 여의봉이 없어졌단 말씀이지요."

옥황상제는 이 상주를 듣고, 급히 가한사可韓司에 명령을 내렸어요.

"손오공이 상주한 대로 여러 별자리의 신들 가운데 속세를 그리워해 아래 세상으로 내려간 자가 있나 조사해보고, 곧 보고하라. 서둘러라."

가한사를 관장하는 신선은 명을 받들고, 곧바로 제천대성과 함께 조사하러 갔어요.

먼저 네 천문天門의 신왕神王과 관리들을 조사하고, 다음에 삼미원三微垣[1] 관청의 여러 신선들을 조사하고, 또 뇌정궁雷霆宮의 장수인 도陶, 장張, 신辛, 등鄧과 구苟, 필畢, 록鹿, 방龐, 유劉도 조사했

1 태미원太微垣, 자미원紫微垣, 천시원天市垣의 세 별자리 구역[星官](또는 성좌星座)을 삼원三垣이라고 하며, 이 세 별이 중심이 되는 천체는 마흔일곱 개의 크고 작은 별자리를 포함하고 있다.

어요. 마지막에 서른세 곳 하늘을 조사했지만 모두 그대로 있었어요. 또 스물여덟 개 별자리를 조사했어요. 동쪽의 일곱 개 별자리인 각角, 항亢, 저氐, 방房, 심心, 미尾, 기箕와 서쪽의 일곱 개 별자리인 두斗, 우牛, 여女, 허虛, 위危, 실室, 벽壁을 비롯해 남쪽의 일곱 개 별자리, 북쪽의 일곱 개 별자리까지 조사했지만, 모두 다 편안히 있었지요. 또 태양太陽, 태음太陰, 수水, 화火, 목木, 금金, 토土의 칠정七政과 나후羅睺, 계도計都, 기炁, 패孛의 사여四餘를 조사했어요. 그렇지만 온 하늘의 별신들 중에 속세 생각에 아래 세상에 내려간 별신은 아무도 없었어요. 손오공이 말했어요.

"그렇다면 이 어르신이 영소보전에 다시 올라갈 필요도 없겠군. 옥황상제를 귀찮게 해드렸으니 심히 송구스럽거든. 혼자 가서 보고를 올리시게. 나는 여기서 기다리면 되니까."

가한사를 관장하는 신선은 그 말에 따랐어요. 손오공은 한참이나 기다리다가 시를 읊조렸어요.

맑은 바람에 구름 걷히니 태평함을 누리네.
조용한 가운데 별 밝게 빛나 상서로운 징조를 드러내네.
은하수 고요하니 천지가 태평하고
사방팔방에 싸움 없어졌네.

風清雲霽樂昇平　神靜星明顯瑞禎
河漢安寧天地泰　五方八極偃戈旌

가한사를 관장하는 신선은 조사 결과를 옥황상제에게 보고했어요.

"온 하늘의 별들 중 없어진 자도 없고, 각 방위의 신장神將들도 모두 남아 있습니다. 속세 생각에 아래 세상으로 내려간 자는 없습니다."
옥황상제는 그 말을 듣고 다시 명했어요.
"손오공에게 하늘 장수 몇을 뽑아주어 아래 세상으로 내려가 요괴를 잡게 하라."
사대천사는 명을 받들고, 곧 영소보전을 나와 손오공에게 말했어요.
"제천대성님, 옥황상제께서 은혜를 베푸셔서, 하늘궁전에는 속세에 내려간 신이 없으니, 제천대성께서 하늘 장수 몇 명을 뽑아 그 요괴를 잡으라고 하셨습니다."
손오공은 고개를 숙이고 말없이 생각했어요.
'하늘의 장수들 중 이 몸만 못한 이들이 많고, 이 몸만 한 이는 몇 안 돼. 내가 하늘궁전에서 소란을 피울 때 옥황상제는 십만의 하늘 병사를 보내고 천라지망天羅地網을 쳤지만, 나와 대적할 수 있는 장수는 하나도 없었지. 뒤에 현성이랑군顯聖二郎君을 보냈는데, 그만이 나의 적수가 될 수 있었지. 지금 그 요괴의 재주는 나만큼이나 대단한데, 어떻게 이길 수 있겠어?'
허정양이 말했어요.
"그때는 그때고 지금은 많이 다르지요. '뛰는 놈 위에 나는 놈 있다(一物降一物)'는 말이 있지 않습니까? 옥황상제의 명을 거역하시겠습니까? 대성님 뜻대로 하늘 장수를 골라 쓰시지요. 머뭇거리다가 일을 그르치지 마시고요."
"그렇다면 옥황상제의 은혜에 깊이 감사드리지. 역시 명을 거역할 순 없겠군. 일단 이 어르신이 다시 한 번 헛걸음하지 않게 자네가 옥황상제께 말씀드리고, 탁탑천왕托塔天王과 나타태자哪吒太子를 불러주시게. 그들에겐 그래도 요괴를 물리칠 수 있는 무기가 몇 가지 있으니까. 아래 세상으로 내려가서 그 요괴와 한번 싸워보고 어떤지 보자구. 정말 요괴를 잡을 수 있다면 이 어르신에겐 다행이고, 못 잡는다면 그때 다시 생각해보지."

허정양은 옥황상제에게 그대로 보고했고, 옥황상제는 즉시 탁탑천왕 부자父子에게 각 부의 하늘 병사들을 이끌고 손오공을 도와주라고 명했어요. 탁탑천왕은 명을 받들고 와서 손오공을 만났어요. 손오공은 웃으면서 사대천사에게 말했어요.

"옥황상제께서 천왕을 보내주시다니 고맙기 이를 데 없네. 그런데 아뢰어줄 일이 한 가지 더 있어. 벼락신 둘만 부릴 수 있다면, 탁탑천왕이 싸우고 있을 때 벼락신에게 구름 가장자리에 있다가 그놈 정수리에 벼락을 내리쳐 요괴 녀석을 죽일 수 있을 테니, 아주 좋은 계책이 아니겠나?"

사대천사가 웃으며 대답했어요.

"좋습니다! 좋고말고요!"

사대천사는 다시 가서 아뢰었어요. 옥황상제는 명을 내려 구천부九天府에서 등화鄧化와 장번張蕃, 두 벼락신을 지명해 탁탑천왕과 힘을 합쳐 요괴를 잡고 삼장법사를 재난에서 구하도록 했어요.

마침내 탁탑천왕과 제천대성은 남천문에서 내려와 곧 금두산에 도착했어요. 손오공이 말했어요.

"이 산이 바로 금두산이고, 산속에 금두동이 있소. 여러분들께서 누가 먼저 가서 싸움을 걸지 상의하시지요."

탁탑천왕이 구름을 멈추고 하늘 병사들을 산의 남쪽 비탈 아래에 멈추게 한 다음, 손오공에게 이렇게 말했어요.

"제천대성께서도 제 아들 나타태자가 아흔여섯 개 동굴의 요괴를 무찔렀고, 변신술에 능하며, 요괴를 굴복시키는 무기를 몸에 지니고 있다는 건 알고 계시지요? 그 아이를 먼저 싸움에 출정시켜야 합니다."

"그렇다면 이 몸이 태자를 인도해서 가지요."

태자가 기상을 가다듬고 제천대성과 함께 높은 산에 뛰어올라 곧장 동굴 입구로 가 보니, 동굴 문은 굳게 닫혀 있고 절벽 아래엔 요괴 하나 없었어요. 손오공이 한 걸음 앞으로 나가더니 큰 소리로 외쳤어요.

"못된 요괴놈아! 빨리 문 열어! 우리 사부님 내놓으라고!"

동굴 안에서 문을 지키는 졸개 요괴들이 이를 보고 급히 보고했어요.

"대왕님, 손오공이 어린 남자아이를 하나 데리고 와서 문 앞에서 싸우자고 소리를 지르고 있습니다."

"내가 그 원숭이놈의 여의봉을 빼앗아 맨손으로는 싸우기 힘드니까, 지원병을 청해 왔나 보구나."

그리고 이렇게 외쳤어요.

"무기를 가져오너라!"

요괴가 창을 놀리며 동굴 문 밖으로 나가 살펴보니, 그 남자아이는 말쑥하고도 단단하게 생겼어요.

옥 같은 얼굴에 예쁜 생김새 마치 보름달 같고
붉은 입술에 모난 입 사이로 하얀 이 보이네.
눈빛은 번개 내리치는 듯, 눈동자는 이글이글
넓은 이마엔 놀이 엉겨 있는 듯하고 머리엔 상투 틀었네.
수놓은 허리띠 바람에 흔들려 오색 불꽃 흩날리는 듯하고
비단 도포 햇빛 받아 금화 피어난 듯하네.
반짝반짝 고리 달린 끈에 빛나는 호심경護心鏡 묶여 있고

빛나는 화려한 갑옷 전투화에 잘 어울리네.
몸집은 작지만 목소리 커 위풍당당하니
세 하늘[2]의 호교신護教神 무서운 나타태자라네.

玉面嬌容如滿月　朱唇方口露銀牙
眼光掣電睛珠暴　額闊凝霞髮髻鬆
繡帶舞風飛彩焰　錦袍映日放金花
環條灼灼攀心鏡　寶甲輝輝襯戰靴
身小聲洪多壯麗　三天護教惡哪吒

요괴는 웃으며 말했어요.

"너는 탁탑천왕의 셋째 아들 나타태자로구나. 그런데 무슨 일로 내 집 문 앞에서 소리를 지르는 거냐?"

"네 이 못된 요괴놈이 소란을 일으켜 동녘 땅의 성승聖僧을 해치기에 옥황상제의 명을 받들어 네놈을 잡으러 왔다!"

요괴 왕은 화가 머리끝까지 났어요.

"너는 손오공이 청해 온 놈이구나. 내가 바로 그 성승을 잡아간 요괴다! 어린놈이 무슨 무예가 있기에, 감히 허튼소리를 하는 거냐! 도망가지 말고 내 창 맛 좀 봐라!"

나타태자는 요괴를 베는 참요검斬妖劍을 들고 맞받았어요. 둘이 막 맞붙어 싸우려 하자 제천대성이 급히 산비탈로 가서 외쳤어요.

"벼락신은 어디 계시오? 빨리 가서 요괴에게 벼락을 내려 태자를 도우시오!"

두 벼락신은 곧장 구름을 탔어요. 막 손을 쓰려는데 나타태자

2 도교에서는 청미천清微天과 우여천禹餘天, 대적천大赤天을 삼천三天이라고 하고 불교에서는 욕계欲界와 색계色界, 무색계無色界를 가리킨다.

가 법술을 써 머리 셋에 팔이 여섯 개 달린 모습으로 변해서, 손에는 여섯 가지 무기를 들고 요괴를 베려고 달려드는 것이 보였어요. 요괴도 머리 셋에 팔이 여섯 개 달린 모습으로 변해서 세 자루의 긴 창으로 막아냈어요. 나타태자는 다시 요괴를 굴복시키는 항마법력降魔法力을 써서 여섯 가지 무기를 던졌어요.

어떤 여섯 가지 무기냐고요? 바로 감요검砍妖劍, 참요검, 박요삭縛妖索, 항마저降魔杵, 수구繡毬, 화륜아火輪兒이지요. 어쨌거나 나타태자가 큰 소리로 "변해라!" 하고 소리를 지르자, 이 무기들이 하나에서 열, 열에서 백, 백에서 천, 천에서 만으로 모두 똑같은 모습으로 변해 소나기와 우박이 쏟아져 내리듯 빽빽하게 요괴를 향해 날아갔어요. 요괴는 전혀 두려워하지 않고, 한 손으로 새하얀 고리를 꺼내어 공중으로 던지며 외쳤어요.

"붙어라!"

그러자 그 고리가 철컥하는 소리와 함께 여섯 가지 무기를 거둬 가버렸어요. 당황한 나타태자는 빈손으로 도망쳐 나왔지요. 요괴 왕은 싸움에서 이기고 돌아갔고요. 두 벼락신은 공중에서 남몰래 웃으며 말했어요.

"우린 일찌감치 형세를 보고 천둥을 치지 않았지. 만약 그놈이 천둥을 거둬 가버린다면, 돌아가서 어떻게 옥황상제님을 뵙겠어?"

두 벼락신은 구름을 내리고 태자와 함께 산의 남쪽 비탈로 돌아와 탁탑천왕에게 말했어요.

"요괴가 듣던 대로 신통력이 대단하오!"

손오공이 옆에서 웃었어요.

"그놈의 신통력이라고 해봤자 이 정도에 불과하지만 그 고리가 대단하지요. 어떤 보물인지 모르겠으나, 그걸 던지면 온갖 물건을 기차게 거둬 간다오."

나타태자는 분해서 말했어요.

"제천대성 당신 정말 못됐군! 우리가 군사를 잃고 패하여 이렇게 괴로워하는 것도 모두 당신 때문이오. 그런데 당신은 도리어 킬킬거리다니, 이유가 뭐요?"

"자네가 괴롭다고 했지만, 이 어르신만큼이야 괴롭겠나? 나는 지금 어찌할 계책도 없고 울 수도 없으니 웃을 수밖에."

그러자 탁탑천왕이 물었어요.

"그러면 어떻게 해결하지요?"

"당신들이 어떤 계책을 내든지, 고리가 거둬 갈 수 없는 것이라야 놈을 잡을 수 있을 거요."

천왕이 대꾸했어요.

"거둬 갈 수 없는 것은 오직 물과 불밖에 없지요. 옛말에도 '물과 불은 정이 없다(水火無情)'라고 하지 않소?"

"일리가 있소. 당신들은 여기 가만히 앉아 계시오. 이 어르신이 하늘나라로 올라가 보고 오겠소."

두 벼락신이 물었어요.

"또 뭐하러 가십니까?"

"이 어르신이 이번에 가면 옥황상제께 말씀을 아뢸 필요도 없고, 그냥 남천문 안으로 들어가 동화궁彤華宮에 올라 화성의 별신인 화덕성군火德聖君에게 부탁해 여기에 불을 질러 저 요괴를 한바탕 태워버리게 하지. 아니면 저 고리를 태워 재로 만든 다음 요괴를 잡던가. 그래야 우선은 당신들에게 무기를 돌려드려 하늘나라로 돌아갈 수 있게 하고, 또 우리 스승님을 재난에서 구해드릴 수가 있지."

나타태자는 그 말에 몹시 기뻐했어요.

"제천대성님, 지체 마시고 얼른 다녀오십시오. 저희들은 여기에서 기다리고 있겠습니다."

손오공이 근두운을 날려 다시 남천문 앞으로 가자, 광목천왕과 사대천사가 맞이했어요.

"제천대성, 왜 또 오셨습니까?"

"탁탑천왕이 나타태자에게 출병하도록 했는데, 싸움 한 번만에 그 요괴에게 여섯 가지 무기를 모두 뺏겨버렸어. 난 지금 동화궁으로 가서 화덕성군에게 도와달라고 부탁하려고 하네."

네 장수는 감히 오래 붙들 수 없어 안으로 들여보냈어요.

동화궁에 이르자, 화부火部의 여러 신들이 화덕성군에게 아뢰었어요.

"손오공이 주공主公을 뵙고자 합니다."

이 남방의 삼기三炁 화덕성군은 옷차림을 단정히 하고 맞아들이며 말했어요.

"어제 가한사를 관장하는 신선이 우리 궁에 와 조사를 했지만, 속세 생각을 해서 내려간 이는 아무도 없었소."

"알고 있소. 다만 탁탑천왕과 나타태자가 싸움에 지고 무기를 잃었는지라, 특별히 당신에게 도와달라고 부탁하러 왔소."

"나타태자는 삼단해회三壇海會의 큰 신으로, 그가 나서서 아흔여섯 개 동굴의 요괴들을 항복시켰을 만큼 신통력이 뛰어나오. 그가 할 수 없는 일을 이 보잘것없는 신이 감히 바랄 수나 있겠소?"

"탁탑천왕과 계책을 논의해보았소만, 천지간에 가장 무서운 것은 물과 불뿐이오. 그 요괴에겐 고리가 있는데, 남의 물건을 거둬 가버리는 능력이 있소. 그게 어떤 보물인지는 모르겠으나, 불은 온갖 물건을 다 멸할 수 있다고 하니, 성군께서 화부를 이끌고 아래 세상으로 내려가셔서 그 요괴에게 불을 놓아 우리 사부님을 재난에서 구해주시기 바라오."

화덕성군은 이 말을 듣자 곧 화부의 하늘 병사들을 뽑아 손오공과 함께 금두산의 남쪽 비탈 아래로 가서 탁탑천왕, 벼락신 등과 만났어요. 탁탑천왕이 이렇게 말을 꺼냈어요.

"제천대성, 당신이 다시 가서 그놈을 불러내면 내가 그놈과 싸움을 벌이겠소. 그놈이 고리를 꺼내들면 난 얼른 피할 테니, 화덕성군께서 여러 군사를 이끌고 그놈을 태워버리시오."

손오공이 웃으며 말했어요.

"바로 그거요. 내가 당신과 가지요."

화덕성군은 태자와 두 벼락신과 함께 높은 봉우리에 서서 요괴와 싸울 태세를 갖추었어요. 제천대성이 금두동 입구로 가서 소리쳤지요.

"문 열어! 빨리 우리 사부님을 내놓으란 말이다!"

졸개 요괴는 또다시 급히 보고했어요.

"손오공이 또 왔습니다!"

요괴는 무리를 거느리고 동굴 밖으로 나와 손오공을 보고 말했어요.

"네 이 못된 원숭이놈! 또 무슨 병사를 청해가지고 왔느냐?"

그러자 한쪽에서 탁탑천왕이 나타나 호통을 쳤어요.

"못된 요괴놈! 내가 누군지 알겠느냐?"

요괴가 웃으면서 말했어요.

"탁탑천왕, 당신 아들의 복수를 하고 무기를 되찾으러 온 모양이군?"

"첫째는 복수를 하고 무기를 되찾기 위함이고, 둘째는 네놈을 잡아 당나라 스님을 찾아오려는 것이다. 도망가지 말고 내 칼을

손오공이 응원군을 청해 와 독각시대왕과 싸우다

받아라!"

요괴는 슬쩍 몸을 옆으로 기울여 피하고서 긴 창을 들어 맞서 싸웠어요. 그들 둘이 동굴 앞에서 벌인 싸움은 정말 대단했어요! 보세요!

탁탑천왕이 칼을 휘두르자
요괴는 창으로 막네.
서리 빛 휘두르는 칼에서 불꽃이 일고
이를 막아내는 날카로운 창에선 자욱한 구름 뿜어져 나오네.
하나는 금두산에서 생겨난 못된 요괴이고
하나는 영소보전에서 내려보낸 하늘신이네.
저쪽은 불자를 괴롭혀 용맹을 보이고
이쪽은 성승을 재난에서 구하려 큰 도를 펼치네.
탁탑천왕은 법술을 펼쳐 돌과 모래 날리고
요괴도 질세라 흙먼지 흩뿌리네.
흙먼지 흩뿌리자 하늘과 땅이 어두워지고
돌과 모래 날리니 강과 바다가 뿌옇게 되네.
둘 다 힘써 공적을 다투니
이는 모두 당나라 승려가 부처를 뵈려 하기 때문이라.

天王刀砍　妖怪鎗迎
刀砍霜光噴烈火　鎗迎銳气迸愁雲
一箇是金兜山生成的惡怪　一箇是靈霄殿差下的天神
那一箇因欺禪性施威武　這一箇爲救師災展大倫
天王使法飛沙石　魔怪爭强播土塵
播土能敎天地暗　飛沙善着海江渾
兩家努力爭功績　皆爲唐僧拜世尊

제천대성은 그들이 싸우는 것을 보고, 곧장 몸을 돌려 높은 봉우리로 뛰어 올라가 화덕성군에게 말했어요.

"화덕성군, 애써주시오!"

요괴가 탁탑천왕과 불꽃 튀기며 싸우다가 또다시 고리를 꺼냈어요. 탁탑천왕은 그것을 보자, 즉시 상서로운 빛을 거둬들이고 달아났어요. 높은 봉우리 위에 있던 화덕성군은 급히 화부의 여러 불의 신들[火神]에게 호령하여 일제히 불을 놓게 했어요. 이 싸움도 정말 대단했어요. 대단한 불이었지요.

'남방은 불의 정수'라는 경전의 말처럼
티끌만 한 불로도
온 땅을 태울 수 있다네.
화덕성군의 위세는
백 가지 불을 만들어낼 수 있네.
여기 있는 불 창, 불 칼, 불 활, 불화살 등 불의 신들은
각기 그 쓰임이 다르다네.
저기 공중에
불 까마귀 시끄럽게 날아오르고
온 산 가득
불 말이 날뛰네.
붉은 쥐 쌍을 이루고
불 용이 짝을 지으며
붉은 쥐가 불꽃을 내뿜자
만 리가 온통 새빨갛고
불 용이 짙은 연기 토하자
사방이 모두 새까매지네.

불 수레를 밀고
불 호로병을 열며
불 깃발을 흔들자 하늘이 온통 붉게 물들고
불 몽둥이 휘두르자 온 땅이 불타네.
영척이 불 소를 채찍질하던 것이나
주유周瑜의 적벽 싸움 비할 것 아니네.
이것은 하늘의 불로 정말로 대단하니
이글이글 활활 타는 불, 바람에 벌겋게 일어나네.

經云　南方者　火之精也
雖星星之火　能燒萬頃之田
乃三炁之威　能變百端之火
今有火鎗　火刀　火弓　火箭　各部神祇　所用不一
但見那半空中　火鴉飛噪
滿山頭　火馬奔騰
雙雙赤鼠　對對火龍
雙雙赤鼠噴烈焰　萬里通紅
對對火龍吐濃烟　千方共黑
火車兒推出　火葫蘆撒開
火旗搖動一天霞　火棒攪行盈地燎
說甚麼甯戚鞭牛　勝强似周郎赤壁
這箇是天火非凡眞厲害　烘烘燄燄風紅

그 요괴는 불이 타들어오는 걸 보고도 전혀 두려워하지도 않고, 고리를 하늘로 던졌어요. 철컥하는 소리와 함께 불 용, 불 말, 불 까마귀, 불 쥐, 불 창, 불 칼, 불 활, 불화살이 모두 한꺼번에 거둬졌고, 요괴는 승리하여 병사를 거두고 동굴로 돌아갔어요.

화덕성군은 깃대 하나만 든 채 장수들을 수습해 돌아와서, 탁탑천왕 등과 남쪽 산비탈 아래에 앉아 손오공에게 이렇게 말했어요.

"제천대성, 이 요괴는 정말 흉악하구려! 난 화구火具를 빼앗겼으니 어쩌면 좋소?"

손오공이 웃으면서 대답했어요.

"원망하실 것 없소. 여러분들이 여기 잠깐 편안히 앉아 있으면 이 어르신이 다시 갔다 오겠소."

그러자 탁탑천왕이 물었어요.

"또 어딜 가시게?"

"저 요괴는 불을 무서워하지 않으니, 물은 틀림없이 무서워할 거요. 옛말에 '물은 불을 이긴다(水能剋火)'고 하지 않소? 이 어르신이 북천문北天門으로 가서 수덕성군水德聖君더러 물을 요괴놈의 동굴로 들이부어 달라고 하지요. 요괴를 물에 빠져 죽게 만들고, 여러분의 물건을 되찾아 돌려드리겠소."

그러자 탁탑천왕이 말했어요.

"이 계책이 좋긴 합니다만, 당신 사부님까지 빠뜨려 죽일까 걱정이오."

"상관없소. 우리 사부님이 빠져 죽어도 다시 살릴 방법이 있으니까요. 이렇게 여러분의 시간을 지체하게 했으니, 매우 송구스럽소."

화덕성군이 대답했어요.

"그렇다면 어서 가시지요."

멋진 제천대성! 그는 다시 근두운을 타고 곧장 북천문 앞까지 왔어요. 문득 고개를 드니 다문천왕多聞天王이 예를 올리며 이렇게 말하는 것이었어요.

"제천대성께서 어쩐 일로 오셨습니까?"

"오호궁嗚呼宮에 들어 수덕성군을 만나뵈어야 할 일이 있소. 당신은 여기서 뭐하시오?"

"오늘은 제가 순찰할 차례입니다."

막 이렇게 말하고 있는데, 또 방, 유, 구 필 네 하늘 장수가 예를 올리며 차를 권했어요. 손오공은 급히 대답했어요.

"됐소, 됐어! 난 일이 급해!"

그러고는 신들과 작별하고 곧장 오호궁으로 가서 수부水部의 신들에게 즉시 통보하도록 했어요. 신들이 알렸지요.

"제천대성 손오공께서 오셨습니다."

수덕성군은 이 말을 듣자 사해오호四海五湖, 팔하사독八河四瀆, 삼강구파三江九派 및 각지의 용왕들을 점호하고 물러나게 했어요. 그리고 옷매무새를 단정히 하고 궁문까지 나와 안으로 맞아들이면서 말했어요.

"어제 가한사가 저희 궁을 조사하기에, 저희 신이 범심凡心을 품고 나쁜 짓을 한 게 아닌가 걱정되어 지금 막 강과 바다, 개울과 도랑의 신들을 일일이 점호하는 참인데, 아직 끝나지 않았습니다."

"그 요괴는 강이나 개울의 신이 아니라, 대단한 재주를 가진 정령이오. 먼저 옥황상제께서 탁탑천왕 부자와 두 벼락신을 내려보내 요괴를 잡게 하셨으나, 그놈이 고리를 써서 여섯 가지 하늘 무기를 거둬 가버렸소. 이 어르신도 어쩔 수가 없어 다시 동화궁으로 올라가 화덕성군에게 화부의 신들을 이끌고 와서 불을 놓으라고 했지만, 요괴는 또 불 용, 불 말 같은 것들을 한 번에 거둬 가버렸지요. 내 생각에 이 요괴는 불을 무서워하지 않으니, 필시 물을 무서워할 거요. 그래서 특별히 당신에게 청하러 왔으니, 물 공격을 펼쳐 나와 함께 요괴를 잡고 무기들을 하늘 장수들에게 돌려주시오. 또 우리 사부님도 재난에서 구해주시구려."

수덕성군은 이 말을 듣자 곧장 황하의 수백水伯에게 명했어요.

"제천대성님을 따라가서 도와드리도록 하라."

수백은 옷소매에서 백옥 사발을 꺼냈어요.

"저의 이 물건은 물을 담는 것입니다."

"이 사발에 얼마나 담는다고? 요괴가 어디 빠져 죽겠어?"

"솔직히 말씀드리자면, 제 사발 하나에 황하의 물을 다 담을 수 있습니다. 이것 반 사발이면 황하 물의 반이고, 한 사발이면 바로 황하의 물 전부이지요."

손오공은 매우 기뻐했어요.

"반 사발이면 충분하겠소."

손오공은 이윽고 수덕성군과 헤어져 수백과 함께 급히 하늘궁전을 빠져나왔어요.

수백은 황하에서 물 반 사발을 떠서 손오공과 함께 금두산에 이르러 남쪽 산비탈에서 탁탑천왕, 나타태자, 벼락신, 화덕성군과 만나 그간의 이야기를 나누었어요. 손오공이 말했지요.

"일일이 말할 것 없소. 수백은 나랑 같이 가셔서, 내가 그놈에게 문을 열라고 외치면 그놈이 나오기 전에 물을 문 안쪽으로 쏟아버려 요괴 일당이 모두 빠져 죽게 해야 하오. 그때 사부님의 시체를 건져다 다시 살려드려도 늦지 않겠지."

수백은 그 명에 따라 손오공을 바짝 쫓아서 산비탈을 돌아 곧바로 동굴 입구에 이르렀어요. 손오공이 소리쳤어요.

"요괴야, 문 열어라!"

문을 지키는 졸개 요괴들은 제천대성의 목소리가 들리자 또 급히 들어가 아뢰었어요.

"손오공이 또 왔습니다!"

요괴는 보고를 듣자 보물을 지니고 창을 휘두르며 나서서, 꽝 하고 돌문을 열었어요. 이 수백이 백옥 사발을 안쪽으로 기울이자, 요괴는 물이 들어오는 걸 알고 긴 창을 거두고 급히 고리를 꺼내 두 번째 문을 막았어요. 그러자 물줄기는 콸콸 바깥쪽으로 넘쳐흐르는 것이었어요. 놀란 제천대성은 급히 근두운을 하늘로 솟구쳐 수백과 함께 높은 봉우리로 튀어올랐어요. 탁탑천왕이 다른 신들과 함께 구름을 타고 높은 봉우리 앞에서 보고 있자니, 물결이 불어나 실로 미친 듯 물보라가 일었어요. 정말 대단한 물이었어요!

한 번 퍼낸 정도지만
양을 헤아릴 수 없으니
무릇 신기한 재주로 조화를 부려
만물을 이롭게 하고 온 개울에 흘러넘친다.
저 콸콸대는 소리 골짜기를 뒤흔들고
또 저 도도하게 흐르는 기세 하늘까지 넘치네.
사나운 소리는 벼락이 떨어지는 듯
맹렬하게 솟구치는 파도는 눈보라가 치는 듯
천 길 높은 파도는 한 길을 덮었고
만 겹 이는 파도는 산봉우리를 잠기게 했네.
졸졸 옥을 씻듯 시원하게 흐르고
돌돌 거문고 줄 울리듯 굽이치네.
돌에 부딪치면 철썩 옥가루를 내뿜고
급한 여울 아득하게 둥근 소용돌이 속으로 돌아 들어가네.
낮은 곳, 움푹한 곳도 모두 물결로 넘쳐나고

가로지른 계곡과 평평한 도랑이 위아래로 이어졌네.

一勺之多　果然不測
蓋唯神功運化　利萬物而流漲百川
只聽得那潺潺聲振谷　又見那滔滔勢漫天
雄威響若雷奔走　猛湧波如雪捲顚
千丈波高漫路道　萬層濤激泛山巖
冷冷如漱玉　滾滾似鳴弦
觸石滄滄噴碎玉　回湍渺渺旋窩圓
低低凹凹隨流蕩　橫澗平溝上下連

손오공은 이것을 보고 마음이 다급해졌어요.

"큰일 났네! 물이 사방에 넘쳐 백성들의 밭이 다 잠기고, 그놈의 동굴은 멀쩡하니, 이 일을 어쩐다?"

그는 수백을 불러 급히 물을 거두게 했어요. 그러자 수백이 말했어요.

"소신은 물을 풀 줄만 알지, 거둘 줄은 모릅니다. 옛말에 '쏟아 버린 물은 다시 담기 어렵다(潑水難收)'지 않습니까?"

아! 저 산이 그래도 높은지라 아래쪽으로만 물이 흘렀고, 그 물도 곧 사방으로 흩어져 골짜기로 돌아들었어요.

또 졸개 요괴 몇 놈이 동굴 밖으로 튀어나와 시끄럽게 떠들면서 주먹질을 하고 소매를 걷어 올리며 몽둥이와 창을 휘둘러대면서 희희낙락 장난치는 것이 보였어요. 탁탑천왕이 말했어요.

"물이 동굴 안으로 들어가지 못했군요. 괜히 애만 쓰셨소."

손오공은 마음속에서 걷잡을 수 없이 화가 치밀어 올라, 두 주먹을 쥐고 요괴의 동굴 문 앞으로 뛰쳐나가 호통을 쳤어요.

"어딜 도망가! 이 주먹맛 좀 봐라!"

깜짝 놀란 조무래기 요괴들은 창과 몽둥이를 버리고 동굴 안으로 뛰어들어 가서 벌벌 떨면서 아뢰었어요.

"대왕님! 쳐들어옵니다!"

요괴 왕은 긴 창을 곧추들고, 문 앞으로 맞으러 나와 말했어요.

"이 못된 원숭이 녀석, 지독하구나! 네가 몇 번이나 나를 당해내지 못했고, 물과 불로도 어림없었는데, 어째서 또 죽으려고 밀고 들어오는 거냐!"

"얘가 말을 거꾸로 하네. 내가 아니라 네가 죽는 거야! 이리 와서 이 외할아버지의 주먹맛 좀 봐라!"

요괴는 껄껄 웃었어요.

"이 원숭이가 죽어라 끈덕지게 구는구나. 나는 창을 쓰는데 너는 주먹을 쓴다고? 그렇게 뼈와 가죽밖에 없는 데다 겨우 호두만 한 주먹은 어디 망치 대가리로도 못 쓰겠다. 됐다, 됐어! 내가 창을 내려놓고 네놈과 주먹으로 겨뤄보지."

손오공도 웃었어요.

"옳은 말이야! 덤비라고!"

요괴는 옷을 걷고 앞으로 한 걸음 나서며 자세를 잡고 두 주먹을 들었는데, 정말로 기름칠한 쇠망치 같았어요. 제천대성은 발을 벌리고 몸을 흔들며 권법을 펼쳐 요괴 왕에게 주먹을 날렸어요. 이 싸움은 정말 대단했지요! 아!

사지를 펼쳤다가
두 발을 날려 차네.
늑골과 가슴팍을 내리치며
심장과 쓸개를 도려낼 듯 하네.
신선이 길을 가리키듯 손을 내지르고

노자가 학을 타듯 기마 자세 취하네.
굶주린 호랑이 먹이 덮치듯 몸을 날리고
교룡이 물장난하듯 몸 비틀며
요괴 왕이 구렁이가 몸을 뒤집듯 덤벼드니
제천대성은 사슴이 뿔을 빼내듯 머리 젖혀 피하네.
발꿈치 들어 지룡을 내리찍고
손목을 비틀어 하늘의 자루[天橐]를 잡네.
푸른 사자가 입을 벌려 달려들고
잉어가 펄쩍 뛰어오르는 듯
머리 위로 꽃을 뿌리듯 손을 휘두르고
허리 주위를 밧줄로 걸려는 듯 팔을 휘감네.
불어오는 바람이 부채를 밀어붙이듯
세찬 비가 꽃잎을 떨어뜨리는 듯.
요괴는 관음장의 권법을 쓰고
손오공은 나한각으로 맞서네.
긴 주먹질은 동작이 커 자연 흐트러지니
어찌 잔 주먹질의 야무지고 독함에 비할 수 있으랴?
둘이 수십 합을 싸웠지만
재주가 엇비슷해 승부를 가리지 못하네.

拽開大四平　踢起雙飛脚
韜脇劈胸墩　剜心摘膽着
仙人指路　老子騎鶴
餓虎撲食最傷人　蛟龍戲水能兇惡
魔王使個蟒翻身　大聖卻施鹿解角
翹跟淬地龍　扭碗擎天橐
青獅張口來　鯉魚跌子躍

蓋項撒花　遶腰貫索
迎風貼扇兒　急雨催花落
妖精便使觀音掌　行者就對羅漢脚
長拳開闊自然鬆　怎比短拳多緊削
兩箇相持數十回　一般本事無强弱

둘이 동굴 문 앞에서 싸우고 있는데, 높은 봉우리에서 신이 난 탁탑천왕이 큰 소리로 갈채를 보내고, 화덕성군은 박수를 치며 칭찬했어요. 두 벼락신은 나타태자와 함께 신들을 거느리고 바로 앞까지 와서 힘을 보태려고 했어요. 이쪽의 요괴들도 깃발을 흔들고 북을 두드리고 칼을 휘두르며 요괴 왕을 보호했어요. 제천대성은 일이 제대로 풀리지 않자, 털을 한 줌 뽑아 하늘에 뿌리며 외쳤어요.

"변해라!"

그러자 털은 사오십 마리가량의 작은 원숭이들로 변했고, 이들이 우르르 달려들어 요괴를 둘러쌌어요. 다리를 껴안는 놈, 허리를 잡아당기는 놈, 눈을 잡아 빼려는 놈, 털을 뽑으려는 놈 등 각양각색으로 요괴를 붙잡고 늘어졌어요. 요괴는 당황해서 급히 고리를 꺼냈어요. 제천대성과 천왕 등은 요괴가 고리를 꺼내는 것을 보고 급히 구름을 돌려 높은 봉우리로 달아났어요. 요괴가 고리를 위로 던지자, 철컥하는 소리가 나더니 사오십 개의 털이 변한 원숭이들이 본모습으로 돌아가 동굴 안으로 끌려 들어갔어요. 요괴는 승리를 거둔 후 기뻐하며 군사를 거느리고 동굴 안으로 들어가 문을 닫아버렸어요.

나타태자가 말했어요.

"제천대성은 역시 대장부시오! 이렇게 대단한 권법에 금상첨

화 격으로 분신법까지 쓰셨으니, 정말 현묘한 술법을 구경했소이다."

손오공이 웃으며 대답했지요.

"여러분이 여기 멀리서 보기에, 그 요괴놈의 재주가 이 몸과 비교했을 때 어떻습디까?"

탁탑천왕이 이렇게 대답했어요.

"그놈은 주먹질도 엉성하고 발놀림도 느려서, 제천대성님의 민첩함에 비할 바가 못 됩니다. 우리가 달려오는 걸 보자, 그놈은 허둥대더군요. 제천대성님이 분신법을 쓰시자, 또 다급해져서 고리로 거둬 가버린 것이지요."

"요괴 왕은 쉽게 해치울 수 있는데, 다만 고리가 문제야."

화덕성군과 수백이 말했어요.

"이기려면 그놈의 보물을 손에 넣어야 합니다. 그래야만 잡을 수 있어요."

그러자 손오공이 이렇게 대꾸했지요.

"훔치지 않는 다음에야 놈의 그 보물을 어떻게 손에 넣겠어?"

두 벼락신이 웃었어요.

"훔치는 일이라면 제천대성님보다 더 뛰어난 이는 없지요. 예전에 하늘궁전에서 큰 소란을 피울 때, 어주御酒와 반도蟠桃를 훔쳐 먹고, 용의 간과 봉황의 골수에다 태상노군太上老君의 단약丹藥까지 훔치셨던 건 정말 대단한 재주였지요. 오늘이 바로 그 재주를 쓰실 때입니다."

"아이고, 알았소! 그렇다면 이 어르신이 가서 알아보고 올 테니 여기서 기다리시오."

멋진 제천대성이 봉우리 아래로 폴짝 뛰어 내려가 몰래 요괴의 동굴 입구까지 가서 몸을 흔들어 쉬파리로 변했어요. 정말 경쾌하고 날렵했지요! 그 모양 좀 보세요.

얇은 날개 대나무 껍질 같고
몸통은 꽃술만큼이나 작다.
손발은 털보다 조금 굵고
반짝반짝 눈에서 빛이 나네.
향기 맡고 냄새 쫓는 것 잘하고
재빨리 바람 타고 나네.
'꽉 눌러 붙인 저울대의 눈'이라고 불리니
귀엽고도 쓸모가 많구나.

翎翅薄如竹膜　身軀小似花心
手足比毛更壯　星星眼窟明明
善自聞香逐氣　飛時迅速乘風
稱來剛壓定盤星　可愛些些有用

가볍게 문 위로 날아가 문틈 사이로 들어갔더니, 이런 모습이 보였어요. 크고 작은 요괴들이 양쪽에 줄지어 춤추고 노래하고, 요괴 왕은 높은 자리에 앉아 있었어요. 그 앞엔 뱀 고기, 사슴 고기 육포, 곰 발바닥, 낙타 혹, 산나물과 과일을 벌여놓고, 청자 술병에 향긋한 치즈와 야자 술을 담아놓고는, 모두들 마음껏 먹고 마셨지요. 손오공은 조무래기 요괴 무리 사이에 내려앉아, 오소리 정령으로 변해서 천천히 요괴의 자리 가까이로 다가갔어요.

하지만 아무리 살펴보아도 그 보물은 보이지 않았어요. 해서 급히 몸을 빼내 자리 뒤로 돌아갔더니, 안채에는 불 용이 높이 매달려서 신음하고, 불 말은 울부짖고 있었어요. 문득 올려다보니 여의봉이 동쪽 벽에 기대 세워져 있었지요. 손오공은 기뻐서 몸이 근질근질해 미처 본모습으로 돌아오지도 않은 채, 그 앞으로 가 여의봉을 집었어요. 그리고 본모습으로 돌아와 여의봉을 들고 온갖 재주를 부리며 공격해 나아갔어요. 놀란 요괴 무리들은 겁이 나서 벌벌 떨고 요괴 왕도 미처 손을 쓰지 못하는 사이, 손오공은 요괴들을 마구 쓰러뜨려 온통 피바다로 만들어놓고 곧장 동굴 문으로 나왔어요. 이것은 바로 다음과 같았어요.

요괴가 교만하여 방비하지 않는 사이
여의봉은 본래 주인에게 돌아왔네.

魔頭驕傲無防備　主杖還歸與本人

결국 일이 어떻게 될지는 알 수 없으니, 이에 대해서는 다음 회를 들어보시라.

제52회

석가여래가 요괴의 정체를 암시하다

한편, 제천대성은 여의봉을 손에 넣자 요괴의 동굴 문을 나와 봉우리로 뛰어올라서 여러 신들을 대하니 기쁘기 이를 데 없었어요. 탁탑천왕이 물었어요.

"이번엔 어땠는가?"

"이 몸이 변신해 동굴로 들어갔더니 그 요괴가 신이 나서 노래에 춤에 승리주를 마시고 있더군요. 덕분에 보물이 어디 있는지 알아보지도 못했소. 헌데 그놈 등 뒤로 돌아가니까, 갑자기 말이 울고 용이 신음하는 소리가 들리더군요. 그래서 화부火部의 물건이 거기 있다는 걸 알았지요. 동쪽 벽에 내 여의봉이 비스듬히 세워져 있기에, 그걸 손에 넣자마자 달려 나왔지요."

여러 신들이 말했어요.

"당신 보물은 찾았는데, 우리 보물은 언제쯤 손에 넣을 수 있겠소?"

"그까짓 거 어렵지 않아요! 이 여의봉이 있는 이상, 무슨 일이 있어도 그놈을 때려눕히고 보물을 가져다 돌려드리겠습니다."

이렇게 한창 얘기하고 있는데, 산비탈 아래에서 징 소리 북소리가 일제히 울리더니 함성 소리가 땅을 뒤흔들었어요. 알고 보니 독각시대왕이 요괴 병사들을 이끌고 손오공을 쫓아온 거였어요. 손오공이 그것을 보고 소리쳤어요.

"좋구나! 좋다! 구미가 딱 당기는걸? 여러분들, 자리에 앉아 계십시오. 이 몸이 다시 가서 저놈을 잡아 오겠소."

멋진 제천대성! 그는 여의봉을 들어 독각시대왕의 얼굴을 향해 내리치며 호통을 쳤어요.

"못된 요괴 자식, 어딜 가려고! 여의봉을 받아라!"

그러자 독각시대왕이 창을 휘둘러 막으며 욕을 퍼부었어요.

"도둑놈 원숭이야! 이놈이 진짜 버르장머리가 없구나! 어째서 백주 대낮에 내 물건을 훔쳐 갔느냐?"

"이 짐승놈이 죽으려고 환장했구나! 그러는 네놈은 고리를 써서 백주 대낮에 내 물건을 빼앗아 간 게 아니더냐! 그게 어디 네놈 거냐? 도망치지 마라! 어르신 여의봉 맛 좀 봐라!"

그러자 독각시대왕이 창을 빙글빙글 돌려 여의봉을 막아냈어요. 이 멋진 싸움의 광경을 보세요.

제천대성 위엄 있고 용맹하나
요괴는 고분고분 말을 듣지 않네.
둘이 무용을 다투니
누가 순순히 그만두려 하겠는가?
이쪽은 여의봉, 용의 꼬리같이 춤추고
저쪽은 창, 이무기 머리같이 움직이네.
이쪽은 여의봉, 쌩 바람 소리 나게 술수를 펼치니
저쪽은 창, 물 흐르듯 위력 있게 막아내네.
오색찬란한 안개 몽롱하게 덮이니 산 준령 컴컴해지고

상서로운 구름 뭉게뭉게 피어오르니 숲속 나무들 수심에 잠기네.

하늘 가득 날던 새들 모두 날갯짓 멈추고

사방 들판의 이리 떼 전부 고개를 움츠리네.

저쪽 진지에선 요괴 부하들이 함성을 지르고

이쪽 손오공, 기운도 왕성하다.

여의봉 한 자루, 대적할 자 없으니

서방 만 리 길 휘젓고 다니네.

저쪽 긴 창, 진짜 호적수로세.

금두동 다스리며 최고수라 자처하네.

이번에 둘이 만나니 그냥 갈 수 없지.

승부를 가리지 않고는 그만두지 않으리라!

大聖施威猛　妖魔不順柔

兩家齊鬪勇　那箇肯干休

這一箇鐵棒如龍尾　那一箇長鎗似蟒頭

這一箇棒來解數如風響　那一箇鎗架雄威似水流

只見那彩霧朦朧山嶺暗　祥雲靉靆樹林愁

滿空飛鳥皆停翅　四野狼蟲盡縮頭

那陣上小妖吶喊　這壁廂行者抖擻

一條鐵棒無人敵　打徧西方萬里遊

那桿長鎗眞對手　永鎭金峨稱上籌

相遇這場無好散　不見高低誓不休

독각시대왕과 제천대성이 여섯 시간을 싸웠지만 승부가 나지 않았어요. 날은 벌써 저물고 있었지요. 독각시대왕이 긴 창을 버티고 서서 말했어요.

"손오공, 잠깐! 날이 어두워져 싸울 수 있는 시간이 아니니 각자 좀 쉬었다가 내일 아침 다시 겨뤄보자."

"못된 놈, 입 닥쳐! 이 몸은 이제 막 몸이 풀렸는데, 날이 어두운 게 뭔 상관이야! 내 기어코 네놈과 승부를 가릴 테다."

그러자 독각시대왕은 외마디 기합 소리와 함께 창을 휘두르는 척하더니 도망쳤어요. 여러 요괴 병사들을 이끌고 무기를 거두어 동굴로 들어가 문을 굳게 잠가버렸지요.

제천대성이 여의봉을 끌고 돌아오자 언덕에 있던 하늘신들이 모두 칭찬을 아끼지 않았어요.

"제천대성, 정말 대단한 능력이시오. 진짜 실력이 어디까진지 끝을 알 수가 없구려."

"별말씀을! 뭐 그런 걸 가지고 그러십니까?"

탁탑천왕이 앞으로 나와 말했어요.

"괜한 과찬이 아니라, 그대는 정말 대단한 호걸이오! 이번 싸움도 지난번 온 천지에 천라지망을 펼쳤을 때에 비해 전혀 손색이 없구려."

"옛날 얘긴 꺼내지 마십시오. 요괴가 이 몸과 한바탕 싸웠으니 틀림없이 녹초가 됐을 겁니다. 저도 무척 힘들었지만요. 여러분들은 마음 푹 놓고 여기 앉아 계십시오. 제가 다시 동굴로 가서 고리가 어디 있는지 알아본 뒤 무기를 훔쳐 놈을 붙잡고, 무기를 찾아 여러분들께 돌려드리겠소."

그러자 나타태자가 말했어요.

"오늘은 시간이 늦었으니 하룻밤 푹 쉬었다 내일 가는 게 낫겠습니다."

손오공이 웃으며 말했어요.

"이 도련님께서 세상 물정 모르시는군. 도둑질하려는 놈이 벌건 대낮에 버젓이 일하는 거 봤어? 이렇게 남의 물건 슬쩍하는 일은 말이야, 필히 밤사이에 쥐도 새도 모르게 해치우는 게 제대로 하는 거라고."

화덕성군과 벼락신이 말했어요.

"태자께선 가만 계시구려. 그런 일은 우리가 잘 모르는 거니까. 제천대성은 이런 일에 이골이 난 분이오. 이 시간에 가려는 것은 첫째로는 요괴가 피곤할 틈을 타자는 것이고, 둘째로는 밤이라 방비가 소홀할 것이기 때문이지요. 얼른 다녀오시오! 얼른!"

멋진 제천대성! 그는 싱긋 웃으며 여의봉을 감춰 넣고는 봉우리에서 뛰어 내려와 동굴 입구에 도착했어요. 그리고 몸을 한 번 흔들어 귀뚜라미로 변했는데, 정말 그 모습은 이러했어요.

딱딱한 주둥이, 긴 수염에 새까만 껍질
눈은 밝고 발톱은 두 갈래로 갈라졌네.
바람 맑고 달 밝은 날 담장 끝에서 울어대니
고요한 밤 사람과 얘기를 나누는 듯하네.
이슬 내린 서늘한 밤이면 구슬피 울어
멎었다 이어졌다 그 소리 들을 만하구나.
고향 생각 사무치는 객사에선 그 소리 겁내는데
하필이면 쓸쓸한 계단 침상 아래 찾아드는가?

嘴硬鬚長皮黑　眼明爪脚丫叉
風清月明叫墻涯　夜靜如同人話
泣露凄涼景色　聲音斷續堪誇
客牕旅思怕聞他　偏在空堦牀下

그는 뒷다리를 쫙 펴고 서너 차례 폴짝폴짝 뛰어 문 앞에 이르더니, 문틈 사이로 기어 들어갔어요. 그리고 벽 발치에 쭈그리고 앉아 등불을 받으며 안을 자세히 살펴보니, 크고 작은 요괴 무리들이 모두들 게걸스럽게 음식을 먹고 있었어요. 손오공이 귀뚤귀뚤하고 한 번 울자, 잠시 후 상을 치우고 잠자리를 준비하여 다들 자리에 누웠어요. 그리고 대략 아홉 시쯤 손오공이 뒤편 방으로 가 보니 독각시대왕이 명령을 내리는 소리가 들렸어요.

"문에서 파수하는 녀석들은 졸지 말거라! 손오공이 또 무엇으로 변신해서 도둑질하러 들어올지 모르니까."

밤에 파수를 하게 된 요괴들이 저벅저벅 걸어 다니며, 딱따기와 방울 울리는 소리가 일제히 울렸어요. 제천대성은 일을 벌이기 딱 좋은 때다 싶어 방문 틈새로 들어가 보았어요. 거기엔 돌 침상이 하나 놓여 있고, 좌우로 분과 연지 치장을 한 산 정령과 나무 귀신 몇 놈들이 늘어서서 독각시대왕을 모시고 있었지요. 이불을 펴고 양말을 벗기고 옷을 벗겨주고 하면서요. 독각시대왕이 옷을 벗자 왼쪽 팔에 새하얀 고리를 차고 있었는데, 다름 아닌 진주를 꿰어 만든 팔찌 같은 모양이었어요. 그런데 독각시대왕은 고리는 풀어놓지 않고 오히려 위로 몇 번 더 쓸어 올려 팔에다 단단히 끼운 뒤에야 잠이 드는 것이었어요. 손오공이 그걸 보고 누런 벼룩으로 변신해 돌 침상 위로 폴짝 뛰어올라 이불 속으로 파고 들어간 뒤, 독각시대왕의 팔로 기어 올라가 야무지게 한 입 깨물어주었어요. 독각시대왕은 몸을 뒤척이며 욕을 퍼부었어요.

"이것들이 매가 모자랐구나! 이불도 털지 않고 침상도 쓸지 않았나 보구나. 웬 놈이 이렇게 무는 거야!"

그러더니 독각시대왕은 도리어 고리를 위로 더 훑어 올리고 다시 잠이 드는 것이었어요. 손오공은 아예 그 고리 위로 기어 올라가 또 한 입 깨물었어요. 그러자 독각시대왕은 잠을 잘 수가 없

손오공은 금두동을 휘저어놓고, 태상노군은 요괴를 거둬들이다

어 벌떡 일어나 말했어요.

"이거 정말 간지러워죽겠네!"

손오공은 그가 아주 단단히 경계를 하면서 보물을 몸에 지닌 채 떼놓지 않는 걸 보고, 도저히 훔칠 수 없다고 생각했어요. 그래서 침상을 내려와 다시 귀뚜라미로 변해 방문을 나갔어요. 곧장 뒤쪽으로 가니 용이 신음하고 말이 울부짖는 소리가 다시 들려왔어요. 사실은 그 층의 꽉 잠긴 문안에 화룡과 화마가 갇혀 있었던 것이지요. 손오공이 본래 모습으로 돌아가 자물쇠를 푸는 해쇄법解鎖法을 쓰면서 주문을 외우고 손으로 만지작거리자, 찰칵하면서 자물쇠의 고리 두 개가 열렸어요. 문을 밀고 불쑥 안으로 들어가 살펴보니, 안에는 마치 대낮처럼 환하게 화기火器가 반짝거리고 있었어요. 동서 양편으로 비스듬히 세워진 무기 몇 개는 모두 나타태자의 요괴를 베는 감요도砍妖刀, 화덕성군의 불 활과 불화살 등이었어요. 손오공이 그 빛에 의지해 주위를 둘러보니, 또 그 문 뒤쪽에 있는 돌 탁자 위에 대껍질로 만든 쟁반에 털이 한 움큼 놓여 있었어요. 제천대성이 기뻐 어쩔 줄 모르며 그 털들을 집어 들어 '호' 하고 뜨거운 기운을 두 번 뿜으면서 "변해랏!" 하고 외치자, 그것들은 곧 사오십 마리의 꼬마 원숭이로 변했어요. 손오공은 그들에게 칼과 검과 방망이, 밧줄, 공, 바퀴와 활, 화살, 창, 수레, 조롱박, 불 까마귀, 불 쥐, 불 말 등의 빼앗긴 물건들을 모두 들게 하고, 자기는 화룡에 올라타 불길을 세차게 뿜어 안에서 밖으로 타나가게 했어요. 활활 탁탁, 천둥 대포가 울리는 듯한 소리가 진동했어요. 기겁을 한 크고 작은 요괴들은 잠결에 이불을 끌어안고 머리를 감싸고 비명을 지르며 울부짖었어요. 어디로도 빠져나갈 길이 없었으니, 이 불에 절반 이상이 타 죽었지요. 멋진 원숭이 왕은 승리를 거두고 돌아왔으니, 이 때가 겨우 자정 무렵이었어요.

한편 봉우리에서 탁탑천왕과 여러 신들은 불빛이 휘황하게 뻗치는 걸 보고 우루루 앞으로 나갔어요. 그러자 손오공이 화룡을 타고 졸개 원숭이들에게 큰 소리로 호령하며 곧장 봉우리 꼭대기에 올라와 매서운 소리로 목청껏 외쳤어요.

"무기를 가져왔소! 여기 있어요!"

화덕성군과 나타태자가 알았노라 대답하자, 손오공은 몸을 흔들어 털을 다시 몸에 거둬들였어요. 나타태자는 자신의 여섯 무기를 챙겼고, 화덕성군은 여러 화부의 신들에게 화룡 등의 물건을 건사하도록 했어요. 모두들 희희낙락 손오공을 칭찬했음은 더 말하지 않겠어요.

한편 금두동에서 화염이 어지러이 치솟자 기겁을 한 독각시대왕은 혼비백산, 급히 일어나 방문을 열고 나가 두 손으로 고리를 들고, 동쪽으로 밀어 동쪽 불을 끄고 서쪽으로 밀어 서쪽 불을 껐어요. 하늘 가득 연기가 자욱하고 불길이 치솟는 가운데 그 보물을 들고 한 바퀴를 바삐 돌고 나니 사방의 불길이 완전히 꺼졌어요. 그가 급히 요괴 무리들을 구조해 모아보니, 벌써 절반 이상은 타 죽었고, 남녀 합쳐 백 명 남짓도 안 되었어요. 또 무기고를 조사해보니 물건들이 전부 없어졌어요. 다시 뒤쪽으로 가 보니 저팔계와 사오정 그리고 삼장법사는 아직 묶인 채 그대로 있었고, 흰 용마는 구유에, 봇짐 역시 집 안에 그대로 있었어요. 독각시대왕이 원한에 가득 차 말했어요.

"도대체 어떤 놈이 불을 내 이 지경으로 만들었단 말이냐? 그렇게 명을 내렸건만."

옆에 있던 시종이 말했어요.

"대왕님, 이 불은 저희가 낸 게 아닙니다. 저희 산채에 침입했던 도둑이 화부의 물건들로 불을 지르고 신령스런 무기들을 훔쳐 간 게 틀림없습니다."

독각시대왕이 비로소 사태를 깨닫고 말했어요.

"딴 놈이 아니라 분명 손오공 그 도둑놈일 게다. 어쩐지 잠이 들려고 하는데 편치가 않더라니! 도둑놈 원숭이가 변신해서 들어와 내 팔을 두 번이나 물었던 게 분명해. 틀림없이 내 보물을 훔치러 들어왔다 내가 워낙 단단히 차고 있으니까 손을 못 쓰고, 무기들을 훔치고 화룡을 풀어, 악랄한 심보로 날 태워 죽이려 했던 거야. 망할 원숭이 자식! 내 솜씨도 제대로 모르고, 술수를 잘못 부렸겠다! 난 이 보물만 있으면 바다에 들어가도 가라앉지 않고 불길에 뛰어들어도 타지 않는단 말씀이야. 이번에야말로 네놈을 붙잡아 살을 발라내 한 점씩 쌓아놓고 불을 피워야 내 분이 풀리겠다."

이렇게 말하며 화가 나서 식식거리고 있는데, 어느새 닭이 울며 날이 훤해졌어요.

한편 산봉우리에서 나타태자는 여섯 무기를 손에 넣자 손오공에게 말했어요.

"제천대성, 날이 이미 밝았으니 마음 놓고 있어선 안 될 것이오. 저 요괴가 기가 한풀 꺾인 틈을 타 화부 등의 하늘신들과 함께 당신을 도울 테니, 다시 가서 힘껏 싸우시오, 아마도 이번엔 사로잡을 수 있을 거요."

손오공이 웃으며 말했어요.

"옳으신 말씀이오. 우리 합심해서 한번 놀아봅시다!"

모두들 사기가 충천하여 위풍당당하게 자기 무예를 신나게 자랑하며 곧장 동굴 입구로 갔어요. 손오공이 소리를 쳤어요.

"못된 요괴놈 나와라! 이 손 어르신과 한번 붙어보자!"

원래 그 두 짝의 돌문은 화기에 의해 잿더미가 되었던지라 문 안쪽에 있던 졸개 몇이 한창 비질을 하여 재를 긁어모으고 있었어요. 그런데 갑자기 여러 하늘신들이 한꺼번에 나타나자 그들은 기겁을 하여 빗자루와 재를 모으는 써레를 내던지고 안으로 뛰어들어 가 보고했어요.

"손오공이 하늘신들을 잔뜩 데리고 또 문 앞에 와서 욕을 하며 싸움을 걸고 있습니다!"

독각시대왕이 깜짝 놀라 부드득 강철 같은 이빨을 소리가 나도록 갈며, 데굴데굴 고리 같은 눈을 부라렸어요. 그는 긴 창을 빼들고 보물을 지닌 채 문을 나가 미친 듯이 욕을 퍼부었어요.

"이 도둑놈 원숭이 새끼야! 내 동굴에 들어와 도적질에 불까지 질러? 네 재주가 얼마나 된다고 감히 이렇게까지 날 멸시하는 것이냐?"

손오공이 빙글빙글 웃으며 맞받아 욕을 했어요.

"못된 괴물 자식! 내 재주를 알고 싶으면 이리 가까이 와봐라, 내 들려주지."

태어날 때부터 재주가 뛰어나
천지 만 리에 이름을 날렸노라.
그 옛날 깨달은 바 있어 신선의 도를 닦아
예전에 벌써 불노불사의 비방을 전수받았노라.
뜻을 세워 불교에 입문하여
경건한 마음으로 성인의 고향을 참배하려 하노라.

변신술의 끝없는 비법을 배워
우주 먼 하늘을 내 마음대로 누비고 다녔지.
한가한 때면 산에서 호랑이를 복종시키고
답답하면 바닷속에서 용을 잡기도 했어.
조상 대대로 살아온 화과산에서 왕 노릇하며
수렴동에서 강한 위세를 떨쳤다.
몇 번이나 하늘나라를 도모할 뜻을 품고
여러 차례 생각 없이 옥황상제의 자리를 노렸지.
옥황상제께서 제천대성이란 이름을 하사하시고
또 멋진 원숭이 왕이란 직위를 내려주셨어.
하지만 반도대회를 여는데
나를 청하지 않기에 화가 났거든?
요지에 숨어 들어가 옥액을 훔치고
몰래 보각에 들어가 경장을 마셨지.
용의 간과 봉황의 골수를 훔쳐 먹고
온갖 산해진미 훔쳐 맛보았지.
천 년 키운 반도를 멋대로 따 먹고
만 년 달인 단약으로 마음껏 배를 채웠어.
하늘궁전의 기이한 물건들 모두 다 차지하고
성스런 관청의 진귀한 기물들 전부 다 감춰버렸지.
옥황상제, 내 재주를 알고
당장 하늘 병사를 보내 싸움을 벌이게 했지.
구요성이 나에게 쫓겨 가고
오방 흉수五方兇宿가 내게 상처를 입었지.
온 하늘 장수들도 내 적수가 아니었고
용감한 십만 군대도 감히 날 당해내지 못했어.

내 위세에 눌린 옥황상제 칙지를 내려
관강의 현성이랑신이 병사를 일으켰지.
일흔 두 가지 변신술로 서로 맞붙고
기세를 올려 각자 힘을 겨뤘지.
남해 관음보살이 싸움을 도우러 와
정병과 버드나무 가지로 도와주었어.
태상노군이 또 금강테를 만들어
나를 사로잡아 옥황상제에게 데려갔지.
꽁꽁 묶여 상제 앞에 끌려가니
하늘 관리들이 고문하며 죄를 물었지.
즉각 큰 칼 대령하여 목을 베려하는데
칼이 머릿가죽을 베자 불꽃만 번쩍거렸지.
온갖 수단 방법 다 동원해도 죽일 수 없자
태상노군의 단약 화로로 데려갔지.
육정六丁이 신령스런 불로 화로 속의 날 달구니
내 몸 단련되어 전신이 강철처럼 단단해졌노라.
사십구 일 날짜가 차서 화로의 뚜껑을 열기에
내가 훌쩍 뛰어나가 또 한바탕 분탕을 쳤지.
여러 신들 문을 닫고 들어가 막지 못하고
모두 상의하여 석가여래에게 도움을 청했어.
실로 석가여래는 법력이 높고
넓디넓은 지혜 과연 끝이 없으시더군.
석가여래 손바닥에서 내기를 하여 근두운을 날렸더니
산으로 나를 눌러놓아 힘을 쓰지 못하게 하셨어.
옥황상제 비로소 안천대회를 열고
서역 지방을 극락 땅이라고 불렀지.

이 몸은 오백 년간 꼼짝없이 눌려 있었으니
밥과 물은 구경도 못했어.
그때 마침 금선 스님이 인간세계로 내려오니
동녘 땅에서 그를 부처님 계신 땅으로 파견했지.
불경을 가지고 당나라로 돌아가면
위대한 당나라 황제가 죽은 이들을 구제하려는 것이지.
관음보살이 내게 불가에 귀의하라 권하며
계율을 굳게 지켜 방종한 짓을 하지 말라 하셨기에
높은 산 아래 눌려 지내던 고통에서 벗어나
이제 서쪽으로 경전을 가지러 가노라.
못된 요괴놈, 이제 여우 같은 꾀는 그만 쓰고
당나라 스님을 돌려주어 부처님 뵈러 가게 하여라.

自小生來手段强　乾坤萬里有名揚
當時歓悟修仙道　昔日傳來不老方
立志拜投方寸地　虔心參見聖人鄉
學成變化無量法　宇宙長空任我狂
閑在山前將虎伏　悶來海内把龍降
祖居花果稱王位　水簾洞裡逞剛强
幾番有意圖天界　數次無知奪上方
御賜齊天名大聖　敕封又贈美猴王
只因宴設蟠桃會　無簡相邀我性剛
暗闖瑤池偷玉液　私行寶閣飲瓊漿
龍肝鳳髓曾偷吃　百味珍羞我竊嘗
千載蟠桃隨受用　萬年丹藥任充腸
天宮異物般般取　聖府奇珍件件藏
玉帝訪我有手段　即發天兵擺戰場

九曜惡星遭我貶　五方兇宿被吾傷
普天神將皆無敵　十萬雄師不敢當
威逼玉皇傳旨意　灌江小聖把兵揚
相持七十單二變　各弄精神箇箇强
南海觀音來助戰　淨瓶楊柳也相幇
老君又使金剛套　把我擒拿到上方
綁見玉皇張大帝　曹官拷較罪該當
卽差大刀開刀斬　刀砍頭皮火焰光
百計千方弄不死　將吾押赴老君堂
六丁神火爐中煉　煉得渾身硬似鋼
七七數完開鼎看　我身跳出又兇張
諸神閉户無遮攩　衆聖商量把佛央
其實如來多法力　果然知慧廣無量
手中賭賽翻筋斗　將山壓我不能强
玉皇纔設安天會　西域方稱極樂場
壓困老孫五百載　一些茶飯不曾嘗
當得金蟬長老臨凡世　東土差他拜佛鄕
欲取眞經回上國　大唐帝王度先亡
觀音勸我皈依善　秉敎迦持不放光
解脱高山根下難　如今西去取經章
潑魔休弄獐狐智　還我唐僧拜法王

독각시대왕이 이 말을 듣더니 손오공을 손가락질하며 말했어요.

"알고 보니 네 녀석이 하늘에서 도둑질해 먹던 놈이었구나! 도망가지 말고, 내 창을 받아라!"

그러자 제천대성도 여의봉으로 막았어요. 둘이 한창 맞붙어 싸우는데, 이쪽에서 나타태자가 진노하고 화덕성군이 노발대발하며 즉시 신령스런 여섯 무기와 화부 등의 물건을 독각시대왕에게 던졌어요. 제천대성은 더 기세가 등등해졌지요. 한편에선 또 벼락신은 벼락 쐐기를 쓰고 탁탑천왕은 칼을 휘두르며 위아래 할 것 없이 일제히 달려들었어요. 그러나 독각시대왕은 냉랭한 비웃음을 흘리며 소매에서 슬그머니 보물을 꺼내 공중에 던지며 "붙어랏!" 하고 외쳤어요. 그러자 철컥 하며 신령스런 무기와 화부 등의 물건, 벼락신의 벼락 쐐기, 탁탑천왕의 칼, 손오공의 여의봉을 모조리 또 낚아채 가버렸어요. 여러 신들은 전처럼 다시 빈손이 되었고, 제천대성 역시 맨손이 되었어요. 독각시대왕은 승리를 거두고 동굴로 돌아가 소리쳤어요.

"애들아! 돌을 가져다 문을 만들고 흙으로 집을 수리하고, 방과 복도를 새로 정리해라. 당나라 중 세 놈을 잡아 토지신에게 제사 지낼 준비가 다 되면, 모두들 음복이나 하며 즐겨보자."

졸개 요괴들이 명에 따라 움직였음은 더 말하지 않겠어요.

한편 탁탑천왕은 무리들을 데리고 봉우리로 돌아왔어요. 화덕성군은 나타태자가 성급하게 굴었다고 원망했고, 벼락신은 탁탑천왕이 되지도 않게 날뛰었다고 탓했으며, 오로지 수백만이 옆에서 아무 말이 없었지요. 손오공은 그들이 서로 얼굴도 마주치지 않으려 하는 것을 보자, 자신도 여러 가지 생각이 많았지만 어쩔 수 없는 노릇이었어요. 그는 화가 치밀었지만 억지로 웃으며 말했어요.

"여러분, 너무 걱정들 마십시오. 예로부터 '이기고 지는 건 병가에서 늘 있는 일'이라 하지 않습니까? 내가 저놈과 무예를 겨루는 것도 마찬가질 뿐이오. 단지 저놈이 고리가 하나 더 있는 바람에 당한 것이지요. 우리의 무기도 또다시 통째로 낚아채 가고 말이오. 하지만 마음 놓으십시오, 이 몸이 가서 저 녀석 내력을 알아보고 오겠소."

나타태자가 말했어요.

"지난번 옥황상제께 여쭈었을 때, 온 하늘나라를 다 뒤졌지만 그림자도 찾을 수 없지 않았습니까? 이제 또 어디 가서 찾아보겠다는 것입니까?"

"이제 생각이 났는데, 불법의 힘은 무궁합니다. 그래서 지금 서천으로 가 석가여래께 부탁할까 합니다. 그분의 지혜의 눈으로 사대부주를 살펴보면 이 요괴가 어디서 컸는지, 고향은 어딘지, 고리는 어떤 보물인지 알 수 있을 겁니다. 무슨 일이 있어도 반드시 요괴를 붙잡아, 여러분께서 분을 풀고 즐겁게 하늘로 돌아갈 수 있게 해드리리다."

그러자 여러 신들이 말했어요.

"그런 생각이 있다면 지체하지 말고 얼른 갔다 오시오, 얼른."

멋진 손오공! 그는 말하자마자 근두운을 솟구쳐 벌써 영취산에 도착했어요. 그리고 상서로운 빛을 내려 사방을 둘러보았지요. 그곳은 정말 훌륭한 곳이었어요.

> 신령스런 봉우리 듬성듬성 빼어난 자태로 서 있고
> 첩첩히 둘러쳐진 절벽들 맑디맑은 모습.
> 신선 세계의 높은 산봉우리들 은하수에 닿았네.
> 서천 큰 마을을 바라보니
> 형세가 중원 제국을 압도하네.
> 원기가 막힘없이 천지로 멀리 흐르고

위세 좋은 바람이 누대 가득 꽃을 날리네.
때때로 들려오는 유장한 종소리, 경쇠 소리
언제나 낭랑한 경문 읽는 소리.
또 저 푸른 소나무 아래에선 우바새, 우바이들이 경을 강론하고
푸른 잣나무 사이로 나한들이 지나가네.
백학은 정답게 영취산 봉우리로 날아들고
푸른 난새는 정성스레 구름 쉬어 가는 정자에 서 있네.
원숭이 짝을 지어 신선의 과실을 받쳐 들고
장생한 사슴들 쌍쌍이 자주색 꽃봉오리 바치네.
깊은 숲에 사는 새 뭔가 호소하듯 재잘재잘
이름조차 알 수 없는 현란한 기화요초들.
감아 도는 높은 산은 첩첩이 쌓여 있고
구불구불 돌아가는 옛길 어디나 평탄하네.
이곳이 바로 맑고 순수한 신령스런 땅
장엄하며 큰 깨달음 충만한 불가의 기풍이로다.

靈峰疎傑　疊障清佳　仙岳頂巔摩碧漢
西天瞻巨鎮　形勢壓中華
元氣流通天地遠　威風飛徹滿臺花
時聞鐘磬音長　每聽經聲明朗
又見那青松之下優婆講　翠栢之間羅漢行
白鶴有情來鷲嶺　青鸞着意佇雲亭
玄猴對對擎仙果　壽鹿雙雙獻紫英
幽鳥聲頻如訴語　奇花色絢不知名
回巒盤繞重重顧　古道灣環處處平
正是清虛靈秀地　莊嚴大覺佛家風

손오공이 한창 산의 경치를 둘러보고 있는데, 갑자기 누군가 외치는 소리가 들렸어요.

"손오공, 어디서 오는 겐가? 어디로 가는 건가?"

얼른 머리 돌려 바라보니, 다름 아닌 비구니존자比丘尼尊者였어요. 제천대성이 인사를 하고 말했지요.

"마침 일이 있어 여래님을 뵙고 싶습니다."

"이런 뺀질이 녀석! 여래님을 뵈러 왔으면 어째서 보찰로 오지 않고 산 구경이나 하고 있는 게냐?"

"이곳에 처음 온 지라 이렇게 무례를 범했습니다."

"어서 나를 따라오너라."

손오공이 비구니존자의 뒤를 바싹 따라 뇌음사 산문에 이르자, 또 팔대금강八大金剛[1]이 보였는데, 그들은 위엄 서린 모습으로 양쪽으로 늘어서 문을 막고 있었어요. 비구니존자가 말했지요.

"오공아, 잠깐만 기다려라. 네가 왔노라 아뢰고 오겠다."

손오공은 문밖에 서서 기다릴 수밖에요. 비구니존자가 석가여래 앞에 가서 합장하고 말했어요.

"손오공이 급한 일로 여래님을 찾아뵈러 왔습니다."

석가여래가 들어오라는 영을 내리자 그제야 팔대금강이 길을 열어 들어가게 해주었어요. 손오공이 머리를 숙여 절을 올리자, 석가여래가 물었어요.

"오공아, 전에 듣자니 관음존자가 네 몸을 오행산에서 빼주고 불문에 귀의시켜 당나라 승려를 보호하여 이곳으로 경전을 가지러 온다던데, 어째서 혼자 여기에 왔느냐? 무슨 일이라도 있느냐?"

1 팔대금강명왕八大金剛明王의 약칭으로 팔대명왕八大明王이라고도 한다. 팔대보살이 현신한 것으로서, 금강이란 쇠붙이 중 가장 강하다는 뜻으로 단단하고 날카로워서 모든 것을 깨부술 수 있음을 비유하고 있다.

손오공이 머리를 조아리며 말했어요.

"부처님, 제가 계율을 받들어 지킨 이후로 당나라 사부님을 모시고 서쪽으로 가는데, 가다가 금두산 금두동에 이르러 악독한 요괴를 만났습니다. 이름을 독각시대왕이라 하는데, 신통력이 대단해서 사부님과 아우들을 동굴로 납치해 갔습니다. 제가 그쪽에게 돌려달라고 부탁해봤지만 전혀 말을 듣지 않는지라 둘이 무예를 겨루었는데, 그놈이 새하얀 고리 하나로 제 여의봉을 빼앗아버렸습니다. 저는 혹시 그가 하늘 장수였다가 지상으로 내려온 놈인가 싶어 급히 하늘나라로 가 조사해봤지만 내력을 알 수가 없었습니다. 옥황상제께서 절 도와주라고 탁탑천왕 부자를 보내셨으나, 태자의 여섯 무기를 뺏겨버렸어요. 다시 화덕성군을 청해 불을 놓아 태우려 했으나 화구마저 빼앗겼습니다. 그래서 다시 이번엔 수덕성군을 청해 물에 빠뜨리려 했으나 털끝 하나 적실 수 없었습니다. 제가 머리를 짜내 힘을 써서 여의봉 등의 물건을 훔쳐 왔습니다만, 다시 싸움을 걸러 갔다가 또 그놈에게 전처럼 고스란히 뺏겨버렸으니, 도저히 항복시킬 방법이 없습니다. 그래서 부처님께 이 사실을 고하러 왔사오니, 자비심을 베푸시어 그놈이 과연 어디 출신의 어떤 놈인지 한 번 알아봐주십시오. 그럼 제가 그놈의 가솔과 이웃을 미끼로 삼아 그 요괴를 사로잡고, 사부님을 구해서 다 함께 성실한 마음으로 정성을 다해 정과를 이루겠나이다."

석가여래께서는 이 말을 듣더니 혜안으로 멀리 한 번 둘러보고 금방 그 요괴의 정체를 알아냈어요. 그리고 손오공에게 이렇게 말씀하셨지요.

"그 요괴를 내가 알기는 한다만 네게 말해 줄 수는 없구나. 네이 원숭이 녀석의 입이 헤퍼서 내가 말해줬다고 한마디만 뱉으면, 그놈은 당장에 너랑 싸우는 건 관두고 이 영취산에 와서 시끄럽게 굴 게 분명하니까 말이다. 내가 여기서 법력을 써서 그놈을 잡을 수 있게 도와주마."

손오공이 재배를 올리며 감사했어요.

"여래님께선 어떤 법력으로 절 도와주실 건가요?"

그러자 석가여래가 십팔나한에게 명했어요.

"보물 창고를 열어 금단사金丹砂 열여덟 알을 내와서 오공을 도와주거라."

"금단사가 대체 뭡니까?"

"너는 동굴로 가서 그 요괴에게 겨뤄보자고 소리를 쳐 밖으로 불러내라. 그가 나오면 나한이 금단사를 던져 그 안에 가둘 것이니라. 그러면 그놈은 옴짝달싹 못할 것이야. 발도 뺄 수 없을 테니, 그때 네 맘대로 잡으면 된다."

손오공이 웃으며 말했어요.

"절묘합니다! 절묘해요! 얼른 갑시다!"

나한들은 감히 지체하지 못하고 금단사를 가지고 문을 나섰어요. 손오공은 다시 한 번 석가여래께 감사의 인사를 드렸지요. 그런데 길을 가는 동안 살펴보니 나한이 열여섯밖에 없는 거예요. 손오공이 투덜투덜 떠들어댔어요.

"이런 법이 어디 있소? 사람을 속이다니!"

여러 나한들이 말했어요.

"속이다니, 무슨 소린가?"

"처음에 열여덟을 보내준다 하셨는데, 지금 왜 열여섯 밖에 안 되는 거요?"

말이 채 끝나기도 전에 안쪽에서 항룡降龍, 복호伏虎 두 나한이 앞으로 나와 말했어요.

"오공아, 어찌 이렇게 함부로 구는 게냐? 우리 둘은 뒤에서 여래님의 분부를 듣고 왔느니라."

"엉큼한 수작이야! 엉큼해! 내가 조금만 더 늦게 따졌어도 당신들 둘은 안 나왔을 거 아뇨?"

여러 나한들이 와하하 웃으며 상서로운 구름을 몰았어요.

얼마 지나지 않아 금두산 경계에 도착했지요. 탁탑천왕이 그걸 보고 무리를 이끌고 맞이하러 나와, 지금까지 일어난 일을 낱낱이 얘기했어요. 나한들이 말했어요.

"길게 얘기하실 거 없습니다. 당장 가서 그놈을 불러내십시오."

제천대성이 주먹을 꽉 쥐고 동굴 앞에 가서 욕을 해댔어요.

"못된 뚱뚱이 요괴놈아! 당장 나와 이 외조부님과 승부를 겨뤄보자!"

졸개 요괴가 다시 나는 듯이 뛰어가 보고하니, 독각시대왕이 화를 내며 말했어요.

"도둑놈 원숭이가 또 누굴 데려와 날뛰는 건지 모르겠군!"

"다른 장수라곤 없던데요? 그놈 하나뿐입니다."

"그 방망이도 내게 이미 뺏겼는데, 어째서 혼자 또 왔지? 감히 또 주먹으로 해보겠다는 건가?"

그는 보물을 몸에 지니고 손에는 창을 쥔 채, 졸개들더러 돌덩이를 치우게 하고 문을 뛰쳐나가 욕을 퍼부었어요.

"도둑놈 원숭이야! 몇 번을 싸워 이기지 못했으면 도망이나 칠 것이지, 어째서 또 와서 소리를 질러대는 거냐?"

"앞뒤 분간 못하는 요괴놈아! 네 외조부께서 오셨으니 항복하고 예를 갖춘 뒤, 사부님과 아우들을 풀어주면 한 번 용서해 주마!"

"그 세 중놈은 내가 이미 깨끗이 씻어놨으니, 좀 있으면 잡아먹을 참이다. 네놈이 아직도 뭐가 뭔지 모르고 있구나! 어서 꺼져!"

손오공은 "잡아먹는다"는 말을 듣자마자 노기등등, 두 볼에 불길이 일고 머리끝까지 치미는 분노를 삭일 수 없었어요. 그는 싸울 자세를 갖추고, 주먹을 휘두르며 비스듬히 걸어 요괴를 향해 달려들었어요. 그러자 독각시대왕은 긴 창을 감아쥐고 손을 재빨리 놀려 막아냈어요. 손오공이 좌로 우로 훌쩍훌쩍 뛰어다니며 독각시대왕을 골렸어요. 독각시대왕은 그것이 계책인 줄도 모르고 동굴 입구에서 점점 멀어져 남쪽으로 오게 되었지요. 손오공이 나한들에게 신호를 보내자 독각시대왕에게 일제히 금단사를 던지니 전부 신통력을 발휘했어요. 대단한 금단사! 바로 이런 모습이었답니다.

안개처럼 연기처럼 자욱하게 흩어지며
쉴 새 없이 빽빽하게 하늘 끝까지 떨어지네.
하얗게 세상을 뒤덮으니 곳곳마다 사람들 눈을 못 뜨고
온 천지 캄캄해지니 날짐승들 길을 잘못 찾아드네.
나무하던 나무꾼들 동료를 잃어버리고
약초 캐던 선동들 집을 잃고 헤매네.
가늘게 흩날리는 건 마치 밀가루 같고
굵직하게 날아내리는 건 마치 깨알 같네.
온 세상 몽롱하여 산꼭대기도 어두워지고
넓디넓은 하늘을 가득 메워 태양조차 가리네.
준마를 따르는 수선스런 먼지에 비할 바도 아니요,
꽃수레 뒤에 날리는 가벼운 먼지에 댈 것도 아니네.
이 금단사 본래 무정한 물건이니
땅을 덮고 하늘을 가려 요괴를 잡는구나.

오로지 요괴가 바른길을 침범했기에
나한들이 불법을 받들어 웅장한 모습을 과시하네.
수중에 든 귀한 구슬 자태를 드러내자
금방 바람에 날려 눈앞을 어지럽히네.

似霧如烟初散漫　紛紛靄靄下天涯
白茫茫　到處迷人眼　昏漠漠　飛時找路差
打柴的樵子失了伴　採藥的仙童不見家
細細輕飄如麥麵　粗粗翻復似芝蔴
世界朦朧山頂暗　長空迷沒太陽遮
不比囂塵隨駿馬　難言輕軟襯香車
此砂本是無情物　蓋地遮天把怪拿
只爲妖魔侵正道　阿羅奉法逞豪華
手中就有明珠現　等時刮得眼生花

독각시대왕은 흩날리는 모래에 눈을 뜰 수 없어 머리를 푹 수그렸는데, 발아래엔 이미 석 자 넘게 모래가 쌓여 있는 것이었어요. 당황한 독각시대왕은 몸을 솟구쳐 위로 껑충 뛰어올라 왔지만, 미처 제대로 서기도 전에 또 두 자가 넘게 파묻히고 말았지요. 독각시대왕은 다급해져 발을 빼고 얼른 고리를 꺼내 위로 휘익 던지며 "붙어랏!" 하고 외쳤어요. 그러자 휘리릭 하고 단번에 열여덟 알 금단사가 모조리 그 고리에 빨려 들어갔어요. 그러자 독각시대왕은 걸음을 돌려 곧장 자기 동굴로 돌아가버렸지요.

나한들은 모두 빈손이 되어 구름을 멈추고 서 있었어요. 손오공이 그 앞으로 다가가 물었어요.

"나한님들, 어째서 모래를 뿌리지 않는 겁니까?"

"방금 무슨 소리가 한 번 나는 것 같더니 모래가 없어져 버렸소."

손오공이 깔깔대며 말했어요.

"또 그놈의 고리에 빨려 들어갔구먼."

탁탑천왕 등을 비롯한 여러 하늘신들이 말했어요.

"이렇게 항복시키기 어렵다니, 어떡해야 저놈을 잡는단 말인가? 어느 세월에 하늘로 돌아갈 것이며, 무슨 면목으로 옥황상제를 뵐 수 있겠나?"

그러자 옆에 있던 항룡과 복호 두 나한이 손오공에게 말했어요.

"이제 우리 둘이 문을 나올 때 왜 지체했었는지 알 만한가?"

"이 몸이야 당신들이 어디로 도망간 줄 알았지, 무슨 다른 얘기가 있었는지 어떤지는 모르지요."

"여래님께서 우리 둘에게 분부하시길 '그 요괴는 신통력이 대단하니, 만일 금단사를 잃게 되면 손오공더러 이한천 도솔궁의 태상노군 계신 곳에 가서 그놈의 정체를 알아보게 해라. 그러면 아마 단번에 잡을 수 있을 것이다'라고 하셨소."

손오공이 이 말을 듣고 말했어요.

"정말 짜증나네! 짜증나! 여래님께서도 이 몸을 속이시네! 처음부터 이 몸에게 말씀해주셨어야지! 그랬으면 여러분들이 이렇게 먼 걸음을 하실 필요도 없었을 텐데."

탁탑천왕이 말했어요.

"이왕 여래께서 말씀하셨으니, 제천대성께선 당장에 가보시는 게 좋겠네."

멋진 손오공! 그는 다녀오겠단 말이 끝나기 무섭게 몸을 솟구쳐 근두운을 잡아타고 곧장 남천문 안으로 들어갔어요. 그러자 어느 틈에 사대원수가 나와 두 손을 맞잡고 높이 들며 인사했어요.

"요괴 잡는 일은 잘돼가시오?"

손오공이 걸어가며 말했어요.

"아직, 아직 못 잡았소! 하지만 지금 정체를 알아내러 가는 길이오."

네 장수는 감히 막지 못하고 하늘 문을 들어가게 해주었어요. 손오공은 영소보전으로도 두우궁에도 들어가지 않고, 곧바로 서른세 하늘 밖의 이한천 도솔궁 앞으로 갔어요. 거기엔 두 선동이 시립하고 서 있었지만, 손오공은 통성명도 없이 다짜고짜 안으로 걸어 들어갔지요. 당황한 두 선동이 가로막으며 물었어요.

"누구시오? 어디로 가려는 것이오?"

그제야 손오공이 말했어요.

"나는 제천대성이야. 태상노군을 찾아왔어."

"어쩜 이렇게 함부로 구시오? 잠시 기다리시오, 우리가 안에 전갈해 드릴 테니."

손오공이 어디 그 말을 들을 리가 있나요? 버럭 호통을 치고 그냥 안으로 들어갔어요. 그때 마침 태상노군이 안에서 나오다가 그와 정면으로 마주쳤어요. 손오공이 허리 굽혀 인사를 하며 말했어요.

"노인장, 오랜만입니다."

"요 원숭이 녀석, 경전은 가지러 가지 않고 여기엔 또 웬일이냐?"

"경전, 경전! 그 경전 가지러 밤낮으로 쉬지 않고 가고 있습니다만, 도중에 장애물이 생겨 여기에 온 것입니다."

"서천으로 가는 길이 막힌 것과 내가 무슨 상관이란 말이냐?"

"서천, 서천! 그 서천이란 말일랑 잠시 접어두시지요. 어떤 놈의 행방을 찾느라 댁을 좀 귀찮게 하는 거외다."

"여기는 지고지상의 신선 궁전이거늘 무슨 행방을 찾을 게 있단 말이냐?"

손오공이 안으로 들어가 눈도 깜짝 않고 좌우를 둘러보았어요. 그는 회랑을 몇 겹 돌아 여기저기 다니며 살펴보다가, 외양간 난간 근처에 동자 하나가 꾸벅꾸벅 졸고 있는 걸 보았어요. 외양간의 푸른 소는 어디로 갔는지 보이지 않았지요. 손오공이 말했어요.

"노인장! 소가 도망쳤어요! 소가!"

태상노군이 깜짝 놀라 말했어요.

"이놈의 소가 언제 도망쳤단 말이냐?"

이렇게 한창 떠들어대자 비로소 동자가 잠에서 깨어 그들 앞에 무릎을 꿇고 말했어요.

"나리, 제가 잠이 들어버려서 그놈이 언제 도망쳤는지도 모르겠습니다."

태상노군이 꾸중을 퍼부었어요.

"이 녀석, 어째서 그렇게 졸았더란 말이냐?"

동자가 머리를 조아리며 말했어요.

"단약 만드는 방에서 단약 한 알을 주워 먹었더니, 그만 여기서 잠이 들고 말았습니다."

"요전에 '칠반화단七返火丹'을 만들다 한 알을 떨어뜨렸었는데, 이 녀석이 주워 먹었구먼. 그 단약은 한 알 먹으면 이레를 자게 되어 있어. 네가 잠이 들어 지키는 사람이 없어지자, 그 틈에 이 못된 놈이 아래 세상으로 도망친 게로구나. 오늘로서 꼭 이레째가 된 거야."

당장에 도망친 소가 무슨 보물을 훔쳐 갔는지 조사해보았어요. 손오공이 말했어요.

"별다른 보물은 없고, 고리 하나를 가지고 있는데, 여간 무서운 게 아니더군요."

태상노군이 다급히 조사해본 결과, 다른 것들은 모두 있는데 '금강탁金剛琢'만이 보이지 않았어요. 태상노군이 말했어요.

"이놈 봐라, 내 금강탁을 훔쳐 갔구나!"

"오라, 그 보물이었군요! 예전에 제게 던진 것도 그거 아니었습니까? 지금 아래 세상에서 갖은 행패를 다 부리며 우리 무기를 얼마나 많이 뺏어 갔는지 모릅니다."

"그놈이 지금 어디 있느냐?"

"지금 금두산 금두동에 있습니다. 그놈이 우리 사부님을 잡아가고 제 여의봉도 뺏어 갔다고요. 그뿐인가요? 하늘 병사에게 도움을 청했더니 나타태자의 신령스런 병기도 뺏어 갔지요, 화덕성군을 청해 오자 그의 화구도 뺏어 갔지요. 수백만은 그놈을 물에 빠뜨려 죽이지는 못했지만 그래도 무기를 뺏기진 않았어요. 여래님께 청해 나한들이 금단사를 뿌렸는데도 그것마저 뺏어 가버렸어요. 노인장이 그런 괴물을 함부로 풀어놓아 약탈과 살상을 일삼게 했으니, 무슨 죄를 받아 마땅할까요?"

"내 그 금강탁은 함곡관을 지날 때 오랑캐를 감화시킨 도구이니라. 일찍부터 단련해온 보물이라서 네가 무슨 무기를 갖고 있다 해도, 심지어 물이나 불이라도 당해낼 수 없어. 내 파초선芭蕉扇까지 훔쳐 갔더라면 나로서도 어쩔 수 없을 뻔했다."

제천대성은 그제야 싱글벙글 기뻐하며 태상노군을 따라나섰어요. 태상노군은 파초선을 들고 상서로운 구름을 몰아 손오공과 함께 신선 궁전을 나서 남천문 밖에서 구름을 멈추고, 곧장 금두산 경계로 갔어요. 십팔나한과 벼락신, 수백, 화덕성군, 탁탑천왕 부자를 만나니, 그간의 일을 전부 얘기했어요. 그러자 태상노군이 말했어요.

"손오공, 네가 한 번 더 가서 그놈을 꾀어 오거라. 내가 그놈을 잡을 테니까."

손오공이 산봉우리를 뛰어 내려가 다시 목청을 높여 욕을 퍼부었어요.

"돼지 뚱뚱이 같은 못된 놈아! 얼른 나와 목숨을 내놓아라!"

이번에도 졸개가 들어가서 알리자 독각시대왕이 말했어요.

"도둑놈 원숭이가 이번엔 또 누굴 청해 왔는지 모르겠군."

당장 창을 쥐고 보물을 지니고 문을 나왔어요. 손오공이 계속 욕을 퍼부었어요.

"못된 요괴놈, 이번만은 틀림없는 네 제삿날인 줄 알거라! 도망가지 말고 내 주먹맛이나 보아라!"

손오공은 말이 끝나기 무섭게 훌쩍 몸을 솟구쳐 대뜸 따귀를 후려갈기고 돌아서서 도망쳤어요. 독각시대왕이 창을 휘두르며 쫓아왔지요. 이때 산봉우리에서 외치는 소리가 들렸어요.

"네 이놈 소야! 아직 집으로 돌아가지 않고, 언제까지 이러고 있을 테냐?"

독각시대왕이 고개를 들어 보니 태상노군인지라, 깜짝 놀라 부들부들 떨며 말했어요.

"도둑놈 원숭이가 정말 빠삭한 놈일세! 어떻게 우리 주인님을 다 찾아내 왔지?"

태상노군이 주문을 외며 파초선을 한 번 흔들자, 요괴는 고리를 떨어뜨렸어요. 태상노군이 그걸 거둬들이고 다시 한 번 부채질을 하자, 요괴는 온몸의 기운이 빠져 흐늘흐늘하더니 마침내 본모습을 드러냈어요. 그것은 다름 아닌 한 마리 푸른 소였지요.

태상노군은 금강탁에 신선의 기운을 훅 불어 넣어 소의 코를 꿰고, 도포를 매었던 띠를 풀어 금강탁에 묶어 손으로 끌고 갔어요. 지금까지 전해 내려오는 소의 코뚜레, 일명 '빈랑賓郎'이라고도 하는 것이 이때부터 시작된 거랍니다. 태상노군은 여러 신들에게 작별을 고하고 푸른 소 등에 올라 오색찬란한 구름을 몰았어요. 곧장 도솔원으로 돌아와 요괴를 단단히 결박해가지고 이한천으로 높이 올라갔어요.

그제야 제천대성은 여러 신들과 함께 금두동으로 들어가 백여 마리의 졸개 요괴들을 모조리 때려죽였어요. 그리고 제각기 자기 무기를 챙기자, 손오공은 탁탑천왕에게 감사드리며 하늘로 돌아가게 하고, 벼락신은 하늘 관청으로, 수백은 강으로, 나한들은 서천으로 돌아가도록 했지요. 그리고 비로소 삼장법사와 사오정, 저팔계를 풀어주고, 여의봉을 집어 들었어요. 셋은 손오공에게 감사하고 말과 행장을 수습하여 동굴을 나와 큰길을 찾아 걷기 시작했어요.

한창 걷고 있던 참에 길가에서 누가 부르는 소리가 들렸어요.

"당나라에서 오신 성승님, 이 공양을 드시고 떠나십시오."

이 말에 삼장법사는 깜짝 놀랐어요. 누가 삼장법사를 불렀는지 알 수 없으니, 이에 대해서는 다음 회를 들어보시라.

제53회

삼장법사, 임신하다

덕행은 팔백 년을 닦아야 하고
음덕은 삼천 년을 쌓아야 하나니
사물과 나, 친한 이와 원수가 모두 차이가 없어야
비로소 서천으로 가는 발원을 이룰 수 있네.
외뿔 달린 요괴는 병사와 무기도 겁내지 않고
물과 불의 공격을 헛수고로 만들었네.
태상노군이 항복시켜 하늘로 향하니
웃으며 푸른 소를 끌고 돌아갔네.

德行要修八百　陰功須積三千
均平物我與親冤　始合西天本願
魔兕刀兵不怯　空勞水火無愆
老君降伏却朝天　笑把青牛牽轉

한편 큰길가에서 일행을 부른 사람은 누구였을까요? 다름 아닌 금두산 산신과 토지신이 자금紫金으로 만든 바리를 받쳐 들고 소리쳐 불렀던 거였어요.

"성승님, 이 바리의 밥은 제천대성님께서 좋은 곳에서 얻어 온 것입니다. 여러분께서 옳은 말을 귀담아듣지 않아 요괴의 손에 잘못 걸려드는 바람에, 제천대성님이 갖은 고생을 다 겪다가 오늘에야 겨우 벗어나게 되셨습니다. 우선 요기나 좀 하시고 길을 떠나십시오. 그리고 다시는 제천대성님의 공경과 효성의 마음을 저버리지 마십시오."

그러자 삼장법사가 말했어요.

"얘야, 네게 너무 많은 수고를 끼쳤구나! 뭐라 감사해야 할지 모르겠다. 테두리 밖으로 나가면 안 된다는 네 말을 진작 믿었더라면 이렇게 죽을 뻔한 위험에 빠지지 않았을 텐데 말이다."

손오공이 말했어요.

"솔직히 말씀드리면, 사부님께서 제가 쳐놓은 테두리를 믿지 않으신 바람에 요괴의 올가미[1]에 걸려들어 그렇게 큰 고초를 당하셨던 겁니다. 정말 안타깝습니다, 안타까워요!"

그리고 저팔계를 꾸짖었어요.

"못된 주둥이를 함부로 놀려대는 멍청이 네놈 때문에 사부님이 이렇게 큰 재난을 만나게 되신 거야. 이 몸이 온 하늘과 땅을 뒤집고 다니며 하늘 병사와 화덕성군과 수백 그리고 부처님의 금단사까지 청해 왔건만, 그놈의 흰 고리에 전부 빨려 들어갔어. 여래께서 이 몸에게 그 요괴의 근본을 알려주라고 나한들에게 당부하신 게 있어서, 그제야 그놈을 항복시키도록 태상노군을 모셔 왔지. 알고 보니 태상노군의 푸른 소란 놈이 요괴 노릇을 한 거였어."

삼장법사가 이 말을 듣자 감격해 어쩔 줄 몰라 하며 말했어요.

"착한 제자야, 이번에 이런 일을 겪었으니, 다음엔 무슨 일이 있

1 권자圈子가 동그라미와 올가미의 뜻을 함께 갖고 있기 때문에, 손오공이 말장난을 한 것이다.

어도 네가 시키는 대로 따르마."

마침내 일행 넷은 토지신과 산신이 가져온 밥을 나누어 먹었어요. 그런데 그 밥에서는 뜨거운 김이 무럭무럭 났어요. 손오공이 물었지요.

"이 밥은 가져온 지가 꽤 되었는데 어째서 아직도 이렇게 뜨겁지?"

토지신이 무릎을 꿇고 말했어요.

"그건 제천대성님의 일이 다 끝난 걸 알고, 제가 직접 데워서 가져왔기 때문입니다."

잠깐 사이에 식사가 다 끝나자 일행은 바리를 챙기고, 토지신과 산신에게 작별을 고했어요. 삼장법사는 안장에 올라 높은 산을 넘었어요. 이야말로 이런 모습이었지요.

생각과 마음을 씻어 깨달음으로 돌아가니
바람 마시고 물가에서 쉬며 서천으로 향하네.

滌慮洗心皈正覺　飡風宿水向西行

이렇게 한참을 가다가 어느덧 다시 이른 봄을 맞게 되었어요. 그 풍경이 어떠했는지 한 번 들어보세요.

제비는 지지배배 울고
꾀꼬리 아름답게 지저귀네.
제비는 지지배배 우니 향기로운 입 노곤하고
꾀꼬리 아름답게 지저귀니 고운 소리 쉴 새 없네.
온 땅 가득 붉은 꽃 비단을 깔아놓은 듯
온 산 가득 푸른 새싹 요를 깔아놓은 듯.
고개 위 푸른 매실이 콩알만 한 열매를 맺고

절벽 앞 늙은 잣나무엔 구름이 머무네.
윤택한 들판엔 엷은 안개 깔리고
따스한 모래밭엔 어느새 땅거미가 내리네.
몇 곳 정원의 꽃들은 꽃망울 터뜨리고
양기가 돌아온 대지에 버드나무 새싹 돋아나네.

紫燕呢喃　黃鸝睍睆
紫燕呢喃香嘴困　黃鸝睍睆巧音頻
滿地落紅如佈錦　徧山發翠似堆茵
嶺上青梅結豆　崖前古栢留雲
野潤烟光淡　沙暄日色曛
幾處園林花放蕋　陽回大地柳芽新

한참 가고 있는데, 눈앞에 갑자기 맑고 깨끗한 물결이 차갑게 일렁이는 강이 나타났어요. 삼장법사가 말을 멈추고 살펴보니, 멀리 강 저편 버드나무 푸르게 우거진 곳에 초가집 몇 채가 어렴풋이 보였어요. 손오공이 손가락으로 그쪽을 가리키며 말했어요.

"저쪽 인가가 분명 뱃사공의 집일 겁니다."

삼장법사가 말했어요.

"내가 보기에도 그렇다만, 배가 보이지 않으니 말을 해볼 수가 없구나."

그러자 저팔계가 얼른 짐을 내려놓고 큰 소리로 고함을 쳤어요.

"사공! 배를 이리 좀 대시오!"

이렇게 몇 번을 외치자 버드나무 그늘 안에서 끼익끼익 배 한 척이 저어 나와, 잠시 후 이쪽 강기슭으로 가까이 다가왔어요. 삼장법사와 제자 일행이 그 배를 자세히 바라보니, 이런 모습이었어요.

짧은 노가 물결을 가르고
가벼운 긴 노가 파도를 헤치네.
감람당橄欖糖[2] 곱게 바르고
작은 갑판이 모두 선창일세.
뱃머리엔 쇠 닻줄이 칭칭 감겨 있고
배 뒤편에는 조타실이 밝게 빛나네.
갈대로 엮은 조그만 배지만
큰 호수, 바다에 띄워도 손색없네.
비단 닻줄 상아 돛대 없지만
소나무 돛대와 계수나무 노는 가지고 있네.
만 리 길 마다 않는 훌륭한 배만 못하지만
강 하나쯤이야 거뜬히 건널 수 있지.
양쪽 강기슭만 오가며
오래된 나루터 드나들며 떠나지 않네.

短棹分波　輕橈泛浪
橄堂油漆彩　艎板滿平倉
船頭上鐵纜盤窩　船後邊舵樓明亮
雖然是一葦之航　也不亞泛湖浮海
縱無錦纜牙檣　實有松椿桂楫
固不如萬里神舟　眞可渡一河之隔
往來只在兩岸邊　出入不離古渡口

그 배는 순식간에 강기슭에 닿았어요. 뱃사공이 소리쳤어요.
"강을 건너실 분, 이리 오십시오!"
삼장법사가 말을 몰아 가까이 가 보니, 그 뱃사공의 모습이 이

2 나무 수지와 잎사귀를 쪄서 만든 접착제. 배 따위를 만들거나 보수하는데 쓴다.

러했어요.

머리엔 비단 융 수건을 두르고
발에는 검은 실로 짠 신을 신었네.
몸에는 솜을 덧대어 기운 바지저고리를 입고
허리엔 바늘땀 촘촘한 베치마를 둘렀네.
손목은 피부 거칠고 힘줄 단단한데
눈은 가물가물, 찌푸린 눈썹에 얼굴은 쭈글쭈글.
가늘고 교태로운 목소리 꾀꼬리가 지저귀는 듯했지만
가까이 가 보니 다름 아닌 늙은 아낙네일세.

頭裹錦絨帕　足踏皂絲鞋
身穿百納綿襠襖　腰束千針裙布褪
手腕皮粗觔力硬　眼花眉皺面容衰
聲音嬌細如鶯囀　近觀乃是老裙釵

손오공은 배 가까이 다가가 물었어요.

"사공이십니까?"

그 부인이 "맞아요." 하고 대답하자 손오공이 다시 물었어요.

"아니, 사공은 어디 갔기에 부인더러 배를 부리게 합니까?"

부인은 가만히 웃으며 아무 대답도 하지 않고, 배로 건너오는 발판을 손으로 끌어다 얹었어요. 사오정이 배에 오르자 손오공이 삼장법사를 부축하여 올라갔어요. 그들이 무사히 배로 건너가자 저팔계가 백마를 끌고 올라갔고, 발판을 거둬들였어요. 부인이 상앗대로 배를 밀어낸 뒤 노를 저으니, 순식간에 강을 건너갔어요. 서쪽 강기슭에 도착하자 삼장법사가 사오정더러 봇짐을 풀어 돈 몇 푼을 꺼내 사공에게 주도록 했어요. 부인은 많다 적다 따지지도 않고, 물가에 있는 망루에 닻줄을 매더니 싱글싱글 웃으며 집으로 들어가버렸어요.

삼장법사는 맑은 그 강물을 보자 갑자기 갈증이 나서 저팔계에게 일렀어요.

"바리때를 가져다 물 좀 떠 오너라."

그러자 멍텅구리가 대답했어요.

"저도 마침 물을 마시려고 하던 참입니다."

그는 즉시 바리때를 꺼내 한가득 물을 떠가지고 삼장법사에게 건네주었어요. 삼장법사가 반쯤 못 되게 마시고 반 남짓 남은 것을, 멍텅구리가 받아 들어 단숨에 깨끗이 마셔버렸어요. 그리고 삼장법사를 부축하여 말에 오르게 했지요. 그렇게 삼장법사 일행이 서쪽으로 길을 잡아 가고 있는데, 한 시간이 채 안 되어 삼장법사가 말 위에서 신음 소리를 내며 말했어요.

"아이고, 배야!"

그 뒤를 따라 저팔계도 끙끙거렸어요.

"나도 배가 아파!"

사오정이 말했어요.

"차가운 물을 먹어서 그런가봐요."

그 말이 채 끝나기도 전에 삼장법사가 비명을 질렀어요.

"아이고, 배가 아파 죽겠구나!"

저팔계도 "아파 죽겠어!" 하고 비명을 질러댔어요. 둘은 배가 참을 수 없게 아플 뿐 아니라 점점 불러오기까지 했어요. 손으로 문지르자 안에 핏덩이나 고깃덩어리 같은 게 있는 듯, 쉼 없이 꾸륵꾸륵 요동치는 것이었지요. 삼장법사가 어쩔 줄 몰라 하며 괴로워하던 차에, 문득 길가에 농가가 한 채 보였어요. 집 앞 나무의

삼장법사와 저팔계가 자모하의 물을 마시고 임신하다

가지 끝에는 풀단[3] 두 개가 매달려 있었어요. 손오공이 말했어요.

"사부님, 됐습니다! 저쪽이 술 파는 곳인 것 같습니다. 저희가 우선 저기 가서 뜨거운 물을 얻어다 드릴게요. 파는 약이 있는지 물어보고, 아픈 데 붙일 만한 약을 구해다 복통이 가라앉게 해드리겠어요."

삼장법사가 이 말을 듣고 아주 기뻐하며 백마를 재촉하여, 잠시 후 그 농가 앞에 도착해 말에서 내렸어요. 그런데 그 집 문 밖에는 노파 하나가 짚방석에 단정히 앉아 삼줄을 꼬고 있었어요. 손오공이 앞으로 다가가 인사하며 물었지요.

"할머니, 저는 동녘 땅 위대한 당나라에서 온 중입니다. 저희 사부님은 당나라 황제의 동생이신데, 저 강을 건너시다가 강물을 마신 뒤 배가 몹시 아프다고 하십니다."

그러자 노파가 깔깔 웃으며 대답했어요.

"어느 강에서 물을 잡수셨소?"

"여기 동편에 있는 깨끗하고 맑은 강물이었는데요."

노파는 재미있어 못 견디겠다는 듯 웃으며 말했어요.

"이거 정말 재밌는 일이로군! 재밌어! 모두들 들어오시오, 내가 다 말씀드리리다."

손오공이 얼른 삼장법사를 부축하고 사오정은 저팔계를 부축했어요. 두 사람은 아이고아이고 비명을 지르며 큰 배를 쑥 내밀고, 모두 얼굴이 노래져서 이마를 찌푸리고 그 초가집으로 들어가 앉았어요. 손오공이 연신 소리쳤어요.

"할머니, 우리 사부님 드리게 제발 뜨거운 물 좀 끓여주십시오. 사례는 하겠습니다."

하지만 그 노파는 물을 끓일 생각은 전혀 않고, 키득키득 웃으

3 옛날 주점의 표시로 삼엽衫葉을 묶어 공 모양으로 만들어 문 앞에 걸어두던 것.

며 뒤편으로 달려가더니 이렇게 소리를 질렀어요.

"얘들아, 이리 와봐라! 이리 나와봐!"

그러자 안에서 신을 탁탁 끌며 늙지도 젊지도 않은 아낙네 두 셋이 나와 모두 삼장법사를 바라보며 웃음을 터뜨리는 것이었어요. 발끈 화가 난 손오공이 버럭 고함을 치며 어금니를 한 번 꽉 깨물자, 기겁을 한 여인들이 비틀비틀 뒷걸음질을 쳤어요. 손오공이 앞으로 다가가 노파를 꽉 붙잡고 말했어요.

"빨리 물을 끓여 오시오! 그래야 놔줄 거야!"

노파가 벌벌 떨며 말했어요.

"나리, 제가 물을 끓여봤자 아무 소용없습니다. 두 분 배 아픈 걸 낫게 할 수도 없어요. 이 손은 놓고 제 말 좀 들어보세요, 제가 다 말씀드리겠습니다."

손오공이 놓아주자 노파가 말했어요.

"여기는 바로 서량녀국西梁女國이란 곳입니다. 여기는 모두 여자들만 있지 남자들은 하나도 없지요. 그래서 여러분들을 보고 좋아한 것입니다. 나리의 사부님께서 잡수신 그 물에 문제가 있습니다. 그 강은 자모하子母河라 불리는데, 국왕이 계신 성 밖의 영양관迎陽館이라는 역사驛舍[4]에 가면 문밖에 조태천照胎泉이란 곳이 또 있습지요. 이곳 사람들은 스물이 넘어야 자모하의 물을 마시러 갈 수 있습니다. 물을 마시면 곧 배가 아프면서 태기가 느껴지지요. 사흘 후에 영양관 조태천에 몸을 비춰보러 갑니다. 만약 몸이 둘로 비치면 곧 아이를 낳게 됩니다. 나리의 사부님께서 자모하의 물을 드셨으니 아이를 가지신 겁니다. 조만간 아이를 낳게 되실 텐데, 뜨거운 물로 어찌 치료할 수 있겠습니까?"

삼장법사가 이 말을 듣고 너무 놀라 얼굴이 흙빛이 되어 물었

4 '남자를 맞이하는 관역館驛'이라는 뜻이다.

어요.

"애야, 이 일을 어쩌면 좋으냐?"

저팔계도 허리를 비비 틀고 다리를 버둥거리며 끙끙 앓으면서 말했어요.

"아이고, 맙소사! 아이를 낳게 된다니! 우린 남자의 몸인데 아이 낳을 문이 어디 있기나 한담? 아이가 어떻게 빠져나온다는 말이야?"

손오공이 웃으며 말했어요.

"'외가 익으면 절로 떨어진다(瓜熟自落)'는 옛말도 있지 않더냐? 때가 되면 분명 옆구리에 구멍을 내어서 거기로 나올 거다."

저팔계가 그 말을 듣더니 벌벌 떨며 무서워하다가, 또 참을 수 없는 아픔에 소리를 질렀어요.

"아이고, 망했다! 나 죽었다! 나 죽었어!"

사오정이 웃으며 말했어요.

"둘째 형, 너무 몸을 비비 꼬지 마시오. 꼬지 말아요. 아이를 담은 창자가 잘못되어 배냇병이라도 걸릴까 걱정이오."

갈수록 놀라고 당황한 멍텅구리는 눈에 눈물이 그렁그렁, 손오공을 붙잡고 말했어요.

"형님, 어디 손재주 좋게 살살 다루는 산파가 있나 저 할멈에게 좀 물어봐서 우선 몇 명 좀 찾아놓아요. 잠깐 동안에도 계속 이렇게 지독히 요동을 쳐대는 꼴이 아무래도 산통인 것 같소. 얼른, 얼른!"

그러자 사오정이 또 웃으며 말했어요.

"둘째 형님, 산통이 시작된 거면 몸을 비비 꼬며 움직여선 안 되오. 태반을 눌러 양수를 터뜨리기라도 하면 큰일이야."

삼장법사가 끙끙거리면서 물었어요.

"할머니, 여기에 어디 의원은 없습니까? 제자를 보내 낙태약 한 첩 지어다 먹고 아이를 내리면 되지 않겠습니까?"

"그런 약은 아무 소용없습니다. 다만 여기서 정남쪽 길에 해양산解陽山이란 산이 있는데, 거기에 파아동破兒洞이란 동굴이 있고, 그 안에 낙태천落胎泉이란 곳이 있습지요. 그 우물의 물을 한 모금 먹어야 비로소 태기를 풀어버릴 수 있습니다. 그런데 지금은 그 물을 구할 수가 없답니다. 몇 해 전 여의진선如意眞仙이라는 도사가 와서 그 파아동을 취선암聚仙庵이라 고친 뒤, 낙태천을 지키고 앉아 사람들에게 물을 나눠 주려 하지 않습니다. 물을 구하려는 사람은 반드시 인사 선물을 준비해 가야 하고, 양을 잡고 술이며 과일을 지성껏 장만해 바쳐야 겨우 한 사발 얻을 수 있습니다. 여러분 같은 행각승이 어디 큰돈이 있어 그런 예물을 준비하겠습니까? 그저 팔자려니 여기고, 때가 되길 기다려 아이를 낳으면 되지요, 뭐."

손오공이 이 말을 듣자 뛸 듯이 기뻐하며 말했어요.

"할머니, 여기서 그 해양산까지 얼마나 됩니까?"

"삼 리 정도 되지요."

"됐다, 됐어! 사부님, 마음 푹 놓으십시오. 이 몸이 가서 물을 떠다 드리겠습니다."

멋진 제천대성! 그는 사오정에게 이렇게 분부했어요.

"너는 여기서 사부님을 잘 보살펴드리고 있어. 이 집안사람들이 무례하게 굴거나, 사부님을 집적대며 괴롭히거든, 옛 솜씨를 발휘해서 겁을 좀 주라고. 나는 물을 길러 갔다 올 테니까."

사오정이 그러겠노라 했어요. 그러자 노파가 커다란 흙으로 만든 커다란 흙 사발을 들고 나와 손오공에게 건네주며 말했어요.

"이 사발을 들고 가서 넉넉히 받아 오십시오. 남은 걸 저희에게 주시면 두었다 급할 때 쓰게요."

손오공이 그 사발을 받아 들고 초가집을 나와서 구름을 타고 떠났어요. 그 모습을 본 노파가 그제야 하늘을 향해 절을 올리며 말했어요.

"아이고, 하느님! 저 스님은 구름을 탈 줄 아시네!"

그러더니 집으로 들어가 아낙네 몇을 불러 삼장법사에게 머리를 조아려 절을 올리게 하고, 모두 나한보살羅漢菩薩이라 불렀어요. 또 한편으론 뜨거운 물을 끓이고 밥을 지어 삼장법사를 접대했으니, 이 일은 더 말하지 않겠어요.

한편 제천대성은 근두운을 타고 날아갔는데, 얼마 안 되어 산봉우리 하나가 구름자락을 가리고 서 있는 것이 보였어요. 구름을 내려 눈을 크게 뜨고 살펴보니, 정말 멋진 산이었지요!

비단을 펼쳐놓은 듯 꽃들은 그윽하게 피어 있고
들풀은 푸르게 깔려 있네.
계곡물은 서로 이어 떨어지고
시냇가 구름 한결같이 한가롭네.
층층이 깊은 계곡엔 등나무 덩굴 빽빽하고
까마득히 이어진 봉우리마다 숲이 우거졌네.
새 울고 기러기 지나는데
사슴은 물을 마시고 원숭이는 나무에 기어오르네.
비췻빛 높은 산은 장벽처럼 둘러쳐 있고
푸른 절벽은 틀어 올린 머리 같구나.
흙먼지 세차게 날려도 닿기 어려워라,
바위와 샘 깨끗하니 아무리 보아도 싫증나지 않네.

약초 캐러 가는 선동 언제나 볼 수 있고
땔나무 지고 돌아오는 나무꾼 늘 만날 수 있네.
그야말로 천대산 경치에 손색없는 곳
삼봉 서화산에 비길 만하네.

幽花擺錦　野草鋪藍
澗水相連落　溪雲一樣閑
重重谷壑藤蘿密　遠遠峰巒樹木繁
鳥啼雁過　鹿飲猿攀
翠岱如屏嶂　青崖似髻鬟
塵埃滾滾真難到　泉石涓涓不厭看
每見仙童採藥去　常逢樵子負薪還
果然不亞天臺景　勝似三峰西華山

제천대성이 한창 산을 구경하다가 보니, 산 뒤편 으슥한 곳에 장원莊院 하나가 눈에 띄었어요. 갑자기 개 짖는 소리도 들렸지요. 그는 산에서 내려가 곧바로 그 장원으로 향했어요. 그 장원 역시 정말 멋진 곳이었으니, 그 모습이 이러했어요.

작은 다리에는 물이 흐르고
초가집은 푸른 산에 기대어 있네.
마을의 개 울타리에서 컹컹 짖고
은자들이 편안히 오고 가네.

小橋通活水　茅舍倚青山
村犬汪籬落　幽人自往還

그 집 문 앞에 이르니 늙은 도인 하나가 푸른 짚방석에 가부좌를 틀고 앉아 있었어요. 제천대성이 사발을 내려놓고 도인 앞으로 다가가 인사를 했어요. 그러자 도인이 허리를 굽혀 답례하고 말했어요.

"어디서 오신 분이오? 우리 암자에는 무슨 일이 있으시오?"

"저는 동녘 땅 위대한 당나라에서 어명을 받아 서천으로 경전을 가지러 가는 중입니다. 저희 사부님께서 자모하의 물을 잘못 마시셔서, 지금 복통이 심하고 배가 불러 고생하고 계십니다. 이 지방 사람에게 물어보니 아이가 들어선 거라 고칠 방법이 없지만, 해양산 파아동에 있는 낙태천의 물을 마시면 태기를 없앨 수 있다 하더이다. 그래서 여의진선을 찾아뵙고 샘물을 얻어 사부님을 구해드리고자 합니다. 번거로우시겠지만 도인께서 좀 가르쳐 주십시오."

도인이 웃으며 말했어요.

"여기가 바로 파아동이오. 지금은 취선암으로 이름을 고쳤소이다. 나는 다름 아닌 여의진선님의 큰제자이지요. 당신 이름은 뭐라 하시오? 이름을 알아야 안에 알려드리기가 좋겠는데."

"저는 당나라 삼장법사의 큰제자로서 손오공이라 합니다."

"인사 예물은 어디 있소?"

"저는 길 가는 탁발승인지라 미처 준비하지 못했습니다."

도인이 웃으며 말했어요.

"참 어리석기도 하시오! 우리 사부님께서 이 산의 샘을 지키고 계시는데, 남에게 절대 공짜로 주지 않으신단 말이오. 돌아가 예물을 준비해가지고 와야 내가 안에다 기별할 수 있소이다. 그렇지 않으면 돌아가시오. 샘물 얻을 생각일랑 꿈에도 마시오!"

"'인정은 어명보다 크다(人情大似聖旨)'고들 합니다. 이 몸의 이름을 대면 분명 인정을 베풀어 우물을 송두리째 내줄지도 모릅니다."

도인은 이 말을 듣고 하는 수 없이 기별을 넣으러 안으로 들어갔어요. 가 보니 여의진선은 거문고를 타고 있는지라, 연주가 끝나길 기다려 겨우 이렇게 말했어요.

"사부님, 밖에 웬 중이 하나 왔는데, 당나라 삼장법사의 큰제자 손오공이라고 합니다. 자기 사부를 구하기 위해 낙태천의 물을 얻었으면 하던데요."

여의진선은 그 말을 채 다 듣기도 전에, 손오공이라는 이름을 듣자마자 속에서 분이 치밀어 오르고 증오심이 솟구쳤어요. 당장에 벌떡 일어나 거문고 타던 침상에서 내려와 평상복을 벗고 도사복으로 갈아입은 뒤, 마음대로 움직이는 갈고리[如意鉤]를 집어 들고 암자 문 밖으로 뛰쳐나갔어요. 그리고 버럭 소리를 질렀지요.

"손오공, 어디 있느냐?"

손오공이 고개를 돌려보니 여의진선은 이런 차림새였어요.

머리에 쓴 성관 아름답게 빛나고
몸에는 금실로 짠 붉은 법의 입었네.
겹겹의 비단으로 만든 수놓은 운혜雲鞋 신고
영롱하게 빛나는 보석 허리띠를 둘렀네.
물결무늬 수놓은 비단 버선 신고
반쯤 드러난 치마 사이로 수놓은 융 옷이 반짝이네.
손에는 여의구를 들었는데
창끝 날카롭고 방망이는 길어 마치 이무기나 용 같네.
부리부리한 눈 번쩍번쩍, 눈썹은 위로 뻗쳐 올라갔고
강철 비녀 같은 이빨 날카롭고 입술은 뻘겋게 뒤집어졌네.

이마 아래 구레나룻은 사나운 불길처럼 휘날리고
귀밑머리 붉은 머리털 짧게 뒤엉켜있네.
생김새는 하늘 문 지키는 온원수처럼 흉악한데
어찌하랴? 옷차림은 같지 않다네.

頭戴星冠飛彩艷　身穿金縷法衣紅
足下雲鞋堆錦繡　腰間寶帶繞玲瓏
一雙納錦凌波襪　半露裙襴閃繡絨
手拿如意金鉤子　鐔利杵長若蟒龍
鳳眼光明眉菂竪　鋼叙尖利口翻紅
額下髯飄如烈火　鬢邊赤髮短蓬鬆
形容惡似溫元帥　爭奈衣冠不一同

손오공은 그를 보자 합장하여 예를 갖추고 말했어요.

"제가 바로 손오공입니다."

여의진선이 웃으며 말했어요.

"네가 진짜 손오공이냐? 가짜로 손오공이라 사칭하는 것은 아니고?"

"그게 무슨 말씀이시오? '군자는 길을 갈 때건 앉아 있을 때건 성과 이름을 바꾸지 않는다(君子行不更名 坐不改姓)'는 말도 있지 않소. 내가 바로 손오공인데, 남의 이름을 빌릴 까닭이 있겠소?"

"그럼, 날 알아보겠느냐?"

"불문에 귀의한 이후로 성심으로 불교의 가르침을 받들어 요사이는 산에 오르고 물을 건너느라 정신이 없소. 그래서 어릴 적 친구들과도 다 소원해지고 제대로 찾아보지도 못한 터라, 선생의 존안을 잘 알아보지 못하겠소. 방금 자모하의 서편에 있는 마을 사람에게 사정을 물어보다가 선생께서 바로 여의진선이라기에 그런 줄 알고 있소이다."

"너는 네 길을 가고, 난 내 도를 닦으면 될 뿐인데, 왜 날 찾아온 것이냐?"

"사부님께서 자모하의 물을 잘못 마시고 복통에 태기가 생겼기에, 귀댁을 찾아 낙태천 물 한 그릇 얻어다 사부님의 어려움을 구해 드리려고 합니다."

그러자 여의진선이 눈을 부라리며 말했어요.

"네 사부가 당나라 삼장이란 자더냐?"

"예, 바로 그렇습니다."

여의진선은 이를 부드득 갈며 원한에 차서 말했어요.

"그럼 성영대왕聖嬰大王이란 자를 만난 적이 있으렷다!"

"그건 호산號山의 고송간枯松澗 화운동火雲洞 홍해아紅孩兒란 요괴의 별명입니다. 그런데 그건 왜 물으시는지요?"

"그가 바로 내 조카이다. 내가 바로 우마왕牛魔王의 동생이지. 일전에 형님에게서 기별이 왔는데, 당나라 삼장의 큰제자인 손오공이란 놈이 행패를 부려 조카를 해쳤다고 하더군. 내 여기서 널 찾아 복수할 길이 없던 차에 도리어 네놈이 제 발로 찾아왔구나. 그러면서 또 무슨 물을 달라고 하다니!"

손오공이 웃는 낯으로 말했어요.

"선생, 잘못 아셨습니다. 선생의 형님께선 제 옛 친구로서, 어릴 적에 일곱 의형제를 맺은 적도 있지요. 선생의 댁을 몰라 찾아뵙지 못했던 것뿐이지요. 선생의 조카는 지금 좋은 자리를 얻어 관음보살을 곁에서 모시는 선재동자善財童子가 되어 있습니다. 우리들보다 훨씬 좋은 위치에 있는데 어째서 도리어 절 탓하는 겁니까?"

그러자 여의진선이 버럭 소리를 질렀어요.

"이런 못된 원숭이놈! 아직도 그 교활한 혀를 놀려대다니! 그래 내 조카가 자유롭게 왕 노릇하는 게 낫겠느냐, 아니면 남의 종노릇하는 게 낫겠느냐? 버르장머리 없는 놈! 내 여의구 맛이나 보아라!"

제천대성이 여의봉을 휘둘러 공격을 막으며 말했어요.

"선생, 싸우자는 말은 그만두고 물이나 좀 주시지요."

여의진선이 욕을 퍼부었어요.

"못된 원숭이놈! 죽을지 살지도 모르는 놈이 어디서 까불어! 세 합을 싸워 나를 이기면 물을 줄 것이요, 이기지 못하면 네 살점을 도려내 장조림으로 만들어 내 조카의 원수를 갚을 것이다."

그러자 제천대성도 맞받아 욕을 했어요.

"제 분수도 모르는 못된 놈 같으니! 싸우려거든 썩 나와서 이 여의봉 맛을 보거라."

여의진선이 여의구를 들어 맞받아쳤어요. 둘이 취선암에서 맞붙으니 정말 대단한 싸움이었어요.

삼장법사가 잉태하게 하는 물을 잘못 마시니
손오공이 여의진선을 찾아왔네.
누가 알았으랴, 여의진선이 원래 요괴였을 줄?
힘을 믿고 낙태천을 독차지하였네.
둘이 만나 따져 보니 서로 원수인지라
맞대결은 쉽사리 끝날 일이 결코 아니네.
주고받던 말들 욕설이 되고
증오심에 북받쳐 원수를 갚고자 하네.
이쪽은 사부님의 목숨을 구하고자 물을 가지러 왔고
저쪽은 신세 망친 조카 위해 물을 주지 않으려 하네.

여의구는 전갈 독처럼 강하고
여의봉은 용의 머리처럼 매섭네.
가슴을 향해 마구 찔러대며 용맹을 떨치고
여의구 비스듬히 발을 잡아채며 묘한 술수를 펼치네.
은근슬쩍 여의봉을 내리치니 상처 중하고
어깨를 스쳐 여의구 쳐올리니 머리 근처를 때리네.
여의봉 매가 참새를 잡아채듯 허리를 휘감으며 달려들고
여의구 세 갈고리 사마귀가 매미를 잡듯 정수리를 찍어 누르네.
달려들었다 물러섰다 승부를 다투며
엎치락뒤치락 빙빙 돌며 싸우네.
앞뒤를 분간할 수 없이 갈고리는 잡아당기고 방망이는 내려치니
어느 편이 이기고 어느 편이 지는 지 알 수 없구나.

聖僧誤食成胎水　行者來尋如意仙
那曉眞仙原是怪　倚强護住落胎泉
及至相逢講仇隙　秉持決不遂如然
言來語去成僝僽　意惡情兇要報寃
這一箇因師傷命來求水　那一箇爲姪亡身不與泉
如意鉤强如蝎毒　金箍棒狠似龍巓
當胸亂刺施威猛　着脚斜鉤展妙玄
陰手棍丟傷處重　過肩鉤起近頭鞭
鎖腰一棍鷹持雀　壓頂三鉤螂捕蟬
往往來來爭勝敗　返返復復兩回還
鉤攣棒打無前後　不見輸贏在那邊

여의진선은 손오공과 열 합 남짓 싸웠지만 그를 당해낼 수 없었어요. 제천대성은 갈수록 더 맹렬히 공격하며, 마치 끊임없이 떨어져 내리는 유성처럼 여의봉을 휘둘러 머리를 마구 내리쳤어요. 여의진선은 기력이 다하여 여의구를 질질 끌며 산 위로 도망쳤어요.

제천대성은 도망가는 그를 쫓지 않고 물을 구하러 취선암으로 들어갔어요. 하지만 도인이 벌써 문을 꽉 잠가버린 뒤였지요. 제천대성은 사발을 들고 문 앞으로 다가가 있는 힘껏 발로 걷어차 문을 부수고 안으로 들어갔어요. 우물로 가 보니 도인이 우물 난간에 납작 엎드려 있었는데, 제천대성이 냅다 호통을 치며 여의봉을 들어 때리려 하자 뒤편으로 도망쳐버렸지요. 그제야 두레박을 찾아 물을 길으려 하는데, 이번엔 또 여의진선이 앞으로 쫓아와 여의구로 발을 걸어 채는 바람에 바닥에 나뒹굴고 말았어요. 제천대성이 기어 일어나 여의봉을 휘두르니, 여의진선은 슬쩍 옆으로 피하며 여의구를 잡고 말했어요.

"어디 네놈이 내 물을 떠 갈 수 있나 두고 보자!"

제천대성이 욕을 퍼부었어요.

"어디 덤벼보시지! 덤벼봐! 이 못된 녀석, 곧장 저승으로 보내주마!"

하지만 여의진선은 앞으로 나서 덤벼들지는 못하고, 그저 제천대성이 물을 길어 가지 못하게 막기만 하는 것이었어요. 그가 꼼짝도 않는 것을 보고 제천대성이 왼손으로 여의봉을 빙글빙글 돌리며 오른손으로 두레박을 잡고 줄을 풀어 주르르 밑으로 떨어뜨렸어요. 그러자 여의진선이 또 여의구를 쓰며 덤벼들었어요. 한 손으로는 막아내기가 어려운 판에 그가 다시 여의구로 다리를 걸어 잡아채자 손오공은 그만 휘청하고 넘어져, 줄과 두레박

마저 몽땅 우물에 빠지고 말았어요. 제천대성이 소리쳤어요.
"이런 못된 놈을 봤나!"
그는 일어나 두 손으로 여의봉을 휘두르며 앞뒤 사정 가리지 않고 마구 후려쳤어요. 여의진선은 아까처럼 줄행랑을 놓으며 맞서 싸울 엄두도 내지 못했지요. 제천대성이 다시 가서 물을 뜨려 했지만, 아뿔싸! 물통은 없어져 버렸고, 또 여의구에 잡아채일지도 몰라 속으로 곰곰이 생각해봤어요.
'일단 가서 도와줄 사람을 데려와야겠다.'
멋진 제천대성! 그는 구름을 돌려 곧장 시골집 문 앞에 이르러 큰 소리로 사오정을 불렀어요. 안에서는 삼장법사가 아픔을 참느라 신음하고 있었고, 저팔계가 끙끙거리는 소리가 끊이지 않았어요. 밖에서 부르는 소리가 들리자 둘은 아주 기뻐하며 말했어요.
"오정아, 오공이가 왔나 보다."
사오정이 얼른 문을 나가 맞이하며 말했어요.
"큰형님, 물을 가져오셨습니까?"
제천대성이 안으로 들어와 지금까지의 일을 모두 삼장법사에게 들려주었어요. 그러자 삼장법사가 눈물을 뚝뚝 흘리며 말했어요.
"얘야, 그럼 이 일을 어쩌면 좋단 말이냐?"
"그래서 제가 사오정더러 저와 함께 가자고 데리러 온 겁니다. 암자에 가서 이 몸이 그 자식과 싸우고 있으면, 그사이에 사오정이 물을 떠서 사부님을 구해드리면 되지 않겠습니까?"
"병이 없는 너희 둘이 모두 가버리고 아픈 우리 둘만 남게 되면, 누가 우릴 돌본단 말이냐?"
그러자 노파가 옆에서 말했어요.
"나한보살님, 마음 푹 놓으십시오. 제자분들 필요 없이 저희가 알아서 잘 받들어 모시겠습니다. 여러분들이 아침에 오셨을 때도 정말 가엾고 안타까운 마음이었습니다만, 저 보살님께서 구름과 안개를 타고 다니시는 걸 보고 그제야 스님이 나한보살님이신걸 알아보았습니다. 절대 스님을 해치지 않을 것입니다."

손오공이 혀를 끌끌 차더니 이렇게 말했어요.

"여긴 모두 여자들뿐인데 감히 누구를 해칠 수 있단 말이오?"

그러자 노파가 웃으며 말했어요.

"나리, 그래도 여러분들이 운이 좋으셔서 저희 집으로 오시게 된 겁니다. 만약 둘째 집으로 가셨더라면 여러분도 이렇게 온전치 못했을 겁니다."

저팔계가 끙끙거리며 물었어요.

"온전치 못하다니, 그건 무슨 소리요?"

"저희 집 네다섯 식구는 모두 나이를 먹을 만큼 먹어서 남녀관계 같은 것도 일절 그만두었지요. 그래서 여러분을 다치게 하지 않는 겁니다. 둘째네에 가셨더라면, 거긴 식구도 많은데다 젊은 애들이 어디 스님들을 가만 놔두려했겠습니까? 같이 자자고 요구했을 테고, 말을 듣지 않으면 그대로 죽여서 살을 몽땅 발라내 가지고 향주머니[香袋]를 만들었을 겁니다."

"그런 거라면 난 절대 다치지 않았을 거야. 다른 사람들이야 모두 향기가 물씬 나서 향주머니 만들기에 좋겠지만, 나는 노린내 나는 돼지라 살을 저며도 노린내가 나거든. 그래서 끄떡없었을걸?"

손오공이 웃으며 말했어요.

"쓸데없이 주둥이 나불대지 마라. 힘을 아껴둬야 해산하기 좋을 게 아냐?"

노파가 말했어요.

"지체하지 마시고 얼른 물을 뜨러 가십시오."

손오공이 말했어요.

"집에 두레박이 있소? 있으면 좀 빌려다 씁시다."

노파가 뒤편으로 들어가 두레박을 하나 꺼내가지고 나왔어요. 또 친친 감은 두레박줄도 가져와 사오정에게 건네주었지요. 그러자 사오정이 말했어요.

"줄을 한 벌 더 가져가야겠소. 우물이 깊으면 필요할지도 모르니까."

사오정은 물통과 줄을 받아 즉시 제천대성을 따라 그 집을 나서 함께 구름을 타고 떠났어요. 한 시간쯤 지나 해양산 경계에 이르자, 구름을 내리고 곧장 취선암으로 갔어요. 제천대성이 사오정에게 지시했어요.

"물통과 줄을 가지고 숨어서 이 몸이 나가 싸움을 거는 동안 기다리고 있어. 우리 둘의 싸움이 한창 무르익으면, 그 틈에 안으로 들어가 물을 떠가지고 곧바로 떠나라고."

사오정이 두말없이 그 명에 따랐어요. 제천대성이 여의봉을 들고 문 앞으로 다가가 큰 소리로 외쳤어요.

"문 열어라! 문 열어!"

문지기가 그걸 보고 급히 안으로 들어가 알렸어요.

"사부님, 그 손오공이란 놈이 또 찾아왔는데요."

여의진선이 화를 벌컥 내며 말했어요.

"이런 못된 원숭이 자식! 까불어도 너무 까부는구나! 전부터 재주 깨나 있다는 얘기는 들어왔다만 오늘에야 정말 그렇단 걸 알았어. 그놈의 방망이가 정말 대적하기 어렵더군."

도인이 말했어요.

"사부님, 저놈의 솜씨가 대단하긴 합니다만, 사부님도 그에 못지않으십니다. 정말 맞수라 할 만하던데요."

"앞서 두 번은 내가 그놈에게 졌지."

"앞서 두 번을 그놈이 이기긴 했어도 그건 잠깐 용을 쓴 것일 뿐입니다. 나중에 물을 길으려다 사부님의 여의구에 두 번이나 꼬꾸라졌으니, 서로 비긴 게 아니겠습니까? 아까는 어쩔 수 없어 도망쳐놓고, 지금 다시 온 걸 보면, 분명 삼장법사가 임신한 몸이 무거워져서 타박이 심하니까 어쩔 수 없어 오긴 왔지만, 필시 자기 사부를 원망하는 마음이 있을 겁니다. 사부님께서 이기실 건 의심할 여지가 없습니다."

여의진선은 이 말에 싱글벙글 기분이 좋아져서, 만면에 웃음을 띠고 거드름을 피우며 여의구를 곧추들고 문밖으로 나가 호통을 쳤어요.

"못된 원숭이놈! 왜 또 찾아왔느냐?"

"물을 가지러 온 것뿐이다."

"샘물은 바로 우리 집 우물의 것이다. 제왕이건 재상이건 누구라도 인사 선물로 양고기나 술 같은 걸로 예의를 갖추어야 조금 나눠 주는 것이야. 하물며 너는 내 원수이거늘, 어디 감히 제멋대로 빈손으로 찾아와 물을 달라고 해?"

"진짜 안 내놓을 거냐?"

"못 준다! 절대 못 줘!"

제천대성이 욕을 퍼부었어요.

"못된 놈 같으니! 주지 않겠다면 이 여의봉 맛이나 봐라!"

손오공은 싸울 자세를 잡고 다짜고짜 여의진선의 머리를 내려쳤어요. 그는 슬쩍 옆으로 몸을 피하면서 여의구로 재빨리 막으며 맞받아쳤어요. 이번 싸움은 저번보다 더 대단했어요.

여의봉과 여의구
원한을 품고 노기를 떨치네.
모래와 돌이 날리니 천지가 캄캄하고
흙먼지 흩뿌리니 해와 달이 수심에 잠기네.
제천대성은 물을 구해 삼장법사 구하려 하고
요사한 신선은 조카 때문에 물을 주지 않으려 하네.
두 편 모두 있는 힘을 다하니
한 데 뒤엉켜 승부를 겨루네.
이를 악물고 우열을 다투고
이를 갈며 강자와 약자를 가르네.
기회를 노려 정신을 바짝 차리고
구름과 안개를 뿜으니 귀신도 근심하네.
탁탁 퍽퍽 여의구와 여의봉 소리 울리며
울부짖는 함성 소리 산을 뒤흔드네.
광풍이 미친 듯 불어닥쳐 숲속 나무를 꺾고
살기가 쉴 새 없이 뻗쳐 나와 북두성과 견우성을 지나네.
제천대성 싸울수록 신이 나고
여의진선 싸울수록 끈질기게 달려드네.
마음과 뜻이 있어 싸우는 것이니
생사결단이 나기 전엔 그만두지 않으리.

金箍棒　如意鈎　二人奮怒各懷仇
飛砂走石乾坤暗　播土揚塵日月愁
大聖救師來取水　妖仙爲姪不容求
兩家齊努力　一處賭安休
咬牙爭勝負　切齒定剛柔
添機見　越抖擻　噴雲曖霧鬼神愁

朴朴乒乓鉤棒響　喊聲哮吼振山丘
狂風滾滾催林木　殺氣紛紛過斗牛
大聖愈爭愈喜悅　眞仙越打越綢繆
有心有意相爭戰　不定存亡不罷休

둘은 취선암 밖에서 맞붙어 이리 뛰고 저리 날며 싸우면서 산비탈 아래까지 내려가 힘겹게 대치한 얘기는 더 이상 하지 않겠어요.

한편, 사오정이 물통을 들고 문으로 짓치고 들어가자 도인이 우물가에서 가로막으며 말했어요.

"웬 놈이냐? 감히 물을 가지러 와!"

사오정이 두레박 물통을 내려놓고 항요장을 꺼내 다짜고짜 머리를 내리쳤어요. 도인은 미처 피하지 못하고 왼쪽 팔이 부러져 땅바닥에 나뒹굴며 살려달라고 애원했어요. 사오정이 이렇게 꾸짖었어요.

"이 못된 놈! 짐승이라면 때려죽였겠지만 사람의 몸이니 그럴 수가 없구나. 그래도 널 가엾게 여겨 목숨만은 살려준다! 물을 길어야 하니까 비켜라!"

도인은 기겁을 하여 걸음아 날 살려라 하고 엉금엉금 기어 뒤편으로 달아나버렸어요. 사오정은 물통에 우물물을 가득 길어 암자 문을 빠져나와 구름을 타고 손오공에게 외쳤어요.

"큰형님, 이제 물을 길어서 갑니다. 그놈은 이제 놓아주셔요. 놓아주셔요!"

제천대성이 이 말을 듣자 비로소 여의봉으로 여의진선의 갈고리를 버텨 누르며 말했어요.

"이 어르신의 말씀을 잘 들어라! 본래는 네놈을 깨끗이 죽여 없애려 했다. 허나 네가 무슨 법을 범한 적이 없고, 또 네 형님 우마왕과의 정리를 생각해서 그럴 수가 없구나. 처음에는 두 번 다 네 갈고리에 걸려 물을 뜨지 못했으나, 이번에는 호랑이를 꼬여 산에서 나오게 하는 조호이산調虎離山의 계책을 써서 네놈을 싸움으로 유인해내고, 그사이에 내 사제를 시켜 물을 뜨게 했다. 이 몸이 있는 솜씨를 다 써서 네놈과 싸운다면 여의진선 하나가 아니라 몇을 더 데려다 놓아도 몽땅 때려죽일 수 있다. 허나 때려죽이는 것이 살려 보내는 것만 못하기에 일단 용서해 몇 년 더 살게 해주마. 이후에 다시 물을 가지러 오는 사람이 있으면 절대 괴롭히지 마라."

여의진선은 다짜고짜 여의구를 휘두르며 손오공의 발을 잡아채려 했어요. 하지만 제천대성이 잽싸게 갈고리 끝을 피해 앞으로 쫓아가 "게 섰거라!" 소리쳤어요. 여의진선이 미처 손을 쓰지 못하고 어쩔 줄 몰라 하는 사이 제천대성이 그를 밀어 털썩 바닥에 쓰러뜨리니 버둥거리며 일어나지 못했어요. 제천대성은 여의구를 빼앗아 두 동강으로 분지른 후, 다시 한 번 꺾어 네 동강을 내어 땅에 던지며 말했어요.

"못된 놈! 이래도 감히 또 버릇없이 굴 테냐?"

요사한 여의진선은 벌벌 떨며, 그런 모욕도 꾹 참은 채 아무 말도 못 했어요. 제천대성은 껄껄 웃으며 구름을 타고 솟구쳐 올랐어요. 여기에 이를 증명하는 시가 있답니다.

참된 납을 단련하려면 참된 물이 있어야 하니
참된 물과 조화를 이루어야 참된 수은을 제대로 얻을 수 있네.

참된 수은과 참된 납에 그것을 낳아준 기운[5]이 없어지면
신비한 단사와 약이 나오니 그것이 바로 선단이로다.
어린아이가 잘못 들어서 임신이 되니
토모(사오정)는 공력을 펼쳐 어려움을 마다하지 않네.
이단을 무너뜨려 정종의 가르침을 따르고
삼장법사는 뜻을 이루어 웃는 얼굴 돌아왔네.

眞鉛若鍊須眞水　眞水調和眞汞乾
眞汞眞鉛無母氣　靈砂靈藥是仙丹
嬰兒枉結成胎像　土母施功不費難
推倒傍門宗正教　心君得意笑容還

제천대성이 상서로운 빛을 솟구쳐 사오정을 따라잡았어요. 둘은 낙태천의 참된 물을 가지고 싱글벙글 기뻐하며 삼장법사가 머무는 곳으로 돌아왔어요. 구름을 내려 곧장 그 시골집으로 가 보니, 저팔계가 배가 남산만큼 불러서는 문간에 기대어 끙끙거리고 있었어요. 손오공이 살금살금 그 앞으로 다가가 말했어요.

"멍청아, 언제 산실産室을 차릴 거냐?"

멍텅구리가 화들짝 놀라 말했어요.

"형, 놀리지 좀 마시오. 그런데 물은 가지고 온 거요?"

손오공이 저팔계를 놀려먹고 있는데, 사오정이 뒤이어 도착해 웃으며 말했어요.

"물이 왔어요! 물이 왔어요!"

삼장법사가 고통을 참으며 일어나 말했어요.

5 모기母氣는 다른 사물을 생성하게 하는 기운이다. 예를 들어 "금金은 수水의 어미[母]로서 모기가 쇠하면 아들의 기운[子氣]이 왕성하게 된다"는 논리이다. 여기서 모기는 앞에 나온 진수眞水를 가리킨다.

"얘들아, 고생들 많았다!"

노파도 무척 기뻐했고, 다른 식구들도 모두 나와 절하며 말했어요.

"보살님! 정말 어려운 일을 하셨습니다! 정말 어려운 일을요!"

당장 무늬가 있는 자기 잔을 가져다 반 잔 정도 물을 떠서 삼장법사에게 건넸어요.

"스님, 조금씩 드십시오. 한 모금만 마셔도 태기가 풀어집니다."

저팔계가 말했어요.

"난 잔 같은 건 필요 없소. 물통째 마셔버려야겠어."

그러자 노파가 말했어요.

"나리, 사람 간 떨어지는 소리 마십시오! 그 물을 물통째 마시면 창자며 배까지 흐물흐물 녹아 없어질 겁니다요!"

깜짝 놀란 멍텅구리는 감히 허튼수작을 못하고 역시 반 잔을 마셨어요. 한 끼 식사 시간도 못 되어 삼장법사와 저팔계는 주리를 틀 듯 배가 아프더니 꾸륵꾸륵 네댓 번 창자가 울어댔어요. 창자에서 소리가 나자 멍텅구리는 참지 못하고 대변과 소변을 그대로 싸버렸지요. 삼장법사도 참을 수가 없어 어디 조용한 곳으로 가 변을 보려고 했어요. 그러자 손오공이 말했어요.

"사부님, 절대 바람 드는 데로 가지 마십시오. 갑자기 바람을 쐬어서 산후병이라도 생길까 걱정입니다."

노파가 얼른 요강을 두 개 들고 나와 둘이 뒤를 볼 수 있게 해주었어요. 잠깐 사이에 몇 차례나 뒤를 보고 나니, 그제야 비로소 통증이 멎는 걸 느꼈어요. 부어올랐던 배도 점점 가라앉고 핏덩이 고깃덩어리 같은 것도 녹아 없어졌어요. 노파의 집에선 또 흰쌀죽을 끓여 허해진 기를 보충해 주었지요. 저팔계가 말했어요.

"할머니, 내 몸은 아주 튼튼하니까 기를 보충하거나 할 필요 없소. 우선 물을 끓여 목욕이나 하게 해주시면 죽을 먹기도 좋을 것 같소."

그러자 사오정이 말했어요.

"형님, 목욕은 절대 안 되오. 산후조리를 하는 사람이 물을 가까이 하면 병이 생긴단 말이오."

"내가 뭐 제대로 된 해산을 한 것도 아니고 그저 대단찮은 유산을 한 것뿐인데, 그까짓 게 뭐가 겁나? 깨끗이 씻어버려야겠어."

노파는 물을 끓여 두 사람이 손발을 씻도록 해주었어요. 그제야 삼장법사가 죽을 두 사발쯤 먹었고, 저팔계는 열 사발을 넘게 먹고도 더 달라고 했어요. 손오공이 웃으며 말했어요.

"저런 바보, 이제 그만 좀 먹어라! 그러다 애기 때문에 부어오른 배가 가라앉지 않아서 꼴사나워지면 안 되지."

"상관없어, 상관없어! 내가 무슨 암퇘지도 아닌데 그런 걱정을 왜 해?"

그 집 사람들이 정말로 또 밥을 지어주었어요. 노파가 삼장법사에게 말했어요.

"스님, 이 물은 저희에게 주십시오."

손오공이 말했어요.

"야, 멍청이, 물 더 안 마실 거야?"

"배가 안 아픈 걸 보니 태기가 완전히 풀어진 모양이오. 말짱하게 아무렇지도 않은데 물은 또 뭐하러 마시겠소?"

"이 둘이 다 나았으니 물은 댁에게 드리겠습니다."

노파는 손오공에게 고맙다고 인사하고, 남은 물을 옹기 항아리에 담아 집 뒤편 땅속에 묻어두며 식구들에게 이렇게 말했어요.

"이 정도면 내 장례 비용은 충분히 마련할 수 있을 게다."

식구들 모두 기뻐해 마지않았어요. 모두들 공양을 정갈하게 준비하고 탁자며 의자를 가지런히 차려놓으니, 삼장법사 일행은 밥을 먹고 한가롭게 쉬다가 그날 밤은 거기서 묵었어요.

다음 날 날이 밝자 삼장법사 일행은 노파의 식구들에게 작별을 고하고 그 집을 나섰어요. 삼장법사가 안장에 올라 말을 타자 사오정이 봇짐을 메고, 제천대성은 앞에서 길을 인도하고, 저팔계는 말고삐를 끌었어요. 이야말로,

> 배 채우려 탐한 죄업을 씻으니 몸도 깨끗해지고
> 범속한 태를 녹여 없애니 육신 또한 본연으로 돌아가네.
>
> 洗淨口業身乾淨　消化凡胎體自然

라는 것이었지요.

결국 국경 지대에 가서는 또 어떤 일이 생길는지 알 수 없으니, 이에 대해서는 다음 회를 들어보시라.

제54회
여인국 여왕이 삼장법사를 유혹하다

그러니까 삼장법사와 제자 일행은 마을 사람들과 작별하고 길을 따라 서쪽으로 갔어요. 그러다가 삼사십 리도 못 가서 서량녀국의 경계에 이르렀어요. 삼장법사가 말에 탄 채 말했어요.

"오공아, 바로 앞에 성이 있는데, 저잣거리에서 사람들이 요란하게 떠드는 소리가 들리는 걸 보니 아마 서량녀국인 모양이다. 너희들은 조심해서 법규를 잘 지켜야 하느니라. 절대 방탕하게 정욕을 품어서 불가의 가르침을 어지럽혀서는 안 된다."

세 제자들은 공손히 그 말에 따랐어요. 그런데 그 말이 채 끝나기도 전에 일행은 동쪽 관문 근처의 거리 입구에 도착했어요. 그곳 사람들은 모두 긴치마에 짧은 저고리를 입었고, 얼굴엔 분을 칠하고 머리엔 기름을 바르고 있었는데, 늙은이건 젊은이건 할 것 없이 모두 여인들이었어요. 그들은 거리 양쪽에서 장사를 하고 있다가 문득 삼장법사 일행이 오는 것을 보더니, 일제히 박수를 치고 깔깔대며 얼굴 가득 기쁜 표정을 지으며 말했어요.

"야! 씨를 줄 남자가 왔다!"

깜짝 놀란 삼장법사는 고삐를 당긴 채 나아가지 못했어요. 순식간에 거리는 여자들로 가득 차고 웃으며 재잘거리는 소리만 들렸어요. 저팔계가 입속으로 투덜거리며 말했어요.

"나는 거세한 돼지야, 거세한 돼지!"

손오공이 말했어요.

"멍청아, 헛소리 말아라! 넌 그 비루먹은 낯짝이나 내밀면 그만이야."

저팔계가 정말 머리를 양쪽으로 내저으며 길쭉한 창포 잎사귀 같은 두 귀를 쫑긋 세운 채 연방蓮房을 걸어 붙인 듯한 입술을 삐죽이며 소리를 내지르자, 여인들은 깜짝 놀라 자빠져 바닥을 엉금엉금 기었어요. 이를 증명하는 시가 있지요.

> 성승이 부처 뵈러 가는 길에 서량녀국에 도착하니
> 나라 안은 정말 여자들의 세상이요 남자는 드물더라.
> 농부며 선비, 장인, 장사치도 모두 여인네들이고
> 어부며 나무꾼, 일꾼, 목동도 모두 붉은 화장 했지.
> 길에 가득 아리따운 여인들 씨 줄 남자 부르고
> 거리를 메운 젊은 아낙들 고운 낭군 맞이하려 했지.
> 저팔계가 험상궂은 얼굴 내보이지 않았더라면
> 구름 같은 꽃들의 포위를 감당하지 못 할 뻔했지.
>
> 聖僧拜佛到西梁　國內衡陰世少陽
> 農士工商皆女輩　漁樵耕牧盡紅粧
> 嬌娥滿路呼人種　幼婦盈街接粉郎
> 不是悟能施醜相　烟花圍困苦難當

이 때문에 여인들은 무서워 감히 다가오지 못하고, 모두들 손을 비비며 허리를 구부린 채, 머리를 흔들고 손가락을 깨물며 덜

덜 떨면서 길가에 빽빽이 늘어선 채 삼장법사를 바라보았어요. 제천대성도 험악한 표정을 지어 보이며 길을 열었고, 사오정도 사나운 얼굴로 삼장법사를 보호했어요. 저팔계는 말을 끌며 주둥이를 내민 채, 귀를 쫑긋거렸어요. 일행이 앞으로 나아가며 보니, 저잣거리에는 집들이 가지런히 늘어서고, 가게는 크고 넓었는데, 대개 소금이나 쌀을 파는 가게와 술집, 찻집 등이었어요. 높다랗고 큰 건물들은 모두가 가게였고, 깃발 날리는 술집과 찻집엔 창마다 주렴이 드리워 있었지요.

삼장법사와 제장 일행이 길모퉁이를 돌아가자, 문득 여자 벼슬아치 하나가 길가에 시립해 있다가 큰 소리로 외쳤어요.

"멀리서 오신 손님들, 함부로 성안으로 들어가시지 마십시오. 역관驛館에 투숙하시고 장부에 성명을 적으시면, 제가 폐하께 아뢰고 조사를 마친 후 지나가게 해드리겠습니다."

삼장법사가 그 말을 듣고 말에서 내려 살펴보니, 그 관청 대문 위에는 '영양역迎陽驛' 즉 남자를 맞이하는 역이라는 편액이 걸려 있었어요. 삼장법사가 말했어요.

"오공아, 그 마을 사람들이 한 얘기가 사실인가 보다. 정말 남자를 맞이하는 역이 있구나."

사오정이 웃으며 말했어요.

"둘째 형님, 조태천에 가서 비춰보시구려. 정말 모습이 둘로 비치는지 보게 말이오."

"놀리지 마라. 낙태천의 물을 한 잔 마시고 벌써 애를 떼버렸는데, 뭐하러 거기에 비춰본단 말이냐?"

그러자 삼장법사가 고개를 돌리며 분부했어요.

"팔계야, 말조심해라, 조심해!"

그리고 그는 그 벼슬아치에게 다가가 인사를 했어요. 벼슬아치는 길을 인도하여 그들을 모두 역관 안의 대청에 앉게 하고, 즉시 차를 내오라고 분부했어요. 그 부하들은 모두 머리를 세 갈래로 빗어올리고 양쪽으로 터진 치마를 입는 여자들이었어요. 보세요. 차를 가져온 이도 배실배실 웃었어요. 얼마 후에 차를 다 마시자, 여자 벼슬아치가 허리를 약간 숙여 경의를 나타내며 물었어요.

"손님들은 어디서 오신 분들인지요?"

손오공이 대답했어요.

"우리는 동녘 땅 위대한 당나라 황제의 명을 받아 부처님을 뵙고 경전을 구하러 서천으로 가는 이들입니다. 저희 사부님은 바로 당나라 황제 폐하의 아우님이시며, 호를 당 삼장이라 합니다. 저는 저분의 큰제자 손오공이고, 이 둘은 제 사제인 저오능과 사오정입니다. 말까지 포함해서 일행이 모두 다섯입니다. 여기 통행증명서를 가져왔으니 검사해보시고 지나게 해주십시오."

여자 벼슬아치는 붓을 들어 글을 다 쓰더니, 내려와 머리를 조아리며 말했어요.

"나리 용서하십시오. 저는 영양역을 관리하는 역승驛丞이옵니다. 큰 나라에서 높으신 나리께서 오신 줄 몰랐사옵니다. 알았다면 마땅히 마중을 나갔을 것입니다."

그는 절을 마치자 곧 담당 부하에게 지시하여 음식을 준비하게 하고, 이렇게 말했어요.

"나리들, 잠시만 앉아 계십시오. 제가 성안으로 들어가 저희 국왕께 아뢰어 통행증명서에 도장을 찍고 공문서를 발급받으면, 나리들을 서쪽으로 가시도록 전송해드리겠습니다."

삼장법사가 기꺼워하며 앉아 있었음은 더 이상 말하지 않겠어요.

한편, 역승은 의관을 단정히 차려입고 곧장 성안의 오봉루五鳳樓 앞으로 가서 문을 지키는 관리에게 말했어요.

"저는 영양관의 역승인데, 폐하를 뵙고 아뢸 일이 생겼습니다."

문지기 관리가 즉시 안에다 보고하니, 안으로 들여보내라는 명령이 내려왔어요. 그가 대전 앞에 이르자, 여왕이 안에서 이렇게 물었지요.

"역승은 무슨 일을 아뢰려는 것이냐?"

"역에 동녘 땅 위대한 당나라 황제의 아우님이신 당 삼장이 와 있습니다. 손오공과 저오능, 사오정이라는 세 제자와 말까지 합쳐서 모두 다섯인데, 이들은 서천으로 가서 부처님을 뵙고 경전을 구하려 한다고 하옵니다. 이에 특별히 폐하께 아뢰나니, 그들의 통행증에 도장을 찍어 지나가게 해주어도 되겠사옵니까?"

여왕은 그 말을 듣고 무척 기뻐하며 여러 문무관료들에게 말했어요.

"과인이 지난밤 꿈속에 황금 병풍에서 아름다운 빛이 나고, 옥거울이 밝게 빛나는 것을 보았는데,[1] 오늘 바로 이런 기쁜 일이 있을 징조였구려."

여러 여자 벼슬아치들은 붉은 계단 아래서 일제히 절을 올리며 말했어요.

"폐하, 그게 어떻게 오늘의 기쁜 일을 가리키는 징조라는 것입니까?"

"동녘 땅에서 온 남자는 바로 당나라 황제의 아우님이시오. 혼돈이 열려 천지가 만들어진 때부터 대대로 우리나라 제왕들은 남자가 이곳에 온 것을 본 적이 없소. 다행히 지금 당나라 황제의

1 '금병金屛'과 '옥경玉鏡'은 각각 '금병金瓶' 즉 아름다운 미녀(혹은 그녀의 성기性器)와 '옥경玉莖' 즉 남자의 성기를 암시한다.

아우님이 오셨으니, 이는 아마도 하늘이 내려주신 분이 아닐까 싶소. 과인은 이 나라 모든 것을 예물로 삼아 그분을 모셔 와 왕으로 삼고, 나는 왕비가 되겠소. 그와 음양의 화합을 이루어 자손을 낳아, 제왕의 기업基業을 길이 전하려는 것이오. 그러니 어찌 오늘의 기쁜 일을 알리는 징조가 아니겠소?"

벼슬아치들은 절을 올리고 춤을 춰 찬양하며 모두들 기뻐했어요. 그러자 역승이 또 아뢰었어요.

"폐하의 말씀은 바로 만대에 걸쳐 가업을 전하는 훌륭한 말씀이십니다만, 당나라 황제의 아우님께서 거느린 세 제자는 흉악스럽고 생김새도 말이 아닙니다."

"그대가 보기에, 당나라 황제의 아우님은 생김새가 어떠하더냐? 그분의 제자들은 어느 정도 흉측하고 못생겼더냐?"

"당나라 황제의 아우님은 생김새가 당당하고 멋들어져서 정말 하늘이 내린 큰 나라의 사나이요, 남섬부주南贍部洲 중화中華 나라의 인물답다고 할 수 있사옵니다. 그런데 그 세 제자들은 생김새가 흉악하여 얼굴이 마치 요괴 같사옵니다."

"그렇다면 그 제자들에게는 통행증에 도장을 찍어주어서 서천으로 가게 하고, 당나라 황제의 아우님만 남아 있게 하면 되지 않겠느냐?"

그러자 여러 벼슬아치들이 절을 올리며 아뢰었어요.

"폐하의 말씀이 지극히 옳습니다. 저희들은 그 말씀을 따르겠습니다. 하지만 배필을 정하는 일에는 중매쟁이가 없으면 안 되옵니다. 예로부터 '인연에 따라 짝이 만나는 것은 붉은 단풍잎에 의지하고, 월하노인月下老人은 부부의 발에 붉은 실을 묶어준다

(姻緣配合憑紅葉 月老夫妻系赤繩)'[2]고 하지 않았사옵니까?"

"경들의 말에 따라 왕실의 태사太師를 매파로 삼고, 영양역의 역승으로 하여금 혼례를 주관하게 하여, 먼저 역으로 가서 당나라 황제의 아우님에게 청혼을 하게 하라. 그분이 허락하면 짐이 성을 나가 그분을 영접하겠노라."

이에 태사와 역승은 명을 받고 조정을 나왔어요.

한편, 삼장법사와 제자 일행이 역관 대청에서 공양을 먹고 있는데, 밖에 사람이 와서 알렸어요.

"국왕 폐하의 태사와 역승께서 오셨습니다."

삼장법사가 말했어요.

"태사는 무슨 일로 왔을까?"

저팔계가 대답했어요.

"아마 여왕이 우리를 초대한 모양이지요."

손오공이 말했어요.

"초대하는 것이 아니라 틀림없이 청혼을 하려는 것이야."

삼장법사가 말했어요.

"오공아, 만약 보내주지 않고 억지로 결혼을 시키려 한다면 어쩌면 좋으냐?"

"사부님께선 그저 그러마고 하십시오. 이 몸에게 방법이 있습니다."

2 당나라 선종(宣宗, 847~859 재위) 때 노악盧渥이라는 서생은 우연히 황궁의 도랑에서 붉은 단풍잎 하나를 주웠는데, 그 위에 시가 한 수 적혀 있었다. 나중에 선종이 궁녀를 내보내 일반 백성과 결혼하게 해주었는데, 노악이 아내로 맞이한 사람은 공교롭게도 예의 단풍잎에 시를 적었던 그 궁녀였다고 한다(범터范攄, 『운계우의雲溪友議』 권10). 또한 월하노인은 혼인을 주관한다는 전설 속의 신이다. 그가 붉은 끈으로 부부의 발을 묶어주면 비록 원수지간이나 빈부의 격차가 많이 나는 사이, 혹은 지역적으로 아무리 멀리 떨어져 있는 사이라 할지라도 결국 부부가 된다고 했다.(이복언李復言, 『속유괴록續幽怪錄』)

말이 끝나기도 전에 두 여자 벼슬아치들이 도착해서 삼장법사에게 절을 올리니, 삼장법사는 일일이 답례하며 물었어요.

"저는 출가한 몸이라 무슨 덕이며 재주도 없는데, 어찌 감히 대인大人들의 절을 받겠습니까?"

태사는 삼장법사의 용모가 뛰어난 것을 보고 속으로 기뻐하며 중얼거렸어요.

'우리나라는 정말 운이 좋구나. 이 남자는 우리 왕의 부군이 될 만해.'

두 벼슬아치들은 예를 마치고 일어나 좌우로 시립하며 말했어요.

"당나라 황제의 아우님, 정말 축하합니다!"

"저는 출가한 사람인데 어디 축하할 일이 있겠습니까?"

그러자 태사가 허리를 굽혀 절하며 말했어요.

"이곳은 서량녀국이온데, 예부터 이 나라에는 남자가 없었사옵니다. 이제 다행히 당나라 황제의 아우님께서 강림해주셨기에, 제가 폐하의 명을 받들어 청혼을 하고자 찾아왔습니다."

"허! 이런! 이 몸이 따라오는 자식도 없이 혼자 귀국貴國에 오면서, 그저 못난 제자 셋만 거느리고 있는데, 대인께서는 무슨 혼사를 청하신다는 말씀이십니까?"

그러자 역승이 대답했어요.

"제가 조정에 아뢰었더니, 우리 왕께서 무척 기뻐하시면서, 어젯밤에 길몽을 꾸었는데, 그 꿈에 황금 병풍에서 아름다운 빛이 나고, 옥거울이 밝게 빛나는 것을 보셨다 하옵니다. 그런데 당나라 황제의 아우님께서 큰 중화 나라의 사나이라는 것을 아시고, 이 나라를 예물로 삼아 나리를 부군으로 모시고자 하였사옵니다. 나리께선 옥좌에 앉아 제왕이 되시고, 우리 왕께서는 황후가 되시는 것이지요. 그래서 명을 내리시길, 태사를 매파로 삼고 저더러 혼례를 주관하라 하셨기에, 이렇게 와서 청혼하는 것입니다."

삼장법사가 그 말을 듣고 고개를 숙인 채 말이 없자, 태사가 말했어요.

"대장부가 때를 만났으면 놓치지 말아야 합니다. 이렇게 청혼하는 일이야 세상에 흔히 있는 일이지만, 한 나라를 예물로 삼는 경우는 정말 드뭅니다. 얼른 윤허하시어 저희들이 돌아가 보고할 수 있게 해주시옵소서."

삼장법사는 더욱 벙어리가 될 수밖에 없었어요. 그러자 저팔계가 옆에서 긴 주둥이를 내밀며 소리쳤어요.

"태사, 가서 당신네 왕께 우리 사부님은 오래도록 수련하여 도를 깨우치신 나한이신지라 당신네 나라 같은 것은 절대 탐내지 않으시고, 또 나라를 기울게 할 만큼 아리따운 용모에도 혹하지 않으신다고 보고하시오. 빨리 통행증명서에 도장을 찍어 저분을 서천으로 보내드리게 하고, 내가 여기 남아 데릴사위가 되는 게 어떠냐고 여쭤보시오."

태사는 그 말을 듣고 가슴이 떨려 감히 대답하지 못했어요. 그러자 역승이 말했어요.

"당신도 남자이긴 하지만 생김새가 너무 못나서 우리 왕의 마음에 들지 않을 겁니다."

저팔계가 웃으며 말했어요.

"당신 정말 융통성이 없군. '굵은 버들가지로는 키를 만들고 가는 버들가지로는 국자를 만드나니, 세상에 뉘라서 사나이의 얼굴 못생겼다고 따지랴(粗柳簸箕細柳斗 世上誰見男兒醜)' 하는 속담도 있지 않소?"

그러자 손오공이 말했어요.

"멍청아, 말도 안 되는 소리 말아라! 길을 계속하든 여기 머물든 간에 그저 사부님의 뜻에 따를 뿐이다. 쓸데없이 중매쟁이 노릇일랑 하지 마라."

삼장법사가 말했어요.

"오공아, 넌 어쩌면 좋겠느냐?"

"제 생각엔 사부님이 여기 계셔도 좋을 것 같습니다. 옛말에도 '천 리 밖에 떨어져 있어도 인연은 실에 묶인 것과 같다(千里姻緣似線牽)'고 했는데, 여기처럼 그 말에 딱 들어맞는 데가 세상에 어디 또 있겠습니까?"

"얘야, 우리가 여기서 부귀를 탐한다면 누가 서천으로 가서 경전을 얻겠느냐? 그건 우리 위대한 당나라 황제의 바람을 그르치는 일이 아니냐?"

그러자 태사가 말했어요.

"당나라 황제의 아우님, 제가 감히 속이지 못하겠사옵니다. 우리 왕께서는 원래 나리께만 청혼을 하고, 나리의 세 제자들은 결혼 피로연에 참석하게 한 후, 공문서를 내려 통행증명서에 도장을 찍어주어 서천으로 불경을 가지러 가게 해주라고 하셨사옵니다."

그러자 손오공이 말했어요.

"태사의 말씀도 일리가 있소. 괜히 일을 어렵게 만들 것 없이, 차라리 사부님께서 이곳에 남아 당신네 왕의 부군이 되시게 하겠소. 얼른 통행증에 도장을 찍어주어 우리를 서천으로 떠나게 해주시오. 경전을 얻어 돌아올 때 이곳에 들러 부모님[3]께 인사를 올리고, 노잣돈라도 얻어 당나라로 돌아가겠소."

태사와 역승은 손오공에게 예를 올리며 말했어요.

3 환속하여 여왕과 결혼해 있을 삼장법사를 떠올리며 놀리는 표현이다.

"일이 잘 이루어지게 해주셔서 정말 감사합니다."

그러자 저팔계가 말했어요.

"태사, 입으로만 맛있는 요리를 차려준다고 해서는 안 되오. 우리가 이미 허락했으니, 당신들의 군주더러 먼저 자리를 한번 마련하여 우리에게 결혼을 승낙하는 기념으로 술이라도 대접하라고 하시는 게 어떻소?"

"예, 예, 그러고 말고요! 바로 잔칫상을 준비하시라고 말씀드리겠습니다."

역승과 태사가 뛸 듯이 기뻐하며 여왕에게 돌아가 아뢴 이야기는 더 이상 하지 않겠어요.

한편, 삼장법사는 손오공을 붙들고 욕을 퍼부었어요.

"이 원숭이 녀석, 나를 갖고 놀다니! 어떻게 그따위 소리를 하느냐? 나더러 여기서 결혼하고 너희는 서천으로 부처님을 뵈러 가겠다니. 나는 죽어도 그렇게는 못한다!"

"사부님, 안심하세요. 이 몸이 어찌 사부님의 성정性情을 모르겠습니까? 단지 이런 곳에서 이런 사람들을 만났으니, 어쩔 수 없이 저들의 계책을 역이용하자는 것일 따름입니다."

"그래서 어떻게 하겠다는 말이냐?"

"만약 사부님께서 원칙을 고집하시며 허락하지 않으시면, 저들은 통행증명서에 도장을 찍어주지도 않고, 우릴 보내주지도 않을 것입니다. 혹시 못된 마음을 품고 많은 사람에게 사부님의 육신을 갈가리 찢어 무슨 향주머니 같은 것을 만들어 차고 다니게 한다면, 저희가 어찌 너그럽게 대할 수 있겠습니까? 틀림없이 요괴를 항복시켜 없애는 신통력을 부려야 할 테지요. 사부님도 아시다시피 저희들은 손이 맵고 무기도 살벌해서, 조금만 손을 써도 이 나라 사람들을 모두 죽여버릴 겁니다. 저들이 비록 우리 길을 막고 있긴 하지만, 괴물이나 요괴가 아니라 한 나라의 사람들입니다. 사부님께서도 평소에 자비를 잘 베푸시는 분이라 오는 길에 살아 있는 것은 하나라도 해치지 않으셨습니다. 만약 수많은 보통 사람들을 때려죽인다면 사부님의 마음으로 어찌 그걸 참아내겠습니까! 그건 정말 선하지 못한 일을 저지르는 것이 됩니다."

삼장법사가 그 말을 듣고 말했어요.

"오공아, 듣고 보니 정말 그렇구나. 하지만 여왕이 나를 데리고 들어가면 부부의 의식을 치르려 할 터인데, 내 어찌 원양元陽을 잃고 불가의 덕행을 망칠 수 있겠느냐? 참된 정기[眞精]가 새나가게 하는 것은 불제자의 몸을 타락시키는 일이다."

"오늘 청혼을 허락했으니, 여왕은 분명히 황제의 예를 갖춰서 성 밖으로 나와 사부님을 맞이하려 할 것입니다. 사부님께선 절대 사양하지 마시고 제왕의 수레를 타고 대전에 올라 용상에 앉으십시오. 여왕에게 옥새를 꺼내 오라 하시고, 저희들을 조정으로 불러 통행증명서에 도장을 찍으십시오. 그리고 다시 여왕에게 서명하여 저희들에게 주라고 하십시오. 또 한편으로는 잔치를 열어 여왕과 부부가 된 경사를 축하하고, 저희들을 송별하겠다고 하십시오. 잔치가 끝나면 수레를 준비하게 하시고, 저희 셋만 전송하고 돌아와 여왕과 부부가 되겠다고 하십시오. 아무것도 모르는 여왕과 신하들은 무척 기뻐할 테니, 가로막을 생각도 못하고 악독한 마음도 품지 않을 것입니다. 사부님께서는 성문 밖까지 전송하러 나오시면 황제의 수레에서 내리신 다음 사오정더러 시중들게 해서 백마에 오르십시오. 이 몸이 몸을 움직이지 못하게 하는 정신법定身法을 펼치면 여왕과 신하들은 모두 꼼짝도 하지 못할 테니까, 저희들은 큰길을 따라 서쪽으로 가면 됩니다. 밤낮으로 꼬박 하루를 간 뒤 제가 주문을 외워 술법을 풀어주면, 여왕과 신하들은 깨어나 성으로 돌아갈 수 있을 것입니다. 이렇게 되면 저들의 목숨을 해치지도 않고 또 사부님의 원신元神을 잃지도 않을 것입니다. 이걸 일컬어 혼인을 빙자해서 그물에서 벗어나는 '가친탈망假親脫網'의 계책이라 하니, 일거양득의 멋진 계책이 아니겠습니까?"

삼장법사가 그 말을 듣고 마치 술에서 막 깨어난 듯, 꿈에서 처음 깨어난 듯, 기뻐 근심을 잊고 칭찬하며 고마워했어요.

"얘야, 고맙구나. 아주 좋은 생각이로구나!"

넷이서 한마음으로 뜻을 모아 상의한 일에 대해서는 더 이상 얘기하지 않겠어요.

한편, 그 태사와 역승은 번거로운 절차를 생략하고 곧바로 조정의 백옥 계단 앞에 이르러 이렇게 아뢰었어요.

"폐하, 좋은 꿈이 딱 맞아떨어져서 물고기가 물을 만난 즐거움이 넘치는 부부 관계[4]를 이룰 수 있게 되었사옵니다."

여왕은 그 말을 듣자 주렴을 걷고 용상에서 내려와, 앵두 같은 입술을 열어 은처럼 하얀 이를 드러낸 채 함박 웃으며 아리따운 목소리로 물었어요.

"당나라 황제의 아우님께서 뭐라고 하셨소?"

그러자 태사가 대답했어요.

"저희들이 역에 도착해서 당나라 황제의 아우님을 배알하고 즉시 청혼에 대해 자세히 말씀드렸습니다. 그분께선 핑계를 대

4 『관자管子·소문小問』에서, 부부 사이에 사랑이 넘치는 관계를 비유하는 말로 "물고기가 물을 만난 듯하다(如魚得水)"고 했다.

며 거절하셨는데 다행히 그분의 큰제자가 흔쾌히 허락하면서, 자기 사부님은 이곳에 남아 폐하의 부군이 되어 나라를 다스리게 해달라고 했습니다. 다만 먼저 통행증명서에 도장을 찍어 자기들 셋이 서천으로 떠날 수 있게 해달라고 했습니다. 그리고 경전을 얻어 돌아갈 때 이곳에 들러 사부님 내외께 인사를 올리고 노잣돈을 얻어 당나라로 돌아가겠다는 것입니다."

여왕이 웃으며 말했어요.

"그 말을 듣고 당나라 황제의 아우님께선 뭐라고 하셨소?"

"그분께선 아무 말씀이 없으셨는데, 아마 폐하의 부군이 되시려는 모양입니다. 하지만 그분의 둘째 제자는 먼저 자리를 마련하여 폐하께서 결혼을 승낙하는 축하주를 내셔야 한다고 말했습니다."

여왕은 그 말을 듣고 즉시 광록시光祿寺에 명을 내려 잔치를 준비하게 했어요. 그리고 큰 수레를 준비해서 부군을 맞이하러 성 밖으로 나갔지요. 여러 여자 벼슬아치들은 즉시 여왕의 명에 따라 궁궐을 청소하고 정원에 누대를 설치했어요. 한쪽에서는 재빨리 잔치 자리를 마련하고, 다른 한쪽에서는 서둘러 수레를 준비했어요. 보세요. 서량녀국은 비록 여인들의 나라였지만, 왕의 수레는 중국에 못지않게 화려했어요.

여섯 용 오색 기운 뿜어내고
한 쌍 봉황 상서로운 분위기 피워낸다.
여섯 용 오색 기운 뿜어내며 수레를 호위하고
한 쌍 봉황 상서로운 분위기 피워내며 수레를 몰아온다.
기이한 향기 진하게 퍼지고
상서로운 기운 무성히 일어난다.

금어대金魚袋와 옥패 찬 벼슬아치들 수레를 에워싸고
구름머리에 보석 장식한 시녀들 나란히 늘어섰다.
원앙새 그려진 둥근 가리개 수레를 가리고
비췻빛 주렴 사이로 봉황 장식 비녀가 어른거린다.
생황 소리 노랫소리 아름답게 울리고
온갖 악기들 멋들어지게 어울린다.
한 조각 기쁜 마음 푸른 하늘에 가득하고
끝없이 기쁜 숨결 마음에서 나온다.
높다란 지붕에 비단 덮개 하늘에서 하늘거리고
오색 깃발들은 백옥 계단에 비친다.
이곳엔 예로부터 결혼식이 없었는데
여왕이 오늘 부군을 맞게 되었다.

六龍噴彩　雙鳳生祥
六龍噴彩扶車出　雙鳳生祥駕輦來
馥郁異香藹　氤氳瑞氣開
金魚玉佩多官擁　寶髻雲鬟眾女排
鴛鴦掌扇遮鑾駕　翡翠珠簾影鳳釵
笙歌音美　弦管聲諧
一片歡情沖碧漢　無邊喜氣出靈臺
三檐羅蓋搖天宇　五色旌旗映御階
此地自來無合巹　女王今日配男才

얼마 후에 수레는 성 밖을 나와 영양역에 도착했어요. 그러자 누군가 삼장법사와 제자 일행에게 알렸어요.

"수레가 도착했습니다."

삼장법사는 그 말을 듣고 세 제자들과 함께 옷차림을 단정히 하고 대청을 나와 수레를 맞이했어요. 여왕은 주렴을 걷고 수레에서 내려와 말했어요.

"어느 분이 당나라 황제의 아우님이시오?"

태사가 삼장법사를 가리키며 말했어요.

"저기 역 문 바깥, 향 탁자 앞의 금란가사를 걸친 분이십니다."

여왕이 봉황의 눈동자 같은 눈을 반짝이며 예쁜 눈썹을 모으고 자세히 살펴보니, 과연 그 모습이 예사롭지 않았어요.

> 훤칠하고 빼어난 풍채에
> 위풍당당한 모습.
> 이는 은처럼 희고 가지런하고
> 붉은 입술은 반듯하네.
> 평평한 정수리 넓은 이마에 천창天倉[5]도 불룩하고
> 맑은 눈동자 시원한 눈썹에 턱도 길구나.
> 바퀴처럼 큼직한 두 귀는 진정 호걸의 모습이요
> 온몸에 속된 기운 없으니 뛰어난 남편감일세.
> 멋지구나! 젊고 잘생긴 풍류남아여!
> 서량녀국 정숙한 여왕의 짝이 될 만하네.

丰姿英偉　相貌軒昂
齒白如銀砌　唇紅口四方
頂平額闊天倉滿　目秀眉清地閣長
兩耳有輪眞傑士　一身不俗是才郎
好個妙齡聰俊風流子　堪配西梁窈窕娘

여왕이 그 모습을 보고 기뻐하며 자신도 모르게 모락모락 음

5 관상을 볼 때 이마의 양쪽 모서리를 일컫는 말이다.

란한 생각이 피어오르고 걷잡을 수 없는 욕망이 일어, 앵두 같은 작은 입을 열어 말했어요.

"당나라 황제의 아우님, 어서 혼례 수레에 오르세요."

삼장법사는 그 말을 듣고 얼굴이 귀뿌리까지 벌겋게 된 채, 부끄러워 고개를 들지 못했어요. 저팔계가 옆에서 주둥이를 내민 채 게슴츠레한 눈으로 살펴보니, 그 여왕도 날씬하고 나긋나긋한 모습이었어요.

눈썹은 물총새 깃털 같고
피부는 양젖처럼 희고 매끄럽네.
얼굴은 복사꽃 꽃잎 같고
틀어 올린 머리는 황금 봉황의 깃털 같네.
요염한 눈길 그윽하게 던지는 모습
봄날 죽순처럼 섬세하고 아름답네.
비스듬히 걸친 비단옷 곱게 나부끼고
높다란 비녀의 비취 장식 휘황하게 빛나네.
왕소군王昭君[6]의 미모 따윈 말하지 마오.
과연 서시西施보다 아름답구나.
버들가지 같은 허리엔 황금 패옥 살짝 걸쳤고
연꽃 같은 걸음 가볍게 움직이니 옥 같은 팔이 흔들리네.
달 속의 상아도 이렇게 예쁘기 어려우리니
높은 하늘 선녀라 한들 어찌 이처럼 고우랴?

6 한나라 원제(元帝, 기원전 48~기원전 33 재위) 때의 궁녀로 이름은 왕장王嬙이다. 기원전 313년에 흉노匈奴의 호한야선우呼韓邪單于와 화친을 맺기 위해 그녀를 시집보냈다. 원래 원제는 궁녀들의 초상을 보고 가장 못난 궁녀를 고르려 했는데, 그녀는 화가에게 뇌물을 주지 않은 바람에 본래 용모가 아름다웠지만 초상화에 못생기게 그려져 황제의 총애를 받지 못했다고 한다. 나중에 그녀는 지금의 내몽고에 속하는 흉노의 땅에서 죽어 묻혔는데, 그 무덤에 풀이 시들지 않아서 '청총靑塚'이라고 불렸다고 한다.

궁정 치장에 아름다운 모습 속세 사람들과는 다르니
정말 서왕모西王母 요지瑤池에서 내려온 듯하구나.

眉如翠羽　肌似羊脂
臉襯桃花瓣　鬟堆金鳳絲
秋波湛湛妖嬈態　春筍纖纖妖媚姿
斜嚲紅綃飄彩豔　高簪珠翠顯光輝
說甚麼昭君美貌　果然是賽過西施
柳腰微展鳴金珮　蓮步輕移動玉肢
月裡嫦娥難到此　九天仙子怎如斯
宮粧巧樣非凡類　誠然王母降瑤池

그 멍텅구리는 한참 쳐다보고 있노라니 자기도 모르게 침이 흐르고 심장이 두근거렸어요. 순식간에 뼈가 흐물흐물해지고 근육이 뻣뻣해지며, 마치 불꽃으로 달려드는 나방처럼 얼이 빠져버렸어요. 여왕은 가까이 다가와 삼장법사를 덥석 잡으며 고운 목소리로 조용히 말했어요.

"당나라 황제의 아우님, 수레를 타시고 저와 함께 금란전에 올라 부부가 되어주셔요."

삼장법사는 어쩔 줄 몰라 제대로 서 있지도 못한 채, 마치 취한 사람처럼 멍청히 있었어요. 그러자 손오공이 옆에서 말했어요.

"사부님, 너무 겸손해하실 필요 없습니다. 사모님과 함께 수레에 오르시지요. 얼른 통행증명서에 도장을 찍어 저희들이 경전을 가지러 가게 해주십시오."

삼장법사는 대답도 못하고 있다가, 손오공을 두 번이나 잡아당기며 하염없이 눈물을 흘렸어요. 그러자 손오공이 말했어요.

"사부님 걱정 마세요. 이런 부귀영화를 받아들이지 않는다면,

도대체 무얼 바라시는 겁니까?"

삼장법사는 어쩔 수 없이 그의 말에 따르는 수밖에 없었어요. 그는 눈물을 닦고 억지로 기쁜 표정을 지어 보이며 여왕에게 다가가,

하얀 손 맞잡고
함께 수레에 타네.
저 여왕은 너무 기뻐하며 부부가 되려 하는데
이 스님은 수심에 잠겨 그저 부처님 뵐 생각만 하네.
하나는 동방화촉 밝혀 원앙새 같은 짝이 되려 하고
다른 하나는 서천 영취산에 가서 석가세존 뵈려 하네.
여왕은 진정이나
성승은 마음을 속이네.
여왕은 진정으로
오순도순 함께 늙어가길 바라건만,
성승은 마음을 속인 채
정욕을 억누르고 원신元神을 양성하네.
하나는 남자를 만나 즐거워서
밝은 낮이라 나란히 누워 부부의 사랑 누리지 못해 안타까워하고
하나는 여색女色을 만나는 게 무서워
그저 당장 그물에서 벗어나 뇌음사로 달려가고픈 생각뿐이네.
두 사람이 함께 수레에 올랐으나
어찌 알았으랴, 삼장법사에게 다른 마음이 있음을!

同攜素手　共坐龍車

那女主喜孜孜欲配夫妻　這長老憂惶惶只思拜佛
一個要洞房花燭交鴛侶　一個要西宇靈山見世尊
女帝眞情　聖僧假意
女帝眞情　指望和諧同到老
聖僧假意　牢藏情意養元神
一個喜見男身　恨不得白晝并頭諧伉儷
一個怕逢女色　只懸量卽時脫網上雷音
二人和會同登輦　豈料唐僧各有心

문무 벼슬아치들은 여왕과 삼장법사가 함께 수레에 올라 나란히 앉자, 모두들 환하게 웃으며 의전 행렬을 갖춰 다시 성안으로 들어갔어요. 제천대성은 그제야 사오정에게 봇짐을 진 채 백마를 끌고 수레 뒤를 따라가게 했어요. 저팔계는 정신없이 앞으로 내달려 수레보다 먼저 오봉루 앞에 도착해서는 투덜거렸어요.

"정말 편하구먼! 누워서 떡 먹기로군! 그래도 이런 식으로 하면 안 되지! 안 되고말고! 축하주를 마신 후에 부부가 되어야 옳지!"

의전 행렬을 이끌던 여자 벼슬아치들은 모두 깜짝 놀라 나아가지 못하고 수레로 돌아가 아뢰었어요.

"폐하, 저 주둥이 길고 귀 큰 제자가 오봉루 앞에서 떠들어대며 축하주를 마셔야 한다고 하옵니다."

여왕은 그 말을 듣고 향기로운 어깨를 삼장법사에게 기대고 복사꽃 같은 볼을 가까이 하며, 단향檀香 냄새 그윽한 입을 열어 낮은 목소리로 말했어요.

"당나라 황제의 아우님, 주둥이 길고 귀 큰 자는 몇째 제자이옵니까?"

삼장법사가 거짓으로 결혼식을 올려 서량녀국을 빠져나오다

"둘째입니다. 저 애는 타고난 먹성이 커서 항상 먹을 궁리만 하지요. 아무래도 먼저 저 애에게 먹을 것과 마실 것을 좀 차려주어야 일을 진행할 수 있을 것 같습니다."

그러자 여왕이 급히 신하들에게 물었어요.

"광록시에서는 연회 준비가 다 되었느냐?"

"벌써 다 차려놓았사옵니다. 비린 음식과 정갈한 음식을 따로 갖춰서 동각東閣에 준비해두었사옵니다."

"어째서 따로 준비했느냐?"

"당나라 황제의 아우님과 제자분들이 평소에 정갈한 공양을 드시는 것 같기에, 비린 음식과 정갈한 음식을 따로 준비했사옵니다."

여왕은 또 미소를 지으며 삼장법사에게 향기로운 볼을 가까이 하며 물었어요.

"당신은 둘 중에 어떤 음식을 잡수시나요?"

"저는 정갈한 음식을 먹습니다. 하지만 제자들에게 술을 먹지 못하게 한 적은 없으니, 정갈한 소주素酒를 몇 잔 준비해서 둘째에게 좀 주어야 할 것 같습니다."

그 말이 채 끝나기도 전에 태사가 아뢰었어요.

"동각에 마련된 연회석으로 가시지요. 오늘 밤은 길일에다 때도 좋으니 당나라 황제의 아우님과 혼례를 치러도 좋겠습니다. 내일 날이 밝으면 당나라 황제의 아우님께선 금란전에 올라 용상에 앉으셔서, 연호를 바꾸고 왕위에 오르시옵소서."

여왕은 무척 기뻐하며 즉시 삼장법사의 손을 잡고 수레에서 내려 함께 궁궐 정문으로 들어갔어요.

신선의 음악 바람에 실려 누대에 내려오는데

궁궐 창합문閶闔門 사이로 비취 장식 수레가 들어오네.
황궁[7]이 활짝 열려 찬란히 빛나고
궁궐 문 닫히지 않아 가지런히 늘어선 멋진 건물들 보이네.
기린전 안에선 향로의 연기 하늘하늘 피어오르고
공작 병풍 주변으로 건물들 모습 돌아가네.
높다란 정자와 누각들은 당나라 황궁의 풍경 같은데
황금과 옥으로 장식한 건물들[8] 더욱 신기하구나!

風飄仙樂下樓臺　閶闔中間翠輦來
鳳闕大開光藹藹　皇宮不閉錦排排
麒麟殿内爐烟裊　孔雀屏邊房影廻
亭閣崢嶸如上國　玉堂金馬更奇哉

동각 아래 이르자 또 한바탕 생황 소리와 노랫소리가 아름답게 울리면서, 아름다운 궁녀들이 두 줄로 늘어서 있는 것이 보였어요. 누각 한가운데에는 두 종류의 잔치 음식이 풍성하게 차려져 있었어요. 왼쪽 상석에는 정갈한 요리들이, 오른쪽 상석에는 비린 요리들이 차려져 있고, 아래쪽에는 모두 두 줄로 방석들이 마련되어 있었어요. 여왕은 옷소매를 살짝 걷고 가느다란 열 손가락으로 옥 술잔을 받쳐 들고 자리에 앉았어요. 그러자 손오공이 다가와 말했어요.

"저희 사부님과 제자들은 모두 정갈한 음식만 먹습니다. 먼저

7 본문의 '봉궐鳳闕'은 본래 한나라 때의 궁궐인 건장궁建章宮을 가리키는데, 나중에 제왕의 궁궐을 가리키는 일반적인 명칭으로 사용되었다.

8 본문의 옥당玉堂은 원래 한나라 미앙궁未央宮에 속한 전각인 옥당전玉堂殿을 가리킨다. 또 '금마金馬'는 '금마문金馬門'을 가리킨다. 이것은 한나라 때 벼슬아치들이 근무하던 황궁 안의 관청 건물인데, 무제(武帝, 기원전 140~기원전 87 재위) 때에 대완국大宛國에서 한혈마汗血馬를 얻고, 그것을 기념하기 위해 구리로 말의 모습을 만들어 그 관청 앞에 세워두면서 '금마문'이라는 명칭이 붙었다고 한다.

저희 사부님을 자리에 앉게 해드리고, 왼쪽의 정갈한 음식이 차려진 곳을 중심으로 아래쪽에 세 자리를 만들어 좌우로 나눠 주시면 저희 형제들이 앉겠습니다."

태사가 기뻐하며 말했어요.

"예, 맞습니다. 사제 지간은 부자지간과 같으니, 나란히 앉을 수 없지요."

여러 벼슬아치들은 황급히 자리 배치를 다시 했어요. 여왕은 일일이 술잔을 돌리며 세 형제들을 위로했어요. 손오공은 또 삼장법사에게 눈짓을 해서 답례를 하게 시켰어요. 삼장법사도 내려와 옥 술잔을 들고 여왕과 함께 자리에 앉았어요. 문무 벼슬아치들이 위를 향해 감사의 절을 올리고 서열에 따라 양쪽으로 나뉘어 앉자, 비로소 음악을 멈추고 술을 마시자고 청했어요.

사리 분간을 못하는 저팔계는 그저 배가 터져라 정신없이 먹기만 했어요. 쌀밥이며 찐 떡, 사탕, 버섯, 죽순, 목이버섯, 넘나물, 우뭇가사리, 김, 순무, 토란, 무, 참마, 황정黃精 따위를 한꺼번에 깨끗이 먹어치웠지요. 그리고 술을 대여섯 잔 마시고 투덜거렸어요.

"더 가져와! 큰 잔으로! 몇 잔 더 마시고 각자 할 일을 하러 가자고."

사오정이 물었어요.

"이 좋은 잔치에서 먹지 않고 또 무슨 일을 한다는 게요?"

멍텅구리가 웃으며 말했어요.

"옛사람이 이르길, '활 만드는 이는 활을 만들고, 화살 만드는 이는 화살을 만들어야 한다(造弓的造弓 造箭的造箭)'고 했어. 이제 우리 가운데 장가갈 사람은 장가가고, 시집갈 사람은 시집을 가고, 경전 가지러 갈 사람을 경전을 가지러 가고, 떠날 사람은 떠나야지. 술 마시느라 일을 망치지 말고 빨리 통행증명서에 도장을 찍어달라고 해야지. 바로, '장군은 말에서 내리지 않고 각자 갈 길을 간다(將軍不下馬 各自奔前程)'는 것이지."

여왕은 그 말을 듣고 즉시 큰 잔을 가져오게 했어요. 가까이 시중들던 벼슬아치들이 황급히 앵무배鸚鵡杯, 노자표鸕鶿杓, 금파라金叵羅, 은착락銀鑿落, 파리잔玻璃盞, 수정분水晶盆, 봉래완蓬萊碗, 호박종琥珀鍾 등의 술잔 몇 개를 가져와 향기롭고 귀한 술을 가득 따랐어요. 그리고 모두들 한 잔씩 마셨지요.

삼장법사는 자리에서 일어나 여왕에게 합장하며 말했어요.

"폐하, 성대한 잔치를 베풀어주셨고, 술도 충분히 마셨습니다. 이제 금란전에 올라 통행증에 도장을 찍어주어, 날이 저물기 전에 저들로 하여금 성을 나갈 수 있게 해주십시오."

여왕은 그 말에 따라 삼장법사의 손을 잡고 잔치를 마친 후, 삼장법사의 손을 잡고 금란전에 올라 즉시 그를 왕위에 오르게 하려 했어요. 그러자 삼장법사가 말했어요.

"안 됩니다, 안 돼요. 태사께서도 말씀하셨듯이 내일 날이 밝아야 제가 왕위에 오를 수 있습니다. 오늘은 통행증명서에 도장을 찍어주어 저 애들을 떠나보냅시다."

여왕은 그 말에 따라 용상에 앉아 용상 왼편에 금으로 장식한 팔걸이의자 하나를 가져다놓고 삼장법사를 앉힌 후 이렇게 명령했어요.

"제자들은 통행증명서를 가져오너라."

제천대성은 사오정에게 봇짐을 열어 통행증명서를 꺼내게 하더니, 자신이 두 손으로 받들어 올렸어요. 여왕이 자세히 보니, 문서의 윗부분에는 위대한 당나라 황제의 옥새가 아홉 개나 찍혀 있고, 아랫부분에는 보상국과 오계국, 거지국의 옥새가 찍혀 있었어요. 여왕은 문서를 다 보고 나서 호호 웃으며 말했어요.

"당나라 황제의 아우님도 성이 진씨로군요?"

"출가하기 전 성이 진가이고, 법명은 현장입니다. 우리 당나라 황제의 성은을 입어 동생으로 인정받아 당씨唐氏 성을 하사 받았습니다."

"통행증명서에 어째서 제자들의 이름은 없나요?"

"못난 세 제자들은 당나라 백성이 아닙니다."

"당나라 백성이 아니라면 어째서 당신을 따라다니는 건가요?"

"큰제자는 동승신주東勝身洲 오래국傲來國 출신이고, 둘째는 서우하주西牛河州 오사장烏斯莊 출신이며, 셋째는 유사하流沙河 출신입니다. 저들 셋은 모두 하늘나라에서 죄를 지었는데, 남해의 관음보살께서 그들을 고난에서 풀어주시며 모두 선과善果에 귀의하여 공을 세우면 죗값을 치른 것으로 해주겠다고 하셨기 때문에, 진심으로 저를 보호하며 서천으로 가서 경전을 얻으려 하는 것입니다. 모두 오는 도중에 거둔 제자들이기 때문에 이 문서에 법명이 적혀 있지 않습니다."

"제가 법명을 적어드릴게요. 괜찮지요?"

"폐하의 뜻에 따르겠습니다."

여왕은 즉시 붓과 벼루를 가져오게 해서 향기로운 먹을 진하게 갈게 하더니, 향기로운 붓에 듬뿍 적셔서 통행증명서 뒷면에 손오공과 저오능, 사오정의 이름을 썼어요. 그리고 옥쇄를 꺼내 똑바로 찍고 서명을 해서 아래로 전해주었어요. 제천대성은 그것을 받아 사오정에게 봇짐에 챙겨 넣게 했어요. 여왕은 또 금은 부스러기 한 쟁반을 가져오게 하고, 용상 아래로 손오공에게 건네주며 말했어요.

"그대들 셋은 이걸 노잣돈으로 삼아 얼른 서천으로 떠나도록 하라. 그대들이 경전을 가지고 돌아오면 과인이 다시 큰 상을 내리리라."

그러자 손오공이 대답했어요.

"저희는 출가한 이들이라 금은보석은 받지 않습니다. 도중에 동냥할 곳이 있겠지요."

여왕은 그가 받지 않자, 다시 능라 비단 열 필을 내주며 손오공에게 말했어요.

"그대들은 행색이 초라하고 입은 것도 변변치 못하니, 이걸 가지고 가다가 도중에 추위를 가릴 옷이라도 만들어 입도록 하라."

"출가한 이들은 능라 비단을 입지 않습니다. 몸을 가릴 베옷이 있으니까요."

여왕은 그가 받지 않자, 다시 쌀 세 말을 내주며 가는 도중에 밥이라도 해먹으라고 했어요. 저팔계는 '밥'이라는 말을 듣자 바로 그걸 받아 봇짐 가운데 얹었어요. 그러자 손오공이 말했어요.

"동생, 지금도 짐이 무거운데 쌀을 짊어질 힘이 있어?"

저팔계가 웃으며 대답했어요.

"형님이 어찌 알겠소? 쌀이 좋은 건 하루만 지나면 없어지기 때문이라오. 밥 한 끼만 해 먹으면 모두 없어져 버릴 게요."

그러자 손오공도 합장하며 감사하니, 삼장법사가 말했어요.

"번거로우시겠지만 폐하께서 저와 함께 성 밖으로 저들 셋을 전송해주십시오. 저는 저 애들에게 몇 마디 당부하여 서천으로 잘 갈 수 있도록 하고, 돌아와 폐하와 더불어 영원토록 영화를 누리겠습니다. 아무 걸릴 것도 없어야 난새처럼 봉황처럼 다정한 부부가 될 수 있겠습니다."

여왕은 이들의 계책을 모르고 바로 수레를 준비하게 하더니, 삼장법사와 향기로운 어깨를 나란히 하고 수레에 올라 성 서쪽으로 나갔어요. 성안의 사람들은 모두 잔에 정갈한 물을 채우고 좋은 향을 피웠어요. 여왕이 탄 수레도 구경하고 남자인 당나라 황제의 동생도 구경하려는 것이었어요. 그들은 모두 남녀노소 할 것 없이 얼굴에 곱게 화장하고 구름머리를 틀어 올린 여인들이었어요.

얼마 지나지 않아서 수레가 성을 나와 서쪽 관문 바깥에 이르자, 손오공과 저팔계, 사오정은 한마음으로 옷차림을 단정히 하고 곧장 수레 앞으로 가서 큰 소리로 외쳤어요.

"여왕님, 멀리 전송하실 필요 없습니다. 저희는 여기서 작별 인사를 하겠습니다."

삼장법사는 천천히 수레에서 내려 여왕을 향해 가슴 앞에 두 손을 모으고 인사하며 말했어요.

"폐하 돌아가시옵소서. 소승이 경전을 가지러 가게 해주십시오."

여왕은 그 말을 듣고 깜짝 놀라 안색이 변하며 삼장법사를 붙들었어요.

"당나라 황제의 아우님, 제가 이 나라를 예물로 삼아 당신을 남편으로 모시고 싶사오니, 내일 왕위에 올라 군주가 되어주십시오. 저는 황후가 되겠사옵니다. 이미 혼례를 승낙하는 축하주까지 마셨는데, 왜 또 갑자기 마음이 변하셨습니까?"

저팔계가 그 말을 듣더니 콧방귀를 뀌고, 주둥이를 씰룩거리고, 귀를 어지럽게 흔들며 수레 앞으로 달려와서 내쏘았어요.

"우리 승려들이 당신같이 해골에 분 바른 족속과 무슨 부부가 되겠소? 우리 사부님이 길을 가시게 놓아주시오!"

여왕은 그가 이렇게 험악하게 굴자 혼백이 날아가도록 깜짝 놀라 수레 안으로 자빠져버렸어요. 사오정은 사람들 속에서 삼장법사를 빼내어 백마에 오르도록 해주었어요. 그러자 길가에서 한 여자가 불쑥 나타나며 소리쳤어요.

"당나라 황제의 아우님, 도망가지 마시오! 당신과 풍류를 즐기며 놀아보고 싶소!"

사오정이 욕을 퍼부었어요.

"천한 것이 버릇이 없구나!"

그는 항요장을 들어 그 여자의 머리를 향해 내리쳤어요. 그러자 그 여자는 한바탕 회오리바람을 일으키더니, 휙 하는 소리와 함께 삼장법사를 납치해 가버렸어요. 그림자도 종적도 없이 도대체 어디로 갔는지 알 수 없었어요. 이야말로,

여인들의 유혹에서 간신히 벗어났더니
또 바람둥이 요괴를 만나게 되었구나.

脫得煙花網　又遇風月魔

라는 것이었지요. 결국 그 여자가 사람인지 요괴인지, 삼장법사가 살았는지 죽었는지는 알 수 없으니, 이에 대해서는 다음 회를 들어보시라.

제55회
삼장법사, 전갈 요괴의 유혹을 물리치다

한편 제천대성이 저팔계와 함께 법술을 써서 그 여자들을 움직이지 못하게 하려는데, 갑자기 바람 소리가 나면서 사오정이 고함치는 소리가 들렸어요. 급히 고개를 돌려보니 삼장법사가 보이지 않았어요. 손오공이 물었어요.

"어떤 놈이 와서 사부님을 납치해 간 거냐?"

사오정이 대답했어요.

"어떤 여자가 회오리바람을 일으켜 사부님을 납치해 갔어요."

손오공은 이 말을 듣자마자 휘익 구름으로 뛰어올라 손차양을 만들어 사방을 둘러보니, 한바탕 먼지가 바람을 따라 서북쪽으로 휘몰아쳐 가는 모습이 보였어요. 손오공은 급히 고개를 돌려 소리쳤어요.

"얘들아, 빨리 구름을 타고 나와 함께 사부님을 쫓아가자."

저팔계와 사오정이 즉시 짐을 말 위에 얹고 휘익 하는 소리와 함께 모두 공중으로 뛰어올랐어요. 서량녀국 여왕과 대신들은 모두 땅바닥에 무릎을 꿇었고, 대신들이 이렇게 말했어요.

"이분들은 대낮에 하늘로 날아오르는 나한님들이시니, 주군께서는 놀라거나 이상히 여기지 마십시오. 당나라 황제의 동생 되시는 분도 도가 있는 스님이신데. 저희가 모두 보는 눈이 없어 중화 나라의 남자라고 잘못 알아 쓸데없이 마음만 썼습니다. 주군께서는 수레에 올라 궁궐로 돌아가시지요."

여왕 자신도 부끄러운 생각이 들어 여러 관리들과 함께 궁궐로 돌아갔는데, 그 이야기는 더 이상 하지 않겠어요.

한편 제천대성 삼 형제는 공중에 솟구쳐 올라 안개를 타고 회오리바람 방향으로 곧장 쫓아갔어요. 앞쪽 높은 산에 이르자 먼지도 사라지고 바람도 흩어졌는데, 요괴가 어디로 갔는지는 알 수가 없었어요. 삼 형제는 구름과 안개를 내려 길을 찾아 행방을 수소문해봤어요. 그런데 갑자기 저쪽 병풍처럼 생긴 푸른 바위에서 반짝반짝 빛이 나는 것을 발견했어요. 삼 형제는 말을 끌고 돌 병풍을 돌아가봤어요. 돌 병풍 뒤에는 두 개의 돌문이 있었는데, 돌문 위에는 '독적산毒敵山 비파동琵琶洞'이라는 글자가 커다랗게 쓰여 있었어요. 저팔계가 무식하게 앞으로 나아가 문을 내려치려 하니, 손오공이 급히 말렸어요.

"동생, 서두르지 마라. 우리가 회오리바람을 따라 이곳까지 쫓아와 한참을 찾아다니다 겨우 이 문을 발견하게 되었다. 하지만 동굴 속의 사정이 어떨지도 모르고, 또 이 문이 아니라면 욕을 먹지 않겠어? 너희 둘은 말을 끌고 다시 돌 병풍 앞으로 돌아가 잠시 기다리고 있어. 이 몸이 들어가서 실상을 파악하고 나면 손쓰기가 쉬워질 테니까."

사오정은 이 말을 듣고 매우 기뻐했어요.

"좋아요, 좋아. 그야말로 대충대충 하는 듯하면서도 세심함이 있고, 급한 때일수록 느긋한 마음으로 하라는 얘기로군요."

그 둘은 말을 끌고 돌아갔어요. 제천대성은 신통력을 부려 손가락을 구부려 결을 맺고 주문을 외며 몸을 한 번 흔들어 꿀벌로 변했어요. 정말로 날렵한 모습이었죠. 그 모습을 한번 볼까요?

얇은 날개는 바람 따라 부드럽게 파닥이고
날씬한 허리 햇빛 속에 더욱 가늘구나.
주둥이는 달콤하니 꽃가루를 찾아다녀서이고
꼬리 날카로워 두꺼비도 물리치네.
꿀을 모은 공로가 어찌 하찮은 것이랴마는
벌집에 들어갈 때는 양보하며 예를 차리는구나.
지금 기막힌 계책을 써서
문 처마로 날아 들어가는구나.

翅薄隨風軟　腰輕映日纖
嘴甛曾覓蘂　尾利善降蟾
釀蜜功何淺　投衙禮自謙
如今施巧計　飛舞入門簷

손오공이 문틈을 뚫고 들어가 두 번째 문을 지나 안으로 들어가니, 마당 한가운데에 있는 정자 위에 여자 요괴가 단정히 앉아 있었어요. 좌우에는 수놓은 비단옷을 입고 머리를 양쪽으로 말아 올린 어린 시녀 몇 명이 줄지어 있었지요. 모두들 매우 기뻐하고 있었는데, 무슨 얘기를 하는지는 알 수가 없었어요. 손오공은 가볍게 날아올라 정자 창살에 앉아 귀를 기울여 들어보았어요. 정수리에 트레머리를 올리고 뒷머리를 부풀려 묶은 여자아이 둘이 김이 모락모락 나는 만두 두 접시를 받쳐 들고 정자 위로 올라와서 말했어요.

"마님, 한 접시는 사람 고기로 속을 넣은 고기만두이고, 한 접시는 팥으로 속을 넣은 만두입니다."

여자 요괴가 웃으며 말했어요.

"애들아, 당나라 황제의 동생을 모시고 나오너라."

수놓은 비단옷을 입은 몇 명의 계집종들이 뒷방으로 가서 삼장법사를 부축해서 나왔어요. 삼장법사는 얼굴은 누렇고 입술이 하얗게 질렸으며 붉어진 눈에서는 눈물을 흘러내리고 있었어요. 손오공은 속으로 탄식했어요.

'사부님이 독수에 걸리셨구나.'

여자 요괴는 화원의 정자에서 내려가더니 봄날 파같이 부드럽고 가는 열 손가락으로 삼장법사를 부축하며 말했어요.

"당나라 황제의 아우님, 마음 놓으세요. 이곳이 서량녀국의 궁전도 아니고 부귀와 호화로움도 비교가 안 되지만, 정말 한가롭고 자유로워서 염불하고 경전을 읽기에는 참 좋답니다. 제가 함께 도를 수행하는 당신의 반려가 되어 정말 평생 화목하게 지내겠습니다."

삼장법사가 아무 말이 없자, 여자 요괴가 다시 말했어요.

"괴로워하지 마세요. 저는 당신이 서량녀국에서 연회에 참석했을 때 음식을 먹지 않았다는 것을 알고 있어요. 여기 고기만두와 야채 만두가 한 접시씩 있으니, 마음대로 골라서 좀 드시고 놀란 마음을 진정하도록 하세요."

삼장법사는 아무 말 없이 속으로 생각했어요.

'내가 말도 하지 않고 음식도 먹지 않는다면 어떻게 될까? 이 여자 요괴는 저 여왕과는 다르다. 여왕은 그래도 인간의 몸을 하고 예를 갖추어 행동했지만, 이 여자 요괴는 요사한 정령이니 나를 해칠는지도 몰라. 이를 어쩐다? 세 제자들은 내가 이곳에서

곤경에 빠져 있는 것을 모르고 있으니, 만약에 나를 해치려 한다면 헛되이 목숨을 잃는 게 아닌가?'

속으로 자문자답해보았지만 뾰족한 계책이 생각나지 않아, 삼장법사는 하는 수 없이 억지로 정신을 차리고 입을 열어 대답했어요.

"고기만두는 어떤 것이고 야채 만두는 어떤 것입니까?"

"고기만두는 사람 고기로 속을 넣은 만두이고, 야채 만두는 팥으로 속을 넣은 만두지요."

"저는 야채 만두를 먹겠습니다."

여자 요괴가 웃으며 말했어요.

"얘들아, 야채 만두를 드시게 뜨거운 차를 주인 나리께 가져다 드려라."

계집종 하나가 향기로운 차를 한 잔 가져다가 삼장법사 앞에 놓자, 여자 요괴는 야채 만두를 쪼개서 삼장법사에게 건네주었어요. 삼장법사는 고기만두를 통째로 여자 요괴에게 주었어요. 여자 요괴가 웃으며 물었어요.

"어제님, 어째서 만두를 쪼개서 주지 않고 통째로 주십니까?"

삼장법사는 합장하며 대답했어요.

"저는 출가한 사람이라 감히 고기만두를 쪼개지 못하겠습니다."

"당신은 출가한 사람이라 고기만두를 쪼개지 못하겠다고 하면서, 어째서 전에는 자모하에서 물에 불은 떡을 먹고 배가 부르셨습니까?[1] 오늘 다시 속에 팥을 넣은 만두[2]를 잡수신다고요?"

1 "물을 마시고 배가 부르다"라고 해석한 중국어 원문 '吃水高'이다. 여기서 '水高[shuǐgāo]'는 '물 떡'이라는 뜻의 '水糕[shuǐgāo]'와 발음이 동일하여, 동음이의어의 이중적 의미가 내포되어 있다.

2 '속에 팥을 넣은 만두'의 원문은 '등사함鄧沙餡'인데 이것은 '등사함登沙陷' 즉 모래로 만든 함정을 밟아 빠졌다는 말과 발음이 통한다. 이 때문에 뒤쪽에서 삼장법사가 말이 모래에 빠져서 느리게 간다고 한 것이다.

"물이 많으니[3] 배가 빨리 가고, 모래에 빠져 말은 천천히 가는군요."

손오공이 창틀 위에서 둘이 말장난하는 소리를 듣고서 삼장법사가 진성眞性을 어지러워졌을까 걱정스러웠어요. 그는 참지 못하고 본래 모습을 드러내면서 여의봉을 들고 소리쳤어요.

"못된 짐승, 무례하구나!"

여자 요괴는 그를 보더니 입으로 한 줄기 연기를 내뿜어 정자를 덮어씌우더니, 부하들에게 명령했어요.

"얘들아, 황제의 아우님을 모셔라."

그런 다음 세 날 쇠갈퀴를 들고 정자 문을 뛰어나와 욕설을 퍼부었어요.

"못된 원숭이놈, 지독하구나! 감히 몰래 우리 집에 들어와 내 모습을 훔쳐보다니! 도망가지 말고 이 어미 쇠갈퀴 맛이나 봐라!"

제천대성은 여의봉으로 막아 싸우면서 후퇴하였어요. 둘은 싸우다가 동굴 문 밖에까지 나오게 되었지요. 돌 병풍 앞에서 기다리고 있던 저팔계와 사오정이 그 둘이 싸우는 모습을 보았지요. 놀란 저팔계가 백마를 끌어다가 사오정에게 주면서 말했어요.

"오정아, 너는 짐과 말을 지키고 있어라. 이 몸은 가서 싸움을 도와야겠다."

대단한 멍텅구리! 그는 두 손으로 쇠스랑을 들더니 앞으로 달려가며 소리쳤어요.

"형님, 뒤로 물러서시오. 내가 이 못된 요괴를 때려눕힐 테니."

요괴는 저팔계가 달려오는 걸 보더니 다시 재주를 부려 확 하고 콧구멍에서는 불을, 입에서는 연기를 내뿜었어요. 그리고 몸

3 앞서 여자 요괴가 한 말 가운데 '水高'라는 말이 들어 있기 때문에 삼장법사는 다시 '水高'로 문장을 시작하고 있다.

을 한 번 흔들자 세 날 쇠갈퀴는 춤추듯 날아다니며 저팔계를 공격했어요. 여자 요괴는 손이 몇 개나 되는지 여기저기에서 마구 휘둘러대는 것이었어요. 이쪽 손오공과 저팔계도 양쪽에서 협공을 했지요. 여자 요괴가 말했어요.

"손오공, 너 정말 앞뒤 분간을 못하는 놈이로구나! 나는 너를 잘 알지만 너는 나를 모르는 모양이로구나. 저 뇌음사에 있는 너의 석가여래도 나를 무서워한단 말이다! 너희 두 털북숭이들이 그곳에 갈 수 있을 성싶으냐? 모두 덤벼라! 모두 흠씬 두들겨주마!"

이번 싸움이 얼마나 대단했는지 볼까요?

여자 요괴는 위풍이 대단하고
원숭이 왕은 기개가 넘치네.
천봉원수는 공로를 다투느라
쇠스랑 마구 휘두르며 능력을 발휘하는구나.
저쪽은 여러 개의 손으로 쇠갈퀴를 꼭 잡고 연기와 불 내뿜고
이쪽 둘은 성질 급하게 병기 휘두르니 안개 솟구치네.
여자 요괴는 배우자를 구하고 있었으나
남자 스님이 어찌 원정元精를 주려 하겠는가?
음과 양이 맞지 않아 서로 싸우며
각자 뛰어난 재주 드러내며 힘들게 싸우는구나.
음은 양생하려는 생각에 정욕이 무성히 일어나는데
양은 숨 고르며 냉정하게 사랑을 뿌리치네.
양편은 화해할 수 없어
쇠갈퀴와 쇠스랑, 여의봉이 승부를 가리네.
이쪽 여의봉은 기운 넘치고

쇠스랑도 더욱 능력을 발휘하니
여자 요괴의 쇠갈퀴는 이리저리 상대하네.
독적산 앞에서 셋이 양보하지 않고
비파동 밖에서 양편이 사정을 봐주지 않는구나.
저쪽은 배우자로 삼을 당나라 중 얻고 기뻐하는데
이쪽 둘은 반드시 삼장법사 모시고 경전을 가지러 가야 하네.
천지를 놀라게 하며 서로 싸우니
그들의 싸움으로 해와 달도 빛을 잃고, 별은 말할 것도 없네.

女怪威風長　猴王氣概興
天蓬元帥爭功績　亂舉釘鈀要顯能
那一個手多叉緊烟光繞　這兩個性急兵强霧氣騰
女怪只因求配偶　男僧怎肯泄元精
陰陽不對相持鬪　各逞雄才恨苦爭
陰靜養榮思動動　陽收息衛愛清清
致令兩處無和睦　叉鈀鐵棒賭輸贏
這個棒有力　鈀更能　女怪鋼叉丁對丁
毒敵山前三不讓　琵琶洞外兩無情
那一個喜得唐僧諧鳳侶　這兩個必隨長老取眞經
驚天動地來相戰　只殺得日月無光星斗更

셋은 한참 싸웠지만 승부를 가리지 못했어요. 요괴는 몸을 한 번 솟구치더니 말도 쓰러뜨리는 전갈의 꼬리 독침으로 쏘는 도마독장법倒馬毒椿法을 써서 어느새 제천대성의 머리 위를 한 차례 찔렀어요. 손오공은 "아야!" 하고 비명을 질렀어요. 그는 아픔을

전갈 요괴가 미녀로 변신하여 삼장법사를 유혹하다

참을 수 없어 패하여 달아났어요. 저팔계도 일이 잘못된 것을 보고 쇠스랑을 끌며 달아났지요. 요괴는 승리하여 쇠갈퀴를 거둬들였어요. 손오공은 머리를 끌어안고 눈썹을 찌푸리며 고통스런 얼굴로 말했어요.

"지독하군! 지독해!"

저팔계가 다가오더니 물었어요.

"형님, 어째서 한참 잘 싸우다가 계속 비명을 질러대며 달아난 거요?"

손오공은 머리를 끌어안고 "아파죽겠다. 아파죽겠어."라고만 소리치자 사오정이 말했어요.

"형님 두통이라도 생긴 거요?"

손오공이 펄쩍펄쩍 뛰며 말했어요.

"아니다. 아니야."

그러자 저팔계가 말했어요.

"형님, 형님이 상처 입는 것을 지금까지 본 적이 없는데, 머리가 아프다니 무슨 일이오?"

손오공이 끙끙 신음 소리를 내며 대답했어요.

"너무 아프다! 못 참겠어! 내가 그 요괴와 한참 싸우고 있는데, 내가 그의 쇠갈퀴 공격을 막아내자 몸을 홱 솟구쳐 오르더라고. 그리고 무슨 무기인지는 몰라도 내 머리 위를 한 번 찔렀는데, 이렇게 머리가 아파 참을 수가 없구나. 그 때문에 싸움에 져서 돌아온 거야."

저팔계가 웃으며 말했어요.

"형님 머리가 수련을 쌓아 단련된 거라고 그렇게 항상 자랑하더니만, 어째서 이번에는 한 번 찔린 걸 가지고 못 견뎌 하시는 거요?"

"그러게 말이다. 내 이 머리는 수련을 통해 단련되었고, 그 이후에도 반도와 신선주, 태상노군의 금단을 훔쳐 먹었다. 전에 하늘 궁전을 들쑤셔놓았을 때 옥황상제가 대력귀왕大力鬼王과 이십팔수의 신장神將들을 시켜서 나를 두우궁 밖으로 압송하여 목을 베려 했지. 그래서 여러 신선 장수들이 칼, 도끼, 철퇴, 검을 쓰기도 하고, 벼락을 때리기도 하고, 불로 태우려고도 했지. 급기야 태상노군이 나를 팔괘로에 넣고 사십구 일 동안 담금질을 했지만 전혀 상처를 입히지 못했다. 그런데 오늘 이 여자가 사용한 것이 어떤 무기이기에 이 몸의 머리에 상처를 입혔는지 모르겠구나."

사오정이 말했어요.

"형님, 손을 좀 내려보시오. 머리가 터지지나 않았나 내가 좀 볼 테니."

"관둬라. 터지지는 않았다."

저팔계가 말했어요.

"내가 서량녀국에 가서 고약을 구해 올 테니, 좀 붙이도록 하시구려."

"붓지도 터지지도 않았는데 고약은 붙여서 뭐하게?"

저팔계가 웃으며 말했어요.

"형님, 나는 산전 산후에도 병을 앓지 않았는데, 도리어 형님은 이마에 종기가 났구려."

사오정이 핀잔을 주었어요.

"둘째 형님, 우스갯소리 좀 그만하시오. 지금 날은 어두워졌는데 큰형님은 머리를 다쳤고, 사부님은 생사를 알 수 없으니, 이를 어쩌면 좋단 말이요?"

손오공이 끙끙대며 말했어요.

"사부님은 아무 일 없을 거다. 내가 꿀벌로 변해서 동굴 안으로 날아 들어가 보니, 그 여자가 정자 위에 앉아 있더구나. 얼마 후에 두 시녀가 만두 두 접시를 들고 왔는데 한 접시는 사람 고기를 속으로 넣은 고기만두였고, 또 한 접시는 팥을 속으로 넣은 야채 만두였다. 요괴는 두 계집종을 시켜 사부님을 모시고 나와 만두를 먹고 놀란 마음을 진정시키라고 하더군. 그리고 함께 도를 수행하는 사부님의 반려가 되어주겠다고 했어.

사부님은 처음에는 그 여자의 말에 대답도 하지 않고 만두도 먹지 않았어. 하지만 나중에는 그녀가 달콤한 말로 그럴싸하게 이야기하자, 어찌된 일인지 입을 열어 대답도 하고 야채 만두를 먹겠다고 하더군. 그 여자는 바로 야채 만두 하나를 쪼개서 사부님께 주었어. 사부님은 고기만두를 통째로 그 여자에게 주었지. 그러자 그 여자가 이렇게 물었어. '어째서 만두를 쪼개서 주지 않나요?' 사부님은 이렇게 대답하더군. '출가한 사람이라 감히 고기만두를 쪼개지 못하겠습니다.' 그러자 이번에는 요괴가 말했어. '고기만두를 쪼개지 못하시겠다면서, 어째서 전에는 자모하에서 물에 불은 떡을 먹고 배가 불렀나요? 오늘은 또 팥을 속으로 넣은 만두를 잡수겠다고요?' 사부님은 그 의미를 이해하지 못하고 그녀에게 이렇게 대답하더군. '물이 많으니 배가 빨리 가고, 모래에 빠져 말은 천천히 갑니다.'

나는 창틀 위에서 그 말을 듣고 있다가 사부님의 진성이 어지럽혀졌을까 걱정스러워 원래 모습을 드러내고 여의봉을 들고 요괴를 내리쳤지. 요괴도 신통력을 부려 연기를 내뿜으며 '황제의 아우님을 모셔라.' 하고 소리쳤어. 그러고는 바로 쇠갈퀴를 휘두르며 이 몸과 싸우다가 동굴 밖으로 나왔던 거야."

사오정은 이 말을 듣고 손가락을 깨물며 이렇게 말했어요.

"그 못된 도둑년이 어디서부터 우릴 따라왔는지 모르겠군. 지금까지의 일을 모두 알고 있잖아."

저팔계가 말했어요.

"그렇다면 우리가 편히 쉬고 있어서는 안 되겠는데? 초저녁이니 한밤중이니 따질 것 없이 여자 요괴가 사는 집으로 찾아가 싸움을 걸자고. 시끄럽게 소란을 피워 여자 요괴가 잠을 자지 못하게 방해해서, 그가 우리 사부님을 농락하지 못하게 해야지."

그러자 손오공이 말했어요.

"나는 머리가 아파서 갈 수가 없다."

사오정이 말했어요.

"싸움을 걸 필요는 없어요. 큰형님이 머리가 아프기 때문이기도 하지만, 우리 사부님은 진정한 스님이라 결코 여자 때문에 진성이 어지럽혀지지 않을 테니까요. 오늘 밤은 산비탈 아래 바람을 막을 수 있는 곳에서 쉬면서 원기를 보충하고, 내일 다시 대책을 강구하도록 합시다."

이 말에 따라 삼 형제는 백마를 묶어 매고 짐을 지키며 산비탈 아래에서 잠을 잤는데, 이 이야기는 더 이상 하지 않겠어요.

한편 여자 요괴는 난폭해진 마음을 가라앉히고 다시 부드럽고 즐거운 표정으로 돌아와 명령했어요.

"얘들아, 앞뒤 문을 모두 단단히 잠가라."

그리고 다시 두 야경꾼으로 하여금 손오공을 방비하면서 문소리가 들리기만 하면 즉시 보고하라고 하고, 다시 명을 내렸어요.

"얘들아, 침실을 말끔히 정리해서 불을 밝히고 향을 피워놓아라. 당나라 황제의 동생을 모셔 와 내 그와 즐거움을 나눠야겠다."

그리고는 삼장법사를 부축해서 데려오도록 했어요. 여자 요괴는 매우 애교스럽게 교태를 떨며 삼장법사의 팔을 끼고 말했

어요.

“속담에 ‘황금도 귀할 것 없고 쾌락이 최고(黃金未爲貴 安樂値錢多)’라는 말이 있지요. 당신과 부부가 되려고 하니, 침실로 들어가 즐거움을 나누도록 해요.”

삼장법사는 이를 꽉 깨물며 소리도 내지 않았어요. 들어가지 않으면 요괴가 목숨을 해칠까 두려워, 어쩔 수 없이 벌벌 떨면서 그녀를 따라 침실로 들어갔어요. 하지만 바보처럼 벙어리처럼 고개도 눈도 들지 못했어요. 그러니 그 침실에 어떤 침대와 이불, 커튼이 있고, 어떤 장롱과 화장대가 있는지 보지도 못했고 알 수도 없었지요. 운우지정雲雨之情 운운하는 요괴의 말 또한 전혀 들리지 않았어요. 정말 대단한 스님이지요!

눈으로는 사악한 여색 쳐다보지 않고
귀로는 음란한 소리 듣지도 않네.
그는 아름답고 교태 떠는 얼굴을 똥같이 여기고
금 구슬 같은 아름다운 미모 먼지처럼 여긴다네.
평생 참선하기만 좋아하여
부처님 계신 곳에서 반 발자국도 떠난 적 없다네.
어디 여인을 아끼고 사랑할 줄 알리오?
다만 진성을 수양할 줄만 안다네.
저 여자 요괴는
생기발랄하며
욕정이 끝이 없구나.
이 스님은
죽은 듯 꿈쩍 않고
참선하려는 마음만 가지고 있네.

한 명은 부드러운 옥, 따스한 향 같고

한 명은 사그라진 재, 말라버린 나무 같구나.

저쪽은 원앙 이불 펴고

음란한 마음 가득한데,

이쪽은 가사 졸라매며

경건한 마음 충만하네.

저쪽은 가슴을 비비고 다리 감으며 난새와 봉황 같이 어울리려 하지만

이쪽은 산에 가서 달마 만나고 벽 보며 참선하려고 하네.

여자 요괴가 옷 벗고

그녀의 향기롭고 매끄러운 피부 드러내자,

삼장법사는 옷깃 여미며

거칠고 갈라진 피부 꽉꽉 숨기네.

"저의 베개도 남고 이불도 넉넉한데 어째서 주무시지 않나요?"

"내가 까까머리에 승복을 입고 있으니 어떻게 잠자리를 같이 하겠소?"

"저는 옛날 유취취가 되기를 원합니다."

"나는 명월화상이 아니오."[4]

"제 미모는 서시보다 아리땁고 나긋나긋합니다."

"우리 월왕은 오래전에 그 여자 때문에 죽었소."

"어제님, '꽃 아래서 죽게 되면 귀신이 되어도 풍류스럽다.' 고 하잖아요?"

4 화본소설 『명월화상이 유취취를 제도하다(明月和尙度柳翠)』에 나오는 이야기를 인용하고 있다. 이 작품에서 유취취는 명월화상을 유혹하여 색계色戒를 깨뜨리도록 한다. 월도려月闍黎는 명월화상을 가리킨다.

"나의 진양眞陽은 지극한 보배인데
어찌 당신 같은 분 바른 해골에게 쉽게 줄 수 있겠소?"

目不視惡色　耳不聽淫聲
他把這錦鏽嬌容如糞土　金珠美貌若灰塵
一生只愛參禪　半步不離佛地
那里會惜玉憐香　只曉得修眞養性
那女怪　活潑潑　春意無邊
這長老　死丁丁　禪機有在
一個似軟玉溫香　一個如死灰槁木
那一個展鴛衾　淫興濃濃
這一個束褊衫　丹心耿耿
那個要貼胸交股和鸞鳳　這個要面壁歸山訪達摩
女怪解衣　賣弄他肌香膚膩
唐僧斂衽　緊藏了糙肉粗皮
女怪道　我枕剩衾閒何不睡
唐僧道　我頭光服異怎相陪
那個道　我願作前朝柳翠翠
這個道　貧僧不是月闍黎
女怪道　我美若西施還裊娜
唐僧道　我越王因此久埋屍
女怪道　御弟　你記得　寧敎花下死　做鬼也風流
唐僧道　我的眞陽爲至寶　怎肯輕與你這粉骷髏

둘은 시시껄렁한 이야기를 하면서 밤이 깊도록 옥신각신했지만, 삼장법사는 전혀 마음이 흔들리지 않았어요. 여자 요괴가 잡아끌면서 놓아주지 않았지만, 삼장법사는 고지식하게 말을 들으려 하지 않았어요. 그런 줄다리기가 한밤중까지 계속되자 요괴는 화가 나 소리쳤어요.

"얘들아, 밧줄을 가져와라."

가엾게도 요괴는 사랑하는 사람을 삽살개처럼 밧줄로 묶어 복도로 끌고 가게 했어요. 그리고 불을 끄고 각자 침실로 돌아갔는데, 밤 동안은 아무 일 없었어요. 어느새 새벽이 되어 닭 우는 소리가 세 번 들렸어요. 산비탈 아래에서 자고 있던 제천대성은 몸을 일으키면서 말했어요.

"머리가 한참 아프더니, 지금은 아프지도 않고 얼얼하지도 않고 단지 약간 가려운 정도구나."

저팔계가 웃으며 말했어요.

"가려우면 그 요괴에게 다시 한 번 찔러달라고 하는 게 어때요?"

손오공은 침을 탁 뱉으며 욕을 했어요.

"체, 체, 쳇!"

저팔계는 다시 웃으며 말했어요.

"체, 체, 쳇! 우리 사부님은 어젯밤 내내 '룰루랄라'였겠군."

사오정이 말했어요.

"그만들 두시오. 날이 밝았으니 빨리 요괴를 잡으러 갑시다."

그러자 손오공이 말했어요.

"오정아, 너는 여기서 말을 지키면서 움직이지 말고 있어라. 저팔계는 나를 따라 가자."

멍텅구리는 기운을 차려 검은 승복을 묶어 매고, 손오공을 따라갔지요. 둘은 각자 무기를 들고 산언덕 위로 뛰어올라 곧장 돌병풍 아래에 이르렀어요. 손오공이 말했어요.

"너는 잠시 여기 있어라. 만약 이 요괴가 어젯밤에 사부님을 해쳤는지 내가 먼저 들어가서 알아보고 올 테니. 만약 요괴에게 속아서 원양元陽을 잃고 정말로 덕행을 망쳐버렸다면 모두 흩어지도록 하자. 하지만 성정을 어지럽히지 않았고 불심에 변함이 없다면, 서로 힘껏 도와 요괴를 때려죽이고 사부님을 구해 서쪽으로 가도록 하자."

"형님도 참 멍청한 소리를 하는구려. '마른 물고기를 고양이 베개로 삼는 격(乾魚可好與猫兒作枕頭)'이라는 속담도 있지 않소? 설령 그렇게 되지는 않았다 하더라도 거시기를 몇 번 움켜쥐었을 테지요!"

"쓸데없는 소리 마라. 내 들어가 보마."

멋진 제천대성! 그는 돌 병풍을 돌아가자 저팔계를 두고 몸을 흔들어 다시 꿀벌로 변하여 문안으로 들어갔어요. 문 안쪽에는 두 명의 시녀가 딱따기와 방울을 베개 삼아 한참 자고 있었어요. 화원의 정자에 이르러 살펴보니, 요괴가 한밤중까지 옥신각신했던 탓에 모두들 피곤하여 날이 밝은 줄도 모르고 자고 있었어요. 손오공이 날아서 뒤쪽으로 가 보니 삼장법사의 목소리가 어렴풋이 들렸어요. 급히 고개를 들고 보니 저쪽 복도 아래에 삼장법사가 손발이 묶인 채로 있는 것이었어요. 손오공은 삼장법사의 머리 위에 살짝 앉아서 "사부님" 하고 불렀어요. 삼장법사는 그 목소리를 알아들고서 물었어요.

"오공이 왔느냐? 빨리 내 목숨을 구해다오."

"밤새 재미 좀 보셨나요?"

삼장법사는 이를 갈며 말했어요.

"내 차라리 죽을지언정 그런 짓은 안 한다!"

"제가 보니 어제는 요괴가 사부님을 아끼는 것 같더니, 오늘은 어째서 이렇게 푸대접하는 겁니까?"

"요괴가 한밤중까지 나한테 귀찮게 달라붙었지만 나는 허리띠를 풀지도 않았고, 침대 근처에 얼씬도 하지 않았다. 내가 제 말에 따르지 않자 나를 이곳에 묶어놓았다. 부디 나를 구해서 경전을 가지러 갈 수 있도록 해다오!"

스승과 제자가 한참 묻고 답하는 소리에 요괴가 깨어났어요. 요괴는 삼장법사에게 모질게 대하기는 했지만 아직도 미련이 남아 있었어요. 그런데 몸을 뒤척이다가 "경전을 가지러 가겠다"는 말을 듣자, 요괴는 침대를 구르듯 내려와 사나운 목소리로 소리를 질렀어요.

"좋은 부부가 될 생각은 않고 무슨 경전을 가지러 가겠다고!"

손오공은 깜짝 놀라 삼장법사를 버려둔 채 급히 날개를 펴고 날아 동굴 밖으로 나와서 본래 모습을 드러냈어요. 그리고 "팔계야!" 하고 부르니, 멍텅구리가 돌 병풍을 돌아와 물었어요.

"그 짓을 했던가요?"

손오공이 웃으며 대답했어요.

"아냐. 하지 않았더라. 사부님이 요괴에게 희롱을 당했지만 그의 말을 따르지 않자, 화가 났던지 그곳에 묶어놓았더라. 사부님이 나한테 이전의 사정을 한참 이야기하고 있는데 요괴가 깨어나는 바람에 깜짝 놀라 밖으로 나와버렸다."

"사부님이 뭐라고 하시던가요?"

"허리띠를 풀지도 않았고, 침대 근처에 얼씬도 하지 않았다고 하시더라."

저팔계가 웃으며 말했어요.

"대단합니다. 대단해요! 역시 진정한 스님이군요! 사부님을 구하러 들어갑시다."

멍텅구리는 성질이 거칠어 이것저것 따지지 않고 쇠스랑을 들어 돌문을 향해 힘껏 한 번 내리쳤어요. 그러자 우르르 돌문이 몇 조각으로 무너져내렸어요. 딱따기와 방울을 베고 자던 시녀들은 깜짝 놀라 두 번째 문으로 뛰어와 소리쳤어요.

"문 열어주세요. 어제 그 못생긴 두 남자가 앞문을 때려 부쉈습니다."

여자 요괴가 막 방문을 나오는데 네댓 명의 시녀가 뛰어 들어와 보고했어요.

"마님, 어제 그 못생긴 두 사내놈들이 또 찾아와 앞문을 박살냈습니다."

여자 요괴는 이 말을 듣자 급히 명을 내렸어요.

"얘들아, 빨리 물을 데워 세수하고 화장해라. 그리고 당나라 황제의 아우님을 묶은 채로 뒷방에 모셔다 놓아라. 나는 저놈들을 박살 내러 가겠다."

멋진 요괴! 그는 밖으로 나가 세 날 쇠갈퀴를 들고 욕했어요.

"못된 원숭이놈! 무례한 돼지야! 네놈들이 정말 무지막지하구나. 어째서 감히 우리 집 문을 박살 낸 것이냐?"

저팔계가 맞받아 욕을 했어요.

"음탕한 화냥년아! 네가 우리 사부님을 곤경에 빠뜨리고서 도리어 감히 큰소리를 치는구나! 우리 사부님을 속여서 남편으로 삼을 생각이렷다! 빨리 돌려보내면 용서하겠지만, 안 된다의 '안' 자만 나와도 이 어르신의 쇠스랑 한 방으로 네가 사는 산까지 찍어 무너뜨리겠다!"

요괴는 그 말에 대꾸도 않고 몸을 흔들더니, 전에 썼던 술법대로 입과 코에서 연기와 불을 내뿜으며 쇠갈퀴를 들어 저팔계를 찍으려 했어요. 저팔계는 옆으로 피하고 쇠스랑으로 내리쳤어요. 제천대성은 여의봉을 휘두르며 힘을 합해 저팔계를 도왔지요. 요괴는 다시 신통력을 부려 몇 개인지도 모를 많은 손으로 이리저리 막아내었어요. 그렇게 서너 합을 겨루었는데, 여자 요괴가 알 수 없는 무기로 저팔계의 입술을 한 번 찔렀어요. 멍텅구리는 쇠스랑을 끌고 주둥이를 움켜진 채 고통을 참으며 달아났어요. 손오공도 좀 껄끄럽게 여겼던지라, 여의봉을 한 번 헛치고 패하여 달아났어요. 여자 요괴는 승리를 거두고 돌아와 부하들에게 명하여 돌을 날라다가 앞문을 막도록 했는데, 그 이야기는 더 이상 하지 않겠어요.

한편 사오정이 산비탈 앞에서 말을 풀어놓으려는데 저쪽에서 저팔계의 끙끙거리는 소리가 들렸어요. 급히 고개를 들어 보니 저팔계가 주둥이를 움켜쥔 채 앓는 소리를 내며 달려오고 있었어요. 사오정이 물었어요.

"어찌된 일이오?"

저팔계가 신음 소리를 내며 대답했어요.

"지독하다, 지독해! 아이쿠, 아파죽겠다."

그 말이 끝나기도 전에 손오공도 웃으며 말했어요.

"이 멍청아, 어제는 나보고 이마에 종기가 났다고 비아냥거리더니, 오늘은 네 주둥이에 종기가 났구나."

저팔계가 끙끙거리며 말했어요.

"못 참겠군. 못 참겠어. 너무 아파! 정말 지독하군!"

삼 형제가 어찌할 바를 모르고 있는데, 웬 노파가 왼손에 푸른 대나무 광주리를 들고 남쪽 산길로부터 나물을 뜯어가지고 오고 있었어요. 사오정이 말했어요.

"큰형님, 저 할멈이 가까이 오면 내 한번 물어보겠소. 이놈이 어떤 요괴이고 무슨 무기로 이렇게 사람을 아프게 하는지 말이오."

"넌 여기 있어라. 이 몸이 가서 물어보고 올 테니."

손오공이 급히 눈을 크게 뜨고 보니, 노파의 머리 위에 상서로운 구름이 정수리를 덮고 있고, 좌우에는 향기로운 안개가 몸을 에워싸고 있었어요. 손오공이 그 노파를 알아보고 급히 형제들을 불렀어요.

"애들아, 이리 와서 인사하지 않고 뭐 하냐? 이분은 관음보살께서 내려와 변신하신 분이다."

깜짝 놀란 저팔계는 고통을 참고 절하고, 사오정도 말을 끌고 와 인사를 올렸어요. 손오공은 합장하며 무릎을 꿇고 말했어요.

"대자대비하시고 영험으로 고통과 재난을 구제하시는 관세음보살님."

관음보살은 그들이 원광元光을 알아본 것을 알고 즉시 상서로운 구름을 타고 공중에 올라, 손에 물고기 광주리를 들고 있는 진짜 모습을 드러내었어요. 손오공은 공중으로 쫓아 올라가 절을 하고 말했어요.

"보살님, 제가 마중하지 못한 죄를 용서하십시오. 저희들이 사부님을 구하는데 힘을 쏟다 보니 보살님이 내려오신 것을 몰랐습니다. 지금 요괴를 만나 곤경에 처해 있는데 수습하기가 어렵사오니, 부디 보살님께서 구해주시기 바랍니다."

"그 요괴는 정말 무시무시하다. 요괴의 세 날 쇠갈퀴는 태어날 때부터 있었던 두 집게 다리이고, 상대를 찔러서 아프게 했던 것은 꼬리에 달린 굽은 침이란다. 그것은 말도 쓰러뜨리는 독을 가지고 있어서 도마독倒馬毒이라고 불리지. 그 요괴는 본래 전갈의 정령인데, 예전에 뇌음사에 와서 불경을 듣고 토론한 적이 있지. 석가여래께서 그를 보고 선불리 손으로 한 번 밀쳤는데, 그는 바로 굽은 침을 휘둘러 석가여래님의 왼손 엄지손가락을 찔렀지. 석가여래께서도 통증을 참을 수가 없어 즉시 금강역사金剛力士를 시켜 그를 붙잡게 했는데, 그가 이곳에 와 있었구나. 당나라 승려를 구하려면 다른 사람에게 이야기하는 수밖에 없다. 나도 그에게 접근할 수 없단다."

손오공이 다시 절을 올리며 매달렸어요.

"보살님, 다른 누구한테 말해야 되는지 가르쳐주십시오. 제가 즉시 가서 모셔 오겠습니다."

"동천문東天門 안에 있는 광명궁光明宮에 가서 묘일성관昴日星官에게 사정하면 요괴를 항복시킬 수 있을 거다."

관음보살은 이 말을 남기고 한 줄기 금빛으로 변하여 곧장 남해로 돌아갔어요. 제천대성은 구름을 내려 저팔계와 사오정에게 말했어요.

"얘들아, 안심해라. 사부님께 구원의 신이 나타나셨다."

사오정이 말했어요.

"형님, 어떤 구원의 신이요?"

"방금 관음보살께서 나더러 묘일성관한테 사정해보라고 하셨으니, 이 몸이 다녀오마."

저팔계는 입을 움켜잡고 신음 소리를 내며 말했어요.

"형님, 묘일성관한테 진통제 좀 달래서 가져오시오."

손오공이 웃으며 말했어요.

"약은 필요 없다. 어제처럼 통증은 하룻밤만 지나면 괜찮아질 거다."

사오정이 말했어요.

"쓸데없는 소리 그만하고 빨리 가시오."

멋진 손오공! 그는 급히 근두운에 뛰어올라 순식간에 동천문에 도착하니, 증장천왕增長天王이 앞에서 예를 올리며 물었어요.

"제천대성, 어디 가십니까?"

"당나라 스님을 보호하여 서방으로 경전을 가지러 가는데, 길에서 요괴가 귀찮게 굴어서 광명궁의 묘일성관을 만나보려고 하오."

그런데 갑자기 또 도陶, 장張, 신辛, 등鄧의 사대원수가 나타나 어디 가는지 물었어요. 손오공이 대답했지요.

"묘일성관을 찾아가 요괴를 굴복시키고 사부님을 구하려 하오."

"묘일성관은 오늘 일찍 옥황상제의 명을 받들어 관성대觀星臺에 순찰하러 갔습니다."

"정말이오?"

신 천군天君이 말했어요.

"제가 그분과 함께 두우궁에 갔었는데, 어찌 감히 거짓말을 하겠습니까?"

도 천군이 말했어요.

"이미 시간이 오래되었으니 아마 돌아올 때가 되었을 겁니다. 제천대성께서는 먼저 광명궁으로 가시지요. 돌아오지 않으셨으면 다시 관성대로 가면 될 테니까요."

제천대성이 기뻐하면서 그들과 헤어져 광명문 문 앞에 이르니, 정말 아무도 없었어요. 다시 관성대로 가려는데 저쪽에서 병사들이 대열을 갖춘 채 오고 있고, 그 뒤로 묘일성관이 오고 있었어요. 묘일성관은 아직 조례복을 입고 있어 온몸이 금빛이었어요.

머리에 쓴 오악관五岳冠 금빛 찬란하고,
손에 든 산하홀은 옥빛이 아름답네.
몸에 걸친 칠성포 구름무늬 가득하고,
허리에 두른 팔극대 보석이 밝게 빛나네.
딸랑딸랑 패물 소리 운율에 맞춰 두드리는 것 같고,

빠른 바람 소리 방울을 흔드는 듯하네.
비췻빛 깃털 일산 열리며 묘일성관 나아오는데,
천상의 향기 바람이 날려 온 궁궐에 가득 퍼지네.

冠簪五岳金光彩　笏執山河玉色瓊
袍掛七星雲靉靆　腰圍八極寶環明
叮噹珮響如敲韻　迅速風聲似擺鈴
翠羽扇開來昴宿　天香飄襲滿門庭

앞서 오던 병사가 광명궁 앞에 손오공이 서 있는 것을 보고, 급히 몸을 돌려 보고했어요.

"주공, 제천대성께서 여기 계십니다."

묘일성관은 구름과 안개를 거두고 조례복을 단정히 하고, 의전 행렬을 멈춰 좌우로 갈라서게 했어요. 그리고 앞으로 나아가 예를 올리며 물었어요.

"제천대성께서 무슨 일로 오셨습니까?"

"번거롭겠지만 사부님을 재난에서 구해달라고 부탁드리러 찾아왔소이다."

"무슨 재난을 당했는지요? 지금 어디 계십니까?"

"서량녀국 독적산 비파동에 계시오."

"그 산 동굴에 무슨 요괴가 있기에 저를 찾아오셨습니까?"

"방금 관음보살이 나타나시어 그 요괴가 전갈 정령이라고 하시면서, 선생이라야 처치할 수 있다고 특별히 천거하셨소. 그래서 찾아와 부탁드리는 것이오."

"본래 옥황상제께 보고를 드려야 하는데 제천대성께서 이곳에 오셨고, 또 관음보살께서 추천하신 걸 생각하니 지체하면 일을 그르칠까 걱정스러워서 감히 차를 올리지도 못하겠습니다. 함께 가서 요괴를 물리치고 돌아와 보고를 올려야겠습니다."

제천대성은 매우 기뻐하며 함께 동천문을 나와 곧장 서량녀국에 이르렀어요. 독적산이 가까워지자 손오공이 손으로 가리키며 말했어요.

"바로 이 산이오."

묘일성관은 구름을 내려 손오공과 함께 돌 병풍 앞 산비탈에 도착했어요. 사오정이 그들을 보고 말했어요.

"둘째 형님, 일어나시오. 큰형님이 성관을 모시고 왔어요."

멍텅구리는 아직도 주둥이를 감싼 채 말했어요.

"용서해주십시오. 몸에 병이 있어 예를 올릴 수가 없습니다."

묘일성관이 말했어요.

"그대는 수행하는 자인데 무슨 병이 있다는 건가?"

"아침 나절에 저 요괴와 싸우다가 그놈에게 입술을 찔렸는데, 아직도 아파죽겠습니다."

"이리 올라와 보게. 내 치료해줄 테니."

멍텅구리는 그제야 손을 내리고 끙끙 신음 소리를 내며 말했어요.

"제발 고쳐주십시오. 나으면 감사 인사를 올리겠습니다."

묘일성관이 손으로 입술을 만지며 입김을 한 번 불자 통증이 사라졌어요. 멍텅구리는 너무 기뻐 절하며 말했어요.

"신통합니다. 신통해요."

손오공이 웃으며 말했어요.

"번거롭겠지만 내 머리도 한 번 만져주시구려."

"제천대성께서는 독을 쏘이지도 않았는데 어째서 만져달라고 하십니까?"

"어제 독을 쏘였소. 하룻밤 지나니 아프지는 않지만, 지금도 여전히 약간 저리고 가렵소. 날이 흐리면 재발할지 모르니, 번거롭지만 좀 치료해주시구려."

묘일성관이 머리를 한 번 만지고 입김을 불자 바로 남은 독기가 풀려 저리지도 가렵지도 않았어요. 저팔계는 화가 폭발하여 말했어요.

"형님, 못된 화냥년을 잡으러 갑시다."

묘일성관이 말했어요.

"갑시다. 가요. 두 분이 요괴를 불러내면 내가 물리치기 쉬울 거요."

손오공과 저팔계는 산비탈로 뛰어 올라가 다시 돌 병풍 뒤에 이르렀어요. 멍텅구리는 입에서 나오는 대로 욕설을 퍼부으며 손으로 갈고리질을 하듯이 쇠스랑으로 동굴 문 밖에 쌓여 있던 돌들을 치워버리고 첫 번째 문으로 돌진해 들어가더니, 다시 쇠스랑으로 두 번째 문도 내리찍어 산산조각을 내버렸어요. 문 안쪽에 있던 졸개 요괴들은 깜짝 놀라 나는 듯이 달려가 보고했어요.

"마님, 그 못생긴 두 사내놈들이 또 와서 두 번째 문도 박살 냈습니다."

요괴는 막 삼장법사를 묶었던 밧줄을 풀어주고 정갈한 음식과 차를 가져다 먹이려던 참이었어요. 두 번째 문을 박살 냈다는 말을 듣자 요괴는 즉시 정자에서 뛰어나와 쇠갈퀴를 휘두르며 저팔계를 찌르려 했어요. 저팔계는 쇠스랑을 휘두르며 맞싸웠어요. 손오공도 옆에 있다가 여의봉을 휘두르며 끼어들었어요. 요괴는 그들의 몸 가까이 접근해서 독침을 쓰려고 했어요. 손오공과 저팔계는 그 술법을 알아채고 몸을 돌려 달아났어요. 그들은 요괴를 유인하여 돌 병풍 앞까지 쫓아오게 했지요. 그때 손오공이 소리쳤어요.

"묘일성관은 어디 계시오?"

묘일성관은 산비탈 위에 서 있다가 본모습을 드러내었어요. 알고 보니 그는 본래 두 개의 볏을 가진 큰 수탉이었어요. 그가 머리를 번쩍 쳐드니 키가 예닐곱 자나 되었어요. 그가 요괴를 보고 한 번 소리를 지르자, 요괴는 바로 본모습을 드러냈어요. 알고 보니 요괴는 비파만 한 크기의 전갈 정령이었어요. 묘일성관이 다시 한 번 고함을 치자 요괴는 온몸이 흐물흐물해지며 산비탈 앞에서 죽어버렸어요.

꽃 같은 볏에 수놓은 듯한 목은 갓끈 같고
발톱은 날카롭고 길며 눈은 매섭게 부릅떴구나.
뛰어오르는 위엄스러운 자태는 다섯 가지 덕[5]을 갖추고 있고
떡 버티고 웅장한 기세로 멋들어지게 세 번 울어대네.
초가집에서 우는 보통 닭과 어찌 같으랴!
본래 하늘의 별이 성스런 이름을 드러낸 것이라네.
독 전갈은 헛되이 인간의 도를 수행하였으니
본성으로 돌아가 진짜 모습을 드러냈구나.

花冠繡頸若團纓　爪硬距長目怒睛
踴躍雄威全五德　崢嶸壯勢羨三鳴
豈如凡鳥啼茅屋　本是天星顯聖名
毒蝎枉修人道行　還原反本見眞形

저팔계는 앞으로 가더니 발로 그 요괴의 가슴을 짓밟으며 말

5 고대 중국에서는 닭이 문文, 무武, 용勇, 인仁, 신信이라는 다섯 가지 덕을 가지고 있다고 생각하였다.

했어요.

"못된 것! 이번에는 도마독을 쓰지 못하겠지?"

요괴가 꼼짝도 못하고 있자, 멍텅구리는 쇠스랑으로 요괴를 짓이겨 흐물흐물한 젓갈 덩어리로 만들어놓았어요. 묘일성관은 다시 금빛을 거둬들이고 구름을 타고 떠났어요. 손오공과 저팔계, 사오정은 하늘을 향해 감사했어요.

"수고하셨소이다. 수고하셨어요. 나중에 광명궁으로 찾아가 사례하리다."

삼 형제는 감사하고서 짐과 말을 정리하여 함께 동굴 안으로 들어갔어요. 크고 작은 시녀들은 양쪽으로 꿇어앉아 절하며 말했어요.

"나리, 저희들은 요괴가 아닙니다. 모두 서량녀국의 여자들인데 이 요괴에게 붙잡혀 온 것입니다. 당신들의 사부님은 뒤쪽 침실에 앉아서 울고 있습니다."

손오공이 이 말을 듣고 자세히 살펴보니, 그 여자들한테서 정말 요괴의 기운을 찾아볼 수 없었어요. 해서 그는 뒤쪽으로 들어가 "사부님" 하고 불렀어요. 삼장법사는 일행이 모두 같이 온 것을 보고 매우 기뻐하며 말했어요.

"애들아, 고생 많았구나. 그 여자는 어찌 되었느냐?"

저팔계가 대답했어요.

"그놈은 원래 커다란 암전갈이었습니다. 다행히 관음보살님의 가르침 덕분에 형님이 하늘궁전에 가서 묘일성관을 모시고 내려와 그놈을 처치했습니다. 방금 이 몸이 쇠스랑으로 내리쳐서 진흙으로 만들어버렸습니다. 그리고서야 겨우 여기까지 들어와 사부님을 뵐 수 있었던 것입니다."

삼장법사는 감사해 마지않았어요. 그들은 약간의 쌀과 밀가루를 찾아서 음식을 만들어 먹었어요. 그리고 붙잡혀 온 여자들에게 집으로 돌아가는 길을 가르쳐주어 산 아래로 내려보냈어요. 그런 다음 불을 놓아 몇 채의 건물들을 깡그리 태워버리고, 삼장법사를 말에 오도록 하여 큰길을 찾아 서쪽으로 떠났어요.

속세의 물욕[6]을 끊고 물질의 세계를 떠나,
욕망의 바다를 건너 불심을 깨닫네.

割斷塵緣離色相　推乾金海悟禪心

결국 몇 년이 지나야 공과를 얻게 될는지 여기서는 알 수 없으니, 이에 대해서는 다음 회를 들어보시라.

6 불가에서는 색色, 성聲, 향香, 미味, 촉觸, 법法을 육진六塵이라고 부른다. 이는 인간의 마음이 세속적인 물욕에 연루되게 되는 근원과 같은 것으로 진연塵緣이라고 부른다.

제56회

삼장법사, 다시 손오공을 내쫓다

마음에 헛된 사물 없는 것을 맑다고 하나니
적멸의 경지로서 한 가닥 사념도 없도다.
마음은 날뛰지 않게 잘 가두어두어야 하고
정신은 발끈하지 않도록 삼가라.
육적[1]을 없애고, 삼승을 깨달으면
온갖 인연이 스스로 분명히 드러날 것이며
색상色相을 영원히 없애면 신선의 세계로 넘어갈 것이니
서방 극락의 즐거움을 편안히 누리리라.

靈臺無物謂之淸　寂寂全無一念生
猿馬牢收休放蕩　精神謹愼莫崢嶸
除六賊　悟三乘　萬緣都擺自分明
色除永滅超眞界　坐享西方極樂城

삼장법사는 결연히 목숨을 걸고 몸을 깨끗하게 지켰고, 손오공

1 지혜를 해치고 공덕을 감소시키는 여섯 가지 해물海物, 곧 색色, 성聲, 향香, 미味, 촉觸, 법法이다. 육진六塵이라고도 한다.

을 비롯한 제자들은 전갈 요괴를 때려죽이고 삼장법사를 비파동에서 구해냈어요. 그 뒤론 별다른 일은 없었고, 어느새 다시 여름이 되었지요.

때때로 불어오는 따뜻한 바람에 들의 난초 향기 실려 오고
깨끗한 비 그치자 새로 돋아난 대 청량하네.
온 산에 쑥 잎 돋았지만 따 가는 사람 없고
계곡 가득 부들 꽃 피어 저희들끼리 향기를 다투네.
바닷가의 어여쁜 석류꽃에 벌들 어지러이 날아들고
시냇가 버드나무 짙은 그늘 아래 꾀꼬리 요란하네.
먼 길 떠나온 몸이니 주먹밥이야 쌀 수 있었겠는가마는
용선 띄워 멱라강에 빠져 죽은 굴원을 기려야지.[2]

熏風時送野蘭香　濯雨纔晴新竹凉
艾葉滿山無客採　蒲花盈澗自爭芳
海榴嬌豔遊蜂亂　溪柳陰濃黃雀狂
長路那能包角黍　龍舟應弔汨羅江

삼장법사 일행은 단오절 풍경을 구경하면서 한낮을 보내고 있었는데, 갑자기 높은 산이 길을 가로막아 삼장법사는 말을 멈추고 뒤돌아보며 외쳤어요.

"오공아, 앞에 산이 있으니, 또 요괴가 있을지 몰라. 조심해야 한다."

"사부님, 걱정 마세요. 저희들은 부처님께 귀의한 몸인데 요괴

2 멱라강汨羅江은 호남성 동북쪽에 있는 강으로, 상강湘江의 지류이다. 전국시기 초나라의 우국 시인 굴원屈原이 여기에 투신해 자살했다고 한다. 그 후 사람들은 매년 단오가 되면 주먹밥[粽子]을 싸고, 용선을 띄우며 그를 기렸다.

가 뭐가 무섭나요."

삼장법사는 그 말을 듣고 매우 기뻐하며, 채찍질을 해 백마를 재촉하고, 고삐를 늦추어 빨리 달리게 했어요. 얼마 지나지 않아 벼랑에 올라 고개를 들어 바라보았어요.

산꼭대기의 소나무와 잣나무 구름에 닿을 듯
벼랑의 가시덤불에는 등나무 등걸 걸려 있네.
만 길의 험준함이여
천 길의 깎아지름이여
만 길 높이의 험준한 봉우리와 고개 우뚝우뚝하고
천 층의 깎아지른 듯한 산골짜기 벼랑 까마득해라.
파란 이끼 그늘진 바위에 깔렸고
노송나무와 키 큰 홰나무는 큰 숲을 이루었네.
깊은 숲속에서, 산새 소리 들려오는데
그 아름다운 소리 실로 훌륭하네.
시냇물 흘러가는 것은 옥가루를 뿌리는 듯하고
길가의 꽃 떨어지니 금이 쌓인 것 같네.
산세가 험해 나아가기 어려우니
열 걸음에 반걸음도 평탄한 길이 없네.
쌍을 이룬 여우와 사슴 만나게 되고
짝 지은 흰 학과 검은 원숭이 맞이하네.
문득 호랑이 포효 소리에 간담이 서늘해지고
학 울음소리는 귀청을 울리고 저 하늘 위까지 들리네.
누런 매실과 붉은 살구는 먹을 만하고
들풀과 잡꽃은 이름도 모르겠네.

頂巔松柏接雲青　石壁荊榛掛野藤

萬丈崔巍　千層懸削

萬丈崔巍峰嶺峻　千層懸削壑崖深
蒼苔碧蘚鋪陰石　古檜高槐結大林
林深處　聽幽禽　巧聲睍睆實堪吟
澗內水流如瀉玉　路傍花落似堆金
山勢惡　不堪行　十步全無半步平
狐狸麋鹿成雙遇　白鹿玄猿作對迎
忽聞虎嘯驚人膽　鶴鳴振耳透天庭
黃梅紅杏堪供食　野草閒花不識名

일행 넷이 느린 걸음으로 한참이나 걸어서 산을 넘어 서쪽 비탈길로 내려가자, 평지가 펼쳐졌어요. 저팔계는 펄펄 솟는 기운을 자랑이라도 하려는 듯 사오정에게 짐을 맡기고 저는 두 손으로 쇠스랑을 들고 앞으로 달려 나가 백마를 몰아댔어요. 이 백마가 어디 저팔계를 무서워하기나 하나요. 그 멍텅구리가 "이랴, 이랴" 재촉하거나 말거나 그저 느릿느릿 걸었어요. 손오공이 말했어요.

"팔계야, 왜 그렇게 몰아대는 거야? 그냥 천천히 가게 하지."

"날은 금방 저물 텐데, 오늘 하루 종일 산길을 걸었더니 배가 고프단 말이지. 다들 빨리빨리 움직이라고요. 인가를 찾아 밥이라도 얻어먹게."

"그렇다면 내가 백마를 빨리 가게 해주지."

손오공이 여의봉을 휘두르며 소리를 지르자 백마는 고삐도 뿌리치고 평탄한 길을 따라 쏜살같이 앞으로 내달렸어요. 말이 저팔계는 무서워하지 않고 손오공만 무서워하는 것은 왜일까요? 손오공은 오백 년 전에 옥황상제께서 필마온弼馬溫이란 관직에

봉하셔서 대라천大羅天 어마감御馬監에서 말을 보살핀 적이 있었는데, 그것 때문에 지금까지도 말들은 원숭이를 무서워하는 것이지요. 삼장법사는 고삐를 잡아당기지도 못하고 그저 안장만 꼭 붙들고 있었어요. 말은 고삐가 풀린 채 이십 리 남짓 가서야 비로소 걸음을 늦추었어요.

이렇게 가고 있는데, 갑자기 징 소리가 한 번 들리더니, 길 양쪽에서 서른 명이 넘는 사람들이 뛰쳐나왔어요. 각각 창과 칼, 몽둥이를 들고 길을 막으며 이렇게 외쳤어요.

"이봐 중, 꼼짝 마라!"

놀란 삼장법사는 벌벌 떨려서 제대로 앉아 있지 못하고 말 아래로 굴러떨어져 길가의 풀밭에 웅크리고 이렇게 외쳤어요.

"대왕님, 살려주세요! 살려만 주십시오, 대왕 나리!"

두목 격인 두 사내가 말했어요.

"안 때릴 테니까 노잣돈이나 내놓으라고!"

삼장법사는 그제야 그들이 강도라는 걸 깨닫고, 몸을 일으키고 고개를 들어 그들을 쳐다보았어요.

한 놈은 검푸른 얼굴에 튀어나온 이빨이니 태세신보다 사납고
또 한 놈은 왕방울 눈이 튀어나와 상문신喪門神도 놀라겠네.
살쩍 가의 붉은 털은 불꽃이 흩날리는 듯하고
뺨 아래의 누런 수염은 바늘을 꽂아놓은 것 같네.
두 두목 모두 머리엔 얼룩덜룩한 호랑이 가죽 모자 쓰고
허리엔 화려한 담비 가죽 치마를 둘렀네.
한 놈은 손에 낭아봉狼牙棒을 들었고
한 놈은 어깨에 흘달등扢撻藤을 가로 메고 있네.

과연 깊은 산 호랑이만 못할 것 없으며
정말 물속에서 솟아오른 용 같구나.

一箇青臉獠牙欺太歲　一箇暴睛環眼賽喪門
鬢邊紅髮如飄火　頰下黃鬚似插針
他兩箇頭戴虎皮花磕腦　腰繫貂裘彩戰裙
一箇手中執着狼牙棒　一箇肩上橫擔扢撻藤
果然不亞巴山虎　眞箇猶如出水龍

삼장법사는 이렇게 흉악스런 모습을 보고는 할 수 없이 일어나 가슴에 손을 모아 합장을 하고 말했어요.

"대왕님, 소승은 동녘 땅 위대한 당나라 황제의 명을 받들어 불경을 가지러 서천으로 가는 중입니다. 장안을 떠난 지 오래된지라 얼마 있던 노잣돈도 다 써버렸습니다. 그리고 출가한 몸이니 그때그때 밥을 얻어서 먹을 뿐 무슨 재물이 있겠습니까? 제발 사정을 보아주시어 저를 그냥 보내주십시오."

두 산적 두목은 부하들을 거느리고 앞으로 한 발 다가서며 말했어요.

"우리들이 흉악한 마음을 먹고 여기에서 길을 막고 있는 건 다 재물을 노리고 하는 짓인데, 사정은 무슨 사정을 봐준다는 거야? 네놈이 정말 재물이 없다면, 잽싸게 그 옷 벗고 말도 남겨두고 가라. 그럼 보내주지!"

"나무아미타불! 소승의 이 옷은 동쪽 집에서 천을 시주받고, 서쪽 집에서 바늘을 시주받는 식으로 조금 조금씩 얻어 지은 것입니다. 그런데 이 옷을 벗겨 가신다면 저를 해치는 셈이 아니겠습니까? 그러면 당신들은 이 세상에선 당당한 사나이라 해도, 다음 세상에서는 짐승으로 태어날 것입니다."

산적들은 이 말에 화가 머리끝까지 나서 커다란 몽둥이를 내리치며 덤벼들었어요. 삼장법사는 소리 내어 말은 하지는 않았지만 속으로 이렇게 생각했어요.

'불쌍하구나! 자기네 몽둥이만 알았지 내 제자의 몽둥이 맛은 모르는구나.'

산적은 다짜고짜 몽둥이를 들어 앞뒤 가리지 않고 휘둘렀어요. 삼장법사는 평생 거짓말할 줄 모르는 어른이었지만, 이렇게 급박한 처지가 되자 어쩔 수 없이 거짓말을 했어요.

"두 분 대왕님들, 잠깐 기다려주십시오. 제 제자가 뒤따라오고 있는데, 금방 올 겁니다. 그 아이에게 돈이 몇 푼 있으니 그걸 대왕님들께 드리겠습니다."

"이 중도 죽긴 싫은 모양이군. 일단 묶어둬라."

산적들은 달려들어 그를 끈으로 묶어서 나무 위에 높이 매달아 놓았어요.

한편 세 사고뭉치는 삼장법사의 뒤를 쫓아오고 있었어요. 저팔계는 껄껄 웃으면서 말했어요.

"사부님은 정말 빨리도 가셨네! 어디쯤에서 우리를 기다리고 계시려나?"

그러다 문득 삼장법사가 나무 위에 있는 걸 보고, 또 이렇게 말했지요.

"사부님 좀 봐, 그냥 기다리고 계실 일이지, 또 무슨 흥이 나신 거야? 나무 위에 올라가 덩굴을 매달아 놓고 그네 타고 놀고 계시잖아?"

그 말을 듣은 손오공이 한번 쳐다보더니 이렇게 꾸짖었어요.

"멍청아, 허튼소리 그만해. 사부님은 나무에 묶여 매달려 계신 거잖아! 너희 둘은 천천히 따라와. 내가 가볼 테니."

멋진 제천대성! 재빨리 높은 언덕에 올라 자세히 살펴보고 강도들을 확인하자, 속으로 신이 나서 말했어요.

'얼씨구, 운도 좋구나! 손님이 제 발로 찾아왔구나!'

손오공은 곧 되돌아서 몸을 흔들어 말끔한 어린 중으로 변신했는데, 나이는 겨우 열여섯 정도에 검은 승복을 입고 어깨에는 남색 봇짐을 메고 있었어요. 그는 삼장법사 앞으로 와서 그를 불렀어요.

"사부님, 이게 어찌된 일입니까? 이 흉악한 자들은 또 누구지요?"

"얘야, 빨리 날 내려주지 않고 묻긴 뭘 묻는 거냐?"

"무슨 짓이랍니까?"

"이 노상강도놈들이 나를 붙잡고 통행세를 내놓으라는구나. 나한테 아무것도 없다니까 날 여기에 매달아 놓고 네가 와서 해결하길 기다리고 있는 거란다. 아니면 이 말을 줘버리고 말자꾸나."

손오공은 피식 웃었어요.

"사부님 그럴 순 없지요. 천하의 중들 가운데 사부님처럼 약해빠진 중도 없을 거예요. 당나라 태종이 사부님께 서천으로 가서 부처님을 뵈라고 했지, 어디 이 용마를 남에게 줘버리라고 했었나요?"

"얘야, 이렇게 매달아 놓고 마구 때리며 내놓으라고 하면 어쩌지?"

"그래 놈들에게 뭐라고 하셨어요?"

"놈들이 때리려고 덤벼드는 통에 다급해져서 어쩔 수 없이 네 얘기를 했단다."

"사부님, 정말 한심하시네요. 제 얘긴 해서 어쩌시려고요?"

손오공이 도적들을 때려죽이고 삼장법사에게 쫓겨나다

"너한테 돈이 좀 있으니까 일단 날 때리지 말라고 했다. 급해서 둘러댄 말이야."

"좋습니다, 좋아요! 사부님이 절 좀 밀어주시는군요. 제 얘기를 그렇게만 하신다면 한 달에 칠팔십 번이라도 좋아요. 그럴 때마다 이 몸에게는 거래할 건수가 생기는 거지요."

그 산적들은 손오공이 삼장법사와 얘기를 나누는 것을 보고 슬슬 흩어져 빙 둘러싸며 이렇게 말했어요.

"야, 꼬마 중! 네 사부가 너한테 돈이 있다고 했으니 어서 내놔! 그러면 목숨만은 살려주마! 안 된다는 '안' 자만 나왔다간, 널 영영 보내버릴 줄 알아라!"

손오공은 봇짐을 내려놓고 대답했어요.

"여러 어르신들, 시끄럽게 그러실 것 없어요. 돈은 여기 봇짐 속에 조금 있습니다. 많진 않고요. 그저 금이 스무 덩어리 남짓, 뽀얀 순은이 이삼십 덩어리쯤 됩니다. 금은 부스러기들은 일일이 세어본 적도 없지만요. 원한다면 봇짐째 가져가시고 저희 사부님은 때리지 마세요. 옛날 책에도 '덕은 근본이고, 재물은 말단(德者本也 財者 末也)'이라지 않습니까? 이런 건 말단에 불과한 것이지요. 저희 출가한 사람들은 당연히 동냥할 곳이 있기 마련이고, 인심 좋은 시주라도 만나면 옷이며 돈이며 얼마든지 얻을 수 있습니다. 저희가 써봐야 얼마나 쓰겠습니까? 제발 우리 사부님을 풀어만 주신다면 제가 몽땅 다 드리지요."

산적들은 이 말을 듣고 매우 기뻐했어요.

"이 늙은 중은 꽤나 인색하더니 이 꼬마 중은 오히려 통이 큰데 그래?"

그리고 곧 분부했어요.

"풀어줘라!"

삼장법사는 목숨을 구하자 손오공이야 어떻게 되건 말건, 말 위로 뛰어올라 채찍을 꽉 쥐고 곧장 왔던 길로 달려 내뺐어요. 그러자 손오공이 급히 이렇게 외쳤어요.

"그쪽 길이 아니에요!"

그러면서 봇짐을 들고 쫓아가려고 했지요. 그러자 산적들이 앞을 막아섰어요.

"어딜 가시나! 돈을 내놓으면 곱게 보내주지!"

손오공이 킬킬 웃으며 대답했어요.

"돈 얘기가 나왔으니 말인데, 삼등분해서 나누는 거요."

"이 꼬마 중놈, 약았구나! 자기 사부를 속이고 제 몫을 챙기겠다고? 어쨌든 좋아. 내놔봐라. 돈이 많으면 네놈한테도 몰래 과자 사 먹을 돈을 좀 나눠 주지."

"아 형님, 그런 게 아니고요. 제가 무슨 돈이 있겠어요? 두 분 형님들이 다른 사람들한테 뺏은 금은을 나눠 갖자는 말이지요."

산적은 이 말을 듣고 화가 머리 꼭대기까지 나서 버럭 호통을 쳤어요.

"이 중놈이 죽으려고 환장을 했구나! 네놈이 나한테 주지는 않고 도리어 나한테 달라고? 맛 좀 봐라!"

그는 울퉁불퉁한 등나무 몽둥이를 휘둘러 손오공의 까까머리를 일고여덟 차례나 내리쳤어요. 손오공은 짐짓 아무것도 모르는 체 만면에 웃음을 띠며 말했어요.

"형님, 이렇게 때린다면 내년 봄까지 때린다고 해도 어디 기별이나 오겠어요?"

산적 두목은 깜짝 놀랐어요.

"이 중놈 머리 하난 정말 단단하구나!"

손오공이 웃으며 대답했어요.

"아이, 뭘요. 과찬이십니다. 그저 봐줄 만한 정도지요."

산적 두세 명이 다짜고짜 한꺼번에 달려들어 난타하자, 손오공이 말했어요.

"여러분 진정하세요. 제가 꺼낼 테니까요."

멋진 제천대성! 귓속을 몇 번 만지작거리더니 자수바늘을 하나 찾아냈어요.

"여러분, 저는 출가한 몸이라 역시 돈은 없으니 이 바늘을 드리지요."

"재수 옴 붙었네. 부자 중놈은 놔주고 이 털 빠진 나귀 같은 가난뱅이 땡중을 붙잡고 있다니. 네놈은 바느질을 할는지 모르겠다만, 나한테 그 바늘 갖고 뭘 하란 말이냐?"

손오공은 필요 없단 말을 듣자 바늘을 집어들고 한 번 흔들어 사발 굵기의 몽둥이로 변하게 만들어냈어요. 그러자 산적들은 겁이 덜컥 났어요.

"이 중은 생긴 건 조그마해도, 술법을 부릴 줄 아는구나."

손오공은 여의봉을 땅에 꽂아놓고 말했어요.

"여러분, 이걸 움직일 수 있다면, 드리지요."

두 산적 두목이 앞으로 나서 가져가려 했지만, 안타깝게도 잠자리가 돌기둥에 부딪친 듯, 몽둥이는 조금도 움직이지 않았어요. 이 몽둥이가 본래 여의봉으로 하늘 저울로 달면 만삼천오백 근이 나간다는 것을 산적들이 알 리가 없지요. 제천대성은 앞으로 나아가 가볍게 여의봉을 들어서 구렁이가 몸을 비틀어 꺾는 자세를 취하고 산적에게 말했어요.

"너희들 정말 재수가 없구나! 이 손 어르신을 만나다니!"

산적들이 앞으로 나서서, 또 오육십 차례 내리쳤어요. 손오공은 깔깔 웃었어요.

"너도 때리느라 손이 아플 테니, 이 손 어르신이 한 방 때려주마. 그냥 장난으로 말이야."

보세요. 손오공이 여의봉을 들어 휙휙 돌리자 그것은 우물 난간만 한 굵기에 길이는 예닐곱 길로 늘어났어요. 탕 하고 한 번 여의봉을 안기자 한 놈이 땅에 쓰러졌는데, 입술에 흙이 달라붙은 채 다시는 아무 소리도 내지 못했어요. 그러자 또 한 놈이 욕을 해댔어요.

"이 까까머리가 정말 버릇없구나. 통행세도 안 내면서 오히려 우리 형제를 해치다니."

손오공은 또 킬킬 웃었어요.

"잠깐, 조용히 하라고. 내가 차례대로 때려서 한꺼번에 네놈들을 뿌리 뽑아줄 테니까."

그는 또 탕 하고 여의봉을 내리쳐서 두 번째 놈도 죽여버렸어요. 놀란 졸개들은 창을 내던지고 몽둥이를 버리고 사방으로 흩어져 도망갔어요.

한편 삼장법사는 말을 타고 곧장 동쪽으로 내달렸고, 그걸 본 저팔계와 사오정이 막아섰어요.

"사부님, 어디 가시는 거예요? 길을 잘못 드셨네요."

삼장법사는 말을 멈추고 분부했어요.

"애들아, 어서 네 사형한테 가서 그 몽둥이에 사정을 두어서 그 강도들을 때려죽이지 말라고 해라."

그러자 저팔계가 대답했어요.

"사부님은 여기 계셔요. 제가 다녀올게요."

멍텅구리는 곧장 달려가서 큰 소리로 고함을 질렀어요.

"형님, 사부님께서 때리지 말라고 하시는데?"

"저팔계야, 내가 때리긴 뭘 때렸다는 거냐?"

"강도들은 다 어디로 갔지?"

"딴 놈들은 다 뿔뿔이 도망갔고, 두 두목놈들은 여기서 자고 있잖아."

저팔계는 키득키득 웃으면서 말했어요.

"이 염병할 것들 같으니! 밤을 샜나, 이렇게 곤하게 자게. 딴 데 가서 자지 하필 여기서 자고 있어!"

멍텅구리가 가까이 가서 보더니 말했어요.

"이놈들 잠버릇은 나랑 비슷한걸. 입을 쩍 벌리고 침까지 질질 흘렸는데."

"이 어르신의 여의봉 한 방에 두부豆腐가 흘러나온 거다."

"사람 머리에도 두부가 있어요?"

"골이 나왔단 말이야."

저팔계는 골이 나왔단 말을 듣자 황급히 도로 삼장법사에게 달려가서 알렸어요.

"죄다 흩어졌습니다."

"잘됐구나, 정말! 어느 길로 갔더냐?"

"맞아서 다리를 쭉 뻗어버렸는데, 가긴 어디를 간단 말입니까!"

"그런데 넌 왜 다 흩어졌다고 했느냐?"

"맞아 죽었으니, 그게 죄다 흩어진 게 아니고 뭐겠어요?

"어떻게 맞았더냐?"

"머리에 커다란 구멍이 두 개나 뚫렸더군요."

"봇짐에서 돈 몇 푼 꺼내가지고, 어서 어디 가서 고약이라도 좀 구해다가 두 놈들 머리에 좀 붙여주어라."

그 말에 저팔계가 피식 웃었어요.

"사부님 정말 답답하시네요. 고약은 산 사람 종기에나 붙이는 거지, 어디 죽은 사람의 구멍에 붙인답니까?"
"정말 때려죽였단 말이냐?"
그러더니 삼장법사는 화가 나서 원숭이놈이 어쩌니 저쩌니 하며 혼자 중얼중얼 욕을 해댔어요. 말을 돌려 사오정, 저팔계와 함께 죽은 사람 앞으로 가보았더니, 산비탈에 아래에 피를 철철 흘리고 꼬꾸라져 있는 것이 보였어요. 삼장법사는 차마 볼 수가 없어, 저팔계에게 일렀어요.
"어서 쇠스랑으로 땅을 파서 묻어줘라. 나는 『도두경倒頭經』을 읽어줘야겠다."
"사부님, 그건 불공평한 거 아닌가요? 저 양반이 때려죽였으니 저 양반한테 묻으라고 해야지, 왜 저한테 땅 파는 일을 시키시는 겁니까?"
손오공은 삼장법사의 꾸지람에 심사가 뒤틀린 터라 저팔계에게 소리를 꽥 질렀어요.
"게을러터진 멍청아! 빨리 가서 묻지 못해! 당장 안 하면 이 여의봉 맛을 볼 줄 알아라."
멍텅구리는 화들짝 놀라서 산비탈 아래에 깊이가 석 자는 되는 구덩이를 파는데, 아래쪽이 온통 바위인지라 쇠스랑이 들어가질 않았어요. 멍텅구리는 쇠스랑을 팽개치고 주둥이로 딱딱하지 않은 곳을 찾아 땅을 헤집었지요. 주둥이로 한 번 파헤치자 두 자 반, 두 번 만에 다섯 자 깊이의 구덩이가 파졌고, 두 산적의 시체를 묻은 후, 흙을 쌓아 올려 동그랗게 무덤을 만들어주었어요. 그러자 삼장법사가 다시 분부했어요.
"오공아, 내가 기도를 드리고 경을 읽게, 향과 초를 가져오너라."
손오공은 주둥이를 쑥 내밀고 투덜거렸어요.
"정말 답답하시네요! 이 산속에 어디 마을이 있나요, 아님 가게

가 있나요? 어디서 향과 초를 가져오란 말씀이세요? 돈이 있어도 사 올 데가 없다고요."

삼장법사는 화가 나서 말했어요.

"넌 저리 비켜라, 원숭이놈아! 내 향 대신 흙을 쌓아서라도 축도를 드릴 테니."

삼장법사는 말에서 내려 길가의 무덤을 애처로워하고
성승은 자비로운 마음에 초라한 무덤 앞에서 기도를 드리네.

三藏離鞍悲野塚　聖僧善念祝荒墳

축문은 다음과 같았어요.

호걸님들께 아뢥니다. 제가 축도를 올리는 이유는 이렇습니다. 저는 동녘 땅 당나라 사람으로, 태종 황제의 뜻을 받들어 불경을 구하러 서쪽으로 길을 떠났습니다. 마침 여기에 와서 두 분을 만나게 되었습니다. 어느 고을에 살던 분들인지는 모르지만, 모두 이 산에서 무리를 결집하셨군요. 제가 좋은 말로 은근히 애원했습니다만, 당신들께서는 듣지 않으시고 도리어 역정을 내셨지요. 그러다 손오공을 만나 몽둥이에 목숨을 잃으셨군요. 땅바닥에 시체가 드러나 있는 게 안쓰러워 제가 바로 흙을 덮어 무덤을 만들어 드렸습니다. 푸른 대나무를 꺾어 촛불로 삼았으니, 빛은 없어도 정성스런 마음은 있습니다. 막돌을 가져다 젯밥으로 삼았으니, 맛은 없어도 참된 마음은 있습니다. 당신들께서 삼라전에 가서 고소하시더라도 제대로 알고 하십시오. 그놈은 손가이고, 저는 진가이니, 우리는 성도 다릅니다. 억울한 일에는 그 일을 만든 원수놈이 있게 마련이고, 빚에는 채권자가 있는 것이니, 제발, 제발 이 불경 가지러 가는 중은 고소하지 마십시오.

저팔계가 깔깔 웃으며 말했어요.

"사부님께선 아주 깨끗이 빠져나가시네요. 저 양반이 때릴 때 저희 둘도 없었다고요."

그 말에 삼장법사는 또 흙을 한 줌 집더니 이렇게 기도를 드렸어요.

"호걸님들, 고발하실 때 손오공만 고발하십시오. 저팔계랑 사오정과도 상관없는 일입니다."

제천대성은 이 말을 듣고 웃음을 참을 수 없었어요.

"사부님, 어지간히도 의리가 없으시네요. 사부님의 이 경전 가지러 가는 일 때문에 제 노력과 정성이 얼마나 들어갔는지 아세요? 지금은 이 두 좀도둑놈들을 때려잡아 드렸더니만, 뭐 도리어 이 손 어르신을 고발하라고요? 제 손으로 때렸다고 해도, 그건 다 사부님 때문이지요. 사부님이 서천으로 불경을 가지러 가지 않으셨다면, 제가 제자가 되지 않았을 것이니, 어떻게 여기에 와서 사람을 때려죽일 수 있었겠어요? 그럴 것 없이 제 기도를 좀 들어보시지요."

손오공은 여의봉을 쥐고 무덤 위를 세 번 찧더니 이렇게 말했어요.

"염병할 강도들아, 들어라. 네놈들이 나를 앞뒤로 예닐곱 방씩 두들겼지만, 간지러운 정도도 못 되고 내 성질만 돋우었었지. 한 번 실수로 네놈들을 때려죽였다만, 네놈들이 어디 가서 고발한다고 해도, 이 손 어르신은 전혀 겁날 게 없다. 옥황상제는 나랑 아는 사이이고, 천왕은 내 말이라면 다 따르지.

이십팔수는 날 두려워하고, 구요성관九曜星官들은 날 무서워하며, 각지의 성황신들은 내 앞에 무릎을 꿇고, 동악천제東岳天帝[3]도 내 앞에선 벌벌 떤다. 십대염왕十代閻王은 내 종복이 되었고, 오로창신五路猖神도 후배로서 날 모시지. 삼계三界를 다스리는 다섯 관리이건, 시방세계의 신들이건 모두 나랑은 돈독한 사이이니, 어디 맘대로 가서 고발해봐라!"

삼장법사는 손오공이 이런 악담을 퍼붓자 또 간담이 서늘해졌어요.

"얘야, 난 네가 생명을 아끼는 덕을 익히고, 선량한 사람이 되라고 그런 기도를 한 거다. 넌 뭐 그렇게 정색을 하고 그러느냐?"

"사부님, 이건 재미있는 놀이 같은 게 아닙니다. 그만 잘 곳이나 찾아 나서지요."

삼장법사는 속으로 노여움이 가시지 않은 채 그냥 말에 올랐고, 제천대성은 마음이 틀어져 있었으며, 저팔계와 사오정도 한편으로 질투하는 마음이 있었어요. 이렇게 스승과 제자 모두 겉 표정과 속마음이 달랐지요.

큰길을 따라 똑바로 서쪽을 향해 걷노라니, 갑자기 길 북쪽에 장원이 하나 보였어요. 삼장법사는 그 집을 채찍으로 가리키며 이렇게 말했어요.

"저기로 가서 잠자리를 빌리도록 하자."

저팔계가 바로 대답했지요.

"네. 그게 좋겠네요."

곧 장원 가까이 가 말에서 내려 살펴보았더니, 생각보다 훌륭한 곳이었어요.

3 동악천제는 태산泰山의 수호신이라고 한다.

들꽃은 길가에 가득 피었고
잡목들은 사립문 가렸네.
멀리 언덕에는 산 계곡물 흐르고
너른 밭이랑에는 보리와 아욱 심어져 있네.
이슬 내린 갈대밭에 날랜 갈매기 자고
미풍 부는 버드나무에 지친 새 깃든다.
푸른 잣나무 소나무 사이에서 서로 푸름을 다투고
붉은 쑥 여뀌에 비치어 서로 향기를 뽐낸다.
마을 개 짖고, 저녁닭 울 때
소와 양 배불리 먹자 목동은 돌아오고
밥 짓는 연기 모락모락 올라가니 기장밥이 익어간다.
이것이 바로 산골 마을의 해 지는 풍경이네.

野花盈徑　雜樹遮扉
遠岸流山水　平畦種麥葵
蒹葭露潤輕鷗宿　楊柳風微倦鳥棲
青柏間松爭翠碧　紅蓬映蓼鬪芳菲
村犬吠　晩雞啼　牛羊食飽牧童歸
爨煙結露黃粱熟　正是山家入暮時

삼장법사가 그 앞으로 다가가는데, 갑자기 마을의 한 집에서 노인 하나가 걸어 나왔어요. 서로를 본 두 사람은 인사를 나누었지요. 그 노인이 물었어요.

"스님은 어디서 오시나요?"

"저는 동녘 땅 위대한 당나라의 천자께서 서천으로 가 경전을 구해 오라고 보내신 사람입니다. 막 이곳을 지나는데 날이 저무는지라 하룻밤 신세 질 것을 부탁드리려던 참입니다."

"스님의 나라에서 여기까지는 까마득히 먼 길인데, 어떻게 산 넘고 물 건너 혼자 여기까지 오셨습니까?"

"못난 제자 셋이 같이 왔습니다."

"제자분들은 어디 계신데요?"

삼장법사는 손으로 가리키며 대답했어요.

"저 큰길 옆에 서 있는 애들이 바로 제 제자들입니다."

노인이 고개를 들어 보니 모두들 험상궂은 얼굴이라, 황급히 몸을 돌려 도로 집안으로 들어가려고 했어요. 삼장법사는 노인을 붙들고 애원했어요.

"시주님, 제발 자비를 베풀어 하룻밤만 묵어가게 해주십시오."

노인은 벌벌 떨면서 차마 입을 벌려 말도 못하고 있다가, 고개를 절레절레 흔들고 손을 내저으며 말했어요.

"사, 사, 사, 사람이 아니잖아! 요, 요, 요괴들이라고!"

삼장법사는 미소를 지으며 달랬어요.

"시주님, 무서워하실 것 없습니다. 저 아이들이 생긴 건 저 모양이지만 요괴는 아닙니다."

"아이고 나리, 하나는 야차고, 하나는 말상이고, 또 하나는 벼락신이 아닙니까."

손오공이 이 말을 듣고 소리를 꽥 질렀어요.

"벼락신은 내 손자고, 야차는 증손자. 말상은 내 현손玄孫이다."

노인이 그 소리를 듣자 혼비백산해서 얼굴이 하얗게 질린 채 집 안으로 들어가려고 했어요. 삼장법사는 노인을 부축해 집까지 따라가서는 웃음을 지어 보이며 이렇게 말했어요.

"시주님, 겁내실 거 없습니다. 재가 워낙 저렇게 제멋대로라서 말을 저렇게 한답니다."

이렇게 설득을 하고 있는데, 뒤쪽에서 어떤 노파가 대여섯 살쯤 된 어린아이 손을 잡고 걸어 나오면서 말했어요.

"영감, 왜 그렇게 놀라서 떨고 있소?"

노인은 그제야 입을 열었어요.

"할멈, 차 좀 내와요."

노파는 그 말대로 아이는 떼어놓고 안으로 들어가 차 두 잔을 받쳐 들고 나왔어요. 차를 마시고서 삼장법사는 아래로 내려와 할멈에게 예를 올리며 이렇게 말했어요.

"저는 동녘 땅 위대한 당나라에서 어명을 받고 서천으로 불경을 가지러 가는 사람인데, 여기 도착해서 막 어르신께 이 집에서 묵어가게 해달라고 부탁드리던 참이었습니다. 그런데 제 세 제자들의 험상궂은 몰골을 보고 어르신이 놀라신 거지요."

"험상궂은 얼굴만 보고도 이렇게 놀라니, 호랑이나 늑대를 보면 어쩌시려 그러우?"

그러자 노인이 나섰어요.

"할멈, 얼굴이 험상궂은 건 그래도 괜찮았소. 내뱉는 말은 더 섬뜩했다고. 내가 야차, 말상, 벼락신 같다고 했더니, 저자가 벼락신은 자기 손자고, 야차는 증손자, 말상은 현손이라고 버럭 고함을 지르지 뭐요. 그 말을 듣고 내가 이렇게 떨고 있는 거라오."

삼장법사가 얼른 나섰어요.

"아이고, 아닙니다. 벼락신같이 생긴 건 큰제자인 손오공이고, 말상은 둘째 제자 저오능이며, 야차처럼 생긴 건 셋째 제자 사오정입니다. 그 아이들이 생긴 건 험상궂지만 불법을 지키는 불제자들로서, 정과에 귀의한 몸입니다. 무슨 악마도 못된 요괴도 아닌데 뭘 두려워하십니까?"

두 노인네는 그들의 이름과 불문에 귀의했다는 말을 듣고서야 놀란 마음을 진정시켰어요.

"어서 어서 안으로 들게 하시지요."

삼장법사는 밖으로 나가 들어오라고 소리치고, 이렇게 당부의 말도 덧붙였어요.

"이 노인이 너희들을 무척 꺼렸단다. 지금 들어가 뵙는데, 절대 예법을 어기지 말고 점잖게 행동하도록 해라."

저팔계가 대꾸했지요.

"저는 생긴 것도 번듯하고, 얼마나 점잖은데요. 형님처럼 제멋대로가 아니라고요."

손오공도 깔깔 웃으며 한마디 했어요.

"긴 주둥이에 큰 귀, 못난 얼굴만 없었다면, 아주 미남이지."

"그만들 해두세요. 여긴 잘났다고 생색내는 데가 아니라고요. 일단 들어갑시다, 들어가요!"

그들은 봇짐을 메고 말도 끌고서 모두 집 안으로 들어와 일제히 인사를 하고 자리에 앉았어요. 할멈은 착하고 지혜로운지라, 곧 아이를 데리고 안으로 들어가 밥을 짓게 하고 삼장법사 일행에게 정갈한 음식을 차려주었어요. 어느덧 날이 저물어 불을 밝히고, 모두 둘러앉아 한담을 나누었어요. 삼장법사가 물었어요.

"시주님은 성이 어떻게 되십니까?"

"양씨랍니다."

또 나이를 물었어요.

"일흔넷이랍니다."

"영식은 몇이나 두셨습니까?"

"하나밖에 없습니다. 할멈이 데리고 있던 아이는 손자이지요."

"영식께 인사를 드리고 싶습니다만."

"그놈한테 인사는 무슨 인삽니까. 제가 복이 없어서 제대로 키우질 못했습니다. 그놈은 지금 집에 없답니다."

"그럼 어디에서 장사를 하시나요?"

노인은 고개를 끄덕이며 탄식했어요.

"에휴! 어디서 장사라도 한다면 얼마나 좋겠습니까. 그놈은 못된 짓 할 생각밖에 없고, 제대로 된 일은 하지 않는답니다. 도둑질 강도질에, 살인 방화만 일삼고 있지요. 어울리는 놈들도 죄다 그런 못돼먹은 불한당들이고요. 닷새 전에 나가선 아직까지 돌아오지 않았답니다."

삼장법사는 이 말을 듣고 뭐라고 말은 못하고 속으로 생각했어요.

'어쩌면 오공이가 때려죽인 놈일지도 모르겠구나.'

삼장법사는 불안한 마음에 공손히 허리를 숙이며 말했어요.

"아이고, 이럴 수가! 이렇게 어진 부모에게 어찌 그런 못된 아들이 있을 수가!"

손오공이 가까이 다가가 말했어요.

"노인장, 그렇게 못되고 음탕하고 사악한 짓을 일삼는 자식은 부모까지 해를 입힐 것이니, 자식이라고 두어봤자 뭐하겠소? 내가 그놈을 찾아 죽여 드리겠소."

"나도 연을 끊고 싶었습니다만, 달리 자식이 없으니 어쩌겠소? 아무리 못났대도 이 늙은이를 묻어줄 놈은 그놈뿐인데."

사오정과 저팔계는 히죽히죽 웃었어요.

"사형, 쓸데없는 일에 참견 마요. 우리가 관리도 아니고, 노인장에게 못난 자식이 있다고 한들 우리랑 무슨 상관이라고 그래요? 시주님께 짚이나 한 단 달래서 저쪽에 깔고 잠이나 한숨 잔 후 내일 아침에 길을 떠납시다."

노인은 일어나 사오정에게 뒤뜰에서 짚 두 단을 가져가라고 하고, 일행을 뜰의 헛간 안에서 쉬도록 했어요. 손오공은 말을 끌고, 저팔계는 봇짐을 지고 삼장법사를 따라 헛간 안으로 가서 쉰 것은 더 이상 말하지 않겠어요.

한편 그 산적들 중에 정말로 양씨 노인의 아들이 있었어요. 낮에 산에서 손오공에게 두 두목이 맞아 죽은 뒤, 그들은 모두 뿔뿔이 도망갔었지요. 하지만 새벽 두 시경이 되자 그들은 또 한데 모여 노인 집의 대문을 두드렸어요. 노인이 문소리를 듣자 곧 옷을 걸치고 말했어요.

"할멈, 그놈이 돌아왔나 보오."

"그럼 들어오라고 당신이 가서 문을 열어주세요."

노인이 문을 열자마자 산적 무리들이 시끄럽게 떠들어댔어요.

"배고프단 말이야, 배고파."

이 양씨 노인의 아들은 급히 안으로 들어가 자기 처를 깨워 밥을 지으라고 했어요. 그런데 부엌에 장작이 없는지라 뒤뜰에서 장작을 가져오면서 처에게 물었어요.

"뒤뜰에 있는 백마는 어디서 온 거야?"

"동녘 땅에서 불경을 가지러 가는 중이라는데, 어젯밤에 하룻밤 신세 지겠다고 왔어요. 아버님 어머님은 저녁상을 차려주시고 헛간에서 자라고 하셨지요."

그놈은 이 말을 듣고 집 밖으로 나가 박장대소하며 말했어요.

"형제들, 이거 참 잘됐어! 원수놈이 지금 내 집에 있다더군."

"무슨 원수놈?"

"우리 두목을 때려죽인 중놈 말이야. 우리 집에 잠자리를 빌리러 와서 지금 헛간에서 자고 있다고."

"그거 잘됐군! 저 털 빠진 나귀놈들을 잡아다가 하나하나 육젓을 담가줄 테다. 봇짐과 백마도 뺏고, 두목님 복수도 해야지."

"서두를 것 없어. 자네들은 칼이나 갈고 있어. 밥이 다 되면 모두 배불리 먹고 일제히 손을 쓰자고."

정말로 산적놈들은 칼 가진 놈은 칼을 갈고, 창 가진 놈은 창을 갈았어요. 노인은 이 말을 듣고 몰래 뒤뜰로 가서 삼장법사 일행을 깨웠어요.

"아들놈이 패거리를 이끌고 왔습니다. 당신들이 여기 있는 걸 알고는 해치려고 합니다. 저는 멀리서 온 당신들을 해치는 걸 차마 못 보겠으니, 빨리 짐을 챙기십시오. 제가 뒷문으로 내보내드리지요."

삼장법사는 이 말을 듣고 벌벌 떨며 머리를 조아려 노인에게 감사를 드리고, 곧 저팔계에게 말을 끌게 하고, 사오정은 봇짐을 짊어지게 하고, 손오공에게는 구환석장을 들고 가게 했어요. 노인은 뒷문을 열어 일행을 내보내고, 아까처럼 살금살금 안채로 돌아와 자리에 누웠어요.

한편 산적들이 칼과 창을 날카롭게 갈고, 밥을 배불리 먹었더니, 이미 네 시가 되었어요. 우르르 뜰로 몰려가 보았지만, 삼장법사 일행은 모두 사라졌지요. 급히 등을 켜고 불을 밝히고 한참을 찾았지만, 사방에 종적을 찾을 수 없고, 다만 뒷문이 열려 있는 것이 보였어요. 모두 소리쳤지요.

"뒷문으로 도망갔다, 도망갔어!"

그들은 와 하고 소리치며 뒤쫓았어요. 모두 쏜살같이 내달렸으나, 동쪽에 해가 틀 때쯤에야 멀리 삼장법사 일행이 보였어요. 삼장법사가 함성 소리를 듣고 뒤돌아보니, 뒤쪽에 이삼십 명이 한 떼로 창과 칼을 들고 달려오는 것이었어요.

"얘들아, 산적들이 쫓아오는구나. 이를 어쩌면 좋으냐?"

손오공이 대답했어요.

"마음 푹 놓으세요. 제가 해결하고 올 테니까요."

삼장법사가 말을 멈추고 말했어요.

"오공아, 사람을 해치면 안 된다. 그냥 겁줘서 쫓아 보내기만 해라."

손오공이 그 말을 들을 리가 있나요? 그는 급히 여의봉을 들고 뒤로 돌아 산적들을 맞이하며 말했어요.

"여러분, 어디 가시오?"

"까까머리 놈이 무례하구나! 우리 대왕님을 살려내라!"

그놈들은 손오공을 가운데에 놓고 둘러싸더니 창과 칼을 마구 휘둘렀어요. 제천대성이 여의봉을 흔들자 사발만큼이나 굵어졌고, 여의봉에 맞은 산적놈들은 추풍낙엽처럼 나가떨어졌어요. 제대로 맞은 놈은 바로 즉사했고, 걸려서 끌려온 놈은 고꾸라졌으며, 톡 건드리자 뼈가 부러졌고, 살짝 스친 놈은 살갗이 다 벗겨졌어요. 재빠른 놈들은 몇몇 달아났지만, 굼뜬 놈들은 죄다 염라대왕을 뵙게 되었지요.

삼장법사는 말에 탄 채 수많은 사람들이 맞아 죽는 걸 보자, 놀라서 서쪽으로 말을 몰아 내달렸어요. 저팔계와 사오정도 그 뒤를 바짝 따라갔지요. 손오공은 상처만 입고 죽지는 않은 산적에게 물었어요.

"어느 놈이 양씨 노인의 아들이냐?"

그 산적은 끙끙거리며 아뢰었어요.

"나리, 저 누런 옷을 입은 놈입니다."

손오공은 그 앞으로 다가가 칼을 빼앗아 들고 누런 옷을 입은 사람의 머리를 댕강 베어버렸어요. 손오공은 피가 뚝뚝 떨어지는 머리를 손에 든 채 여의봉을 거두어들이고, 근두운을 몰아 얼른 삼장법사 앞으로 가서 머리를 들어보이며 이렇게 말했어요.

"사부님, 이게 바로 양씨 노인의 못된 자식놈입니다. 제가 놈의 머리를 가져왔습니다."

삼장법사는 그것을 보고 대경실색 놀라서 말에서 굴러떨어졌어요. 그리고 호통을 쳤지요

"이 못된 원숭이놈아! 간 떨어져 죽겠다! 어서 치워라, 어서!"

저팔계가 앞으로 쑥 나서더니 한 발로 그 머리통을 길옆으로 차버리고는, 쇠스랑으로 흙을 파서 잘 덮었어요. 사오정도 봇짐을 내려놓고 삼장법사를 부축했어요.

"사부님, 일어나십시오."

삼장법사는 땅바닥에 앉아 정신을 가다듬고 입속으로 긴고아주緊箍兒呪를 외기 시작했어요. 손오공은 머리테가 죄어오자 얼굴이 귀 끝까지 새빨개지고, 눈이 부풀어 오르고 머리도 어질어질해져서, 땅바닥에서 데굴데굴 구르면서 소리를 꽥꽥 질렀어요.

"그만해요! 그만!"

삼장법사는 족히 열 번을 넘게 외웠는데도 그칠 줄을 몰랐어요. 손오공은 데굴데굴 재주를 넘고, 물구나무를 서는 등 아파서 어쩔 줄 몰라 하며 그저 이렇게 외치고만 있었지요.

"사부님 제 죄를 용서해주세요! 말로 하시라고요. 제발 그만해요! 그만!"

삼장법사는 그제야 주문을 멈추고 이렇게 말했어요.

"더 말할 것 없다! 넌 날 따라올 것 없으니 돌아가거라!"

손오공은 아픔을 참으며 머리를 조아리며 절을 올렸어요.

"사부님, 어째서 절 쫓아내시는 겁니까?"

"네 이 못된 원숭이놈! 넌 흉악한 짓만 일삼으니, 불경을 가지러 갈 사람이 못 된다. 어제 산비탈 아래에서 두 산적 두목을 때려죽였을 때도 내가 잔인하다고 나무랐지. 저녁 때 노인의 집에

서 먹여주고 재워주었고, 또 뒷문을 열어 우리들 목숨을 보전할 수 있게 해주셨는데, 비록 그 아들놈이 못났다고 해도 그게 우리랑 무슨 상관이 있다고 그놈 목을 쳐서 효시를 한단 말이냐. 게다가 또 얼마나 많은 사람들을 죽였으며, 또 얼마나 많은 생명들을 해쳐, 천지간의 조화로운 기운을 해쳤느냔 말이다. 몇 번이나 타일러도 넌 전혀 선한 마음이 생겨나지 않으니, 널 더 어쩐단 말이냐? 어서 가버려라, 어서! 다시 주문을 외기 전에."

손오공은 겁이 나서 외쳤어요.

"주문은 그만하세요, 제발! 간다니까요!"

그렇게 말하자마자 근두운을 타고 자취도 없이 어디론가 사라져버렸지요. 아! 이야말로 이런 격이었지요.

> 마음이 거치니 수련이 익지 않고
> 정신에 안정되지 않으니 도가 이루어지기 어렵다.
>
> 心有兇狂丹不熟　神無定位道難成

결국 제천대성이 어디로 갔는지는 알 수 없으니, 이에 대해서는 다음 회를 들어보시라.

제57회
가짜 손오공이 삼장법사를 해치다

한편 제천대성은 속상하고 울적한 심정으로 공중에 날아올랐어요. 화과산花果山 수렴동水簾洞으로 돌아가자니 이랬다저랬다 대장부답지 못하게 군다고 졸개들에게 비웃음을 살 것 같고, 하늘궁전으로 가자니 거기 또한 아무래도 오래 머무를 수 없을 것 같았지요. 바다 밖의 섬으로 가자니 세 섬의 여러 신들 보기 창피하고, 또 용궁으로 가자니 용왕에게 기죽이고 애걸하기 구차스러웠어요. 그야말로 아무 데도 의지할 데 없는 신세가 되어 혼자서 곰곰히 궁리하다가 이렇게 결심했어요.

'에라! 됐다, 됐어! 그래도 사부님을 뵈러 가야지. 역시 그게 정과를 얻는 길이야.'

마침내 구름을 낮춰 곧바로 삼장법사의 말 앞에 공손히 서서 말했어요.

"사부님, 이번 한 번만 저를 용서해주십시오. 앞으로 다시는 사람을 해치지 않고 모든 것을 사부님 가르침대로 따르겠습니다. 제발 계속 사부님을 모시고 서천으로 갈 수 있게 해주십시오."

삼장법사는 그런 손오공을 보자 대답은커녕 말을 멈추고 당장 긴고아주부터 외기 시작했어요. 중얼중얼 되풀이해서 스무 번도 넘게 외어 제천대성이 땅바닥에 나뒹굴며 긴고테가 머리 속으로 한 치가량이나 조여들어 간 뒤에야 비로소 주문을 멈추고 말했어요.

"돌아가지 않고 왜 또 와서 성가시게 구는 게냐?"

손오공은 이렇게 말하는 수밖에 없었어요.

"제발 그만, 그만 외세요! 저야 돌아갈 곳이 없는 게 아니지만, 제가 없으면 사부님께서 서천으로 가시지 못할까 그러는 것뿐입니다."

그러자 삼장법사가 화를 버럭 내며 말했어요.

"이 못된 원숭이놈! 지금까지 무수한 생명을 해쳐 내게 얼마나 많은 화를 끼쳤더냐? 이젠 정말 너 같은 놈은 필요 없다! 내가 서천으로 가든 못 가든 네가 상관할 바가 아니니다. 썩 꺼져라! 꺼지지 못하겠느냐? 더 꾸물댔다간 또 주문을 욀 테다. 이번엔 아예 네놈 머리통이 터져버릴 때까지 멈추지 않겠다."

제천대성은 고통을 견디기 힘든 데다 삼장법사가 마음을 돌릴 기미가 전혀 보이지 않자, 하는 수 없이 근두운을 타고 하늘로 날아올랐어요. 그러다 번쩍하고 좋은 생각이 떠올랐어요.

"저 양반이 내 마음을 몰라주니 차라리 보타암에 가서 관음보살께 사정 얘기를 해보자."

멋진 제천대성! 근두운을 돌려 날아가니 두 시간도 못 되어 벌써 남쪽 큰 바다에 도착했어요. 손오공은 상서로운 빛을 멈추고 곧장 낙가산洛迦山 위에 내려 바로 자죽림紫竹林으로 들어갔어요. 그런데 홀연 목차木叉 행자가 그를 맞으러 나와 인사를 하며 말했어요.

"제천대성, 어디 가시오?"

"보살님을 뵈러 왔네."

목차가 손오공을 인도하여 조음동潮音洞 입구로 가자 선재동자가 나와 인사했어요.

"제천대성께서 웬일이시오?"

"보살님께 고할 일이 있다!"

선재동자는 고한다는 말을 듣자마자 깔깔거리며 말했어요.

"정말 교활하게 입을 놀리는 원숭이놈이군! 예전에 내가 삼장법사를 붙잡았을 때 네게 당했던 것 그대로야! 우리 관음보살께선 대자대비하시고, 큰 발원으로 중생을 고통과 재난에서 구해주시며, 한없이 어질고 착하신 분인데, 무슨 잘못한 일이 있다고 고발[1]한다느니 하는 게요?"

그렇잖아도 가슴 가득 울분에 차 있던 손오공은 이 말에 화가 폭발하여 흥! 하고 소리를 질러 선재동자를 뒷걸음질 치게 만들더니 이렇게 말했어요.

"이 배은망덕한 어린놈이 미련해도 분수가 있지! 그때 정령이 되어 요괴 짓이나 하고 있는 걸, 내가 보살님께 청해 널 거두어 바른길로 돌아와 불법을 받들게 해주지 않았느냐? 그 덕에 지금 이렇게 극락 장생하며 자유롭게 살면서 하늘과 수명을 같이하고 있거늘, 이 몸에게 절을 올리기는커녕 도리어 이렇게 업신여기다니! 보살님께 아뢸 일이 있어 왔다는데, 넌 어째서 내가 교활하게 입을 놀려 보살님을 고발하려 한다느니 어쩌느니 하는 게냐?"

그러자 선재동자가 웃으며 말했어요.

"그놈의 성미는 여전히 급하시군. 잠깐 농담 좀 한 걸 갖고 왜 그리 정색을 하고 그러시오?"

1 고告에는 고발하다는 뜻도 있기 때문에 위에 나온 손오공의 말을 갖고 선재동자가 말장난을 친 것이다.

이렇게 한창 옥신각신하는데 흰 앵무새가 오락가락 날아다니는 게 보였어요. 관음보살이 부르는 것이었지요. 목차와 선재동자가 앞으로 나가 손오공을 인도하여 보련대 아래로 갔어요. 손오공은 관음보살을 보자 털썩 꿇어앉아 절을 올리더니 주르르 눈물을 흘리며 목놓아 울었어요. 관음보살이 목차와 선재동자더러 그를 부축해 일으키게 했어요.

"오공아, 무슨 속상한 일이 있었느냐? 다 얘기해보아라. 그만, 이제 그만 울고. 무슨 어려움이든 내가 다 해결해주마."

손오공이 눈물을 뚝뚝 떨어뜨리며 다시 절하고 말했어요.

"왕년에 이 몸이 어디 그런 수모를 받아본 적이 있었답니까? 보살님께서 하늘의 재앙으로부터 저를 구하여 불문에 귀의하게 해주신 이후로, 전 삼장법사를 보호하여 서천으로 부처님을 뵙고 불경을 가지러 가는데, 이 한목숨 다 바쳐 갖가지 요괴의 횡액으로부터 그를 구해주었습니다. 그건 마치 호랑이 아가리에서 연골을 빼어 오고 교룡의 등에서 갓 나온 비늘을 뜯어 오는 것처럼 위험천만한 일들이었어요. 저는 다만 참된 정과를 이루어 그간의 죄업을 씻고 사악함을 없애기만을 바랄 따름이었습니다. 그런데 삼장법사는 배은망덕하게도 별거 아닌 선연善緣에만 집착하여 일의 옳고 그름을 가릴 줄 모릅니다."

"어디, 어찌된 일인지 얘기해보아라."

말이 나오기 무섭게 손오공은 산속에서 만난 강도떼를 때려죽인 전후 사정을 자세히 얘기했어요. 그리고 삼장법사가 손오공이 너무 많은 사람을 죽였다고 무척 원망하며 시비곡직 가리지 않고 긴고아주를 외어 몇 번이나 내쫓으니, 하늘이든 땅이든 아무데도 갈 데 없는 처지라 긴히 보살님을 찾아와 아뢰는 것이라 했어요. 얘기를 들은 관음보살이 말했어요.

"삼장법사는 칙지를 받들고 서천으로 가는 사람으로 오로지 선한 일만 아는 스님이니, 절대 생명을 쉽게 해치지 않는다. 너처럼 무한한 신통력을 가진 녀석이 무엇 하러 강도를 그렇게 많이 때려죽였더란 말이냐! 강도가 아무리 나쁜 짓을 했다 해도 어쨌든 사람의 몸이니 때려죽여서는 안 되지. 저 요괴나 짐승, 도깨비나 정령과는 다른 게야. 그래서 요괴를 죽이는 건 네 공적이 된다만, 사람을 죽이면 역시 네가 어질지 못한 탓이 되는 게다. 혼을 내서 그냥 쫓아버리기만 했어도 얼마든지 네 사부를 구할 수 있지 않았느냐? 내가 공평하게 따져 보아도 역시 네가 잘못한 것 같구나."

그러자 손오공이 눈물을 글썽이며 머리를 조아리고 말했어요.

"설령 제가 잘못했다 해도 그간의 공을 보아 죄를 덜 수도 있을 텐데, 절 이렇게까지 내쫓진 말아야 되는 거 아닙니까? 부디 보살님께서 커다란 자비심을 베푸시어 머리테를 푸는 송고아주鬆箍兒呪를 외워주십시오. 그래서 제가 금고테를 벗어 보살님께 돌려드리고, 전처럼 수렴동으로 돌아가 목숨이나 건질 수 있게 풀어주십시오."

관음보살이 웃으며 말했어요.

"긴고아주는 본래 석가여래께서 가르쳐주신 것이니라. 그때 나더러 동녘 땅에 가서 경전을 가지러 갈 사람을 물색하라시면서 세 가지 보물을 주셨는데, 그게 바로 금란가사와 구환석장 그리고 금고테金箍兒, 긴고테, 금고테禁箍兒라는 세 개의 머리테였지. 주문도 은밀히 세 가지를 가르쳐주셨지만, 무슨 송고아주 같은 건 없었다."

"그렇다면 전 보살님께 하직 인사나 올려야겠습니다."

"여기를 떠나 어디로 가겠단 말이냐?"

"서천으로 가 여래님을 뵙고 송고아주를 외워주십사고 청하렵니다."

"잠깐만 기다려라. 앞으로 길흉이 어떨지 봐주마."

"보실 필요 없습니다. 흉한 일은 여태까지만 해도 지긋지긋하니까요."

"네 걸 보겠다는 게 아니야. 삼장법사의 길흉을 보려는 게야."

멋진 관음보살! 그는 보련대에 단정히 앉아 삼계에 마음을 운행하여 혜안으로 멀리 바라보며 우주를 두루 살펴보더니, 곧 입을 열어 말했어요.

"오공아, 네 사부가 곧 목숨이 위태로운 재난을 맞을 테니, 머지않아 널 찾아올 게다. 너는 그냥 여기에 있어라. 내가 그분에게 얘기해 다시 너와 함께 경전을 가지러 가서 정과를 이루도록 해주마."

제천대성은 그 말에 따라 감히 멋대로 하지 못하고 보련대 아래 시립해 있을 수밖에요. 이 얘기는 더 이상 하지 않겠어요.

한편 삼장법사는 손오공을 내쫓은 후로 저팔계더러 말을 몰게 하고, 사오정에겐 짐을 지게 하여, 백마까지 도합 넷이 서쪽으로 길을 재촉했어요. 그런데 오십 리도 채 못 가서 삼장법사가 말을 멈추고 말했어요.

"얘들아, 새벽 네 시에 시골집을 떠난데다 그 필마온 녀석 때문에 속을 끓였더니, 이 반나절 동안 배는 배대로 고프고 목은 목대로 마르구나. 누가 가서 공양을 좀 얻어 오너라."

저팔계가 말했어요.

"사부님, 잠깐 말에서 내리십시오. 제가 가서 근처에 공양을 얻을 만한 농가가 있는지 보고 오겠습니다."

손오공이 관음보살을 찾아가 내쫓긴 신세를 하소연하다

삼장법사는 이 말을 듣고 말에서 구르듯 내려왔어요. 멍텅구리는 구름을 날려 공중에서 여기저기 자세히 살펴보았지만 보이는 거라곤 온통 산봉우리뿐, 인가가 있을 성싶지 않았어요. 저팔계는 구름을 내려 삼장법사에게 말했어요.

"공양을 얻을 만한 곳이 전혀 없습니다. 아무리 둘러봐도 마을 같은 게 전혀 없어요."

"공양할 곳이 없다면 우선 물이라도 얻어 갈증을 풀었으면 좋겠구나."

"그럼 제가 남쪽 산골짜기에 가서 물을 좀 떠 오겠습니다."

사오정이 바리때를 꺼내 저팔계에게 건네주었어요. 저팔계는 바리때를 받쳐 들고 구름을 몰아 날아갔어요. 삼장법사는 길가에 앉아 한참을 기다렸지만 저팔계는 돌아오는 기색이 없었어요. 가엾은 삼장법사는 입이 마르고 혀가 타서 견딜 수가 없었지요.

원신元神을 보존하고 기운을 기른 것이 정精이요
성정은 원래 하늘이 육신에 부여한 것이로다.
마음이 어지럽고 원신이 흐려지니 온갖 병이 생기고
육신이 쇠약하고 정이 상하니 도의 근원되는 기운이 무너지네.
삼화三花[2]를 이루지 못하면 헛되이 고생한 것이요
사대四大가 적막하면 부질없이 애쓴 꼴이로다.
삼장법사 아직 공을 이루지 못했는데 손오공 떨어져 나가고
수행이 게을러졌으니 언제 성불할 것인가?

保神養氣謂之精　情性原來一稟形

2 도교에서 사람의 정기[精]와 기운[氣]과 원기[神]를 가리키는 말이다. 이 시 첫 구절에 언급되어 있다.

心亂神昏諸病作　形衰精敗道元傾
三花不就空勞碌　四大蕭條枉費爭
土水無功金水絕　法身疎懶幾時成

사오정이 옆에서 보니 삼장법사가 허기와 목마름을 못 견뎌 하는데, 저팔계는 좀처럼 올 기미가 없었어요. 하는 수 없이 사오정은 봇짐을 잘 간수해놓고 백마를 단단히 매어둔 뒤, 삼장법사에게 말했어요.

"사부님, 여기에 계십시오, 제가 가서 물을 빨리 떠 오라고 재촉해보겠습니다."

삼장법사는 눈물을 글썽이며 말없이 고개만 끄덕여 보였어요. 사오정은 급히 구름을 몰아 남쪽 산으로 향했어요.

삼장법사는 혼자서 허기와 갈증을 견디며 괴로워죽을 지경이었어요. 그렇게 한참 시름에 잠겨 있는데, 어디선가 갑자기 이상한 소리가 들렸어요. 화들짝 놀란 삼장법사가 엉거주춤 몸을 굽히고 살펴보니, 다름 아닌 손오공이 길옆에 무릎을 꿇고 앉아 두 손에 자기 잔 하나를 받쳐 들고 있었어요. 그가 말했어요.

"사부님, 이 몸이 없으면 물 한 모금도 못 드시는군요. 아주 시원한 물이니 우선 갈증을 푸십시오. 저는 다시 가서 공양을 얻어 오겠습니다."

"네놈의 물은 안 마신다! 이 자리에서 목이 말라 죽는다 해도 운명이라 여기고 따를 게야. 네놈 따윈 필요 없으니 어서 썩 꺼져라!"

"제가 없으면 사부님은 서천으로 못 가십니다."

"갈 수 있건 없건 네놈과는 상관없는 일이야. 못된 원숭이놈! 왜 또 찾아와 성가시게 구는 게냐!"

그러자 손오공은 낯빛이 변하여 벌컥 화를 내며 삼장법사에게 욕을 퍼부었어요.

"매정한 까까머리 중놈아, 날 업신여겨도 분수가 있지."

손오공은 사기잔을 팽개치고 여의봉을 휘둘러 삼장법사의 등줄기를 찍어 눌렀어요. 삼장법사는 그대로 땅바닥에 까무러치며 쓰러져 한마디 소리도 못 냈어요. 손오공은 푸른 털가죽으로 만든 봇짐 두 개를 빼앗아 들고 근두운을 몰아 어디론가 사라져버렸어요.

한편 저팔계는 바리때를 들고 산의 남쪽 비탈을 따라 내려가다가 문득 산골짜기에 초가집 한 채가 있는 걸 발견했어요. 사실 아까 보았을 때는 높은 산에 가려져서 보이지 않았는데, 이제 가까이 와보고서야 비로소 인가인 것을 알았던 것이지요. 멍텅구리는 속으로 생각했어요.

'내가 이런 추한 몰골로 찾아가면 틀림없이 날 무서워하겠지? 괜히 애만 쓰고 분명 공양도 못 얻어 갈 거야. 이거 그럴듯하게 둔갑을 해야겠는데? 그럴듯하게 말이야.'

멋진 멍텅구리! 그가 손가락을 구부려 결을 맺고 주문을 외워 몸을 일고여덟 번 흔드니, 병들어 얼굴이 누렇게 뜨고 퉁퉁 부은 중으로 변해 입으로는 끙끙 앓는 소리를 냈어요. 그리고 그는 초가집 문 앞으로 다가가 소리쳤어요.

"시주님, 부엌에 남은 밥이 있으면 좀 주십시오. 길에 허기져 죽어가는 사람이 있소이다. 저는 동녘 땅에서 서천으로 경전을 가지러 가는 자입니다. 저희 사부님이 길에서 심한 허기와 갈증에 힘겨워하고 계시니 솥에 누룽지나 찬밥이 있으면, 사람 좀 살리게 제발 조금이라도 나눠 주십시오."

원래 그 집에는 남정네들은 모두 모내기를 하러 나가고 아낙네 둘만 남아 마침 점심밥을 지어 두 사발에 가득 밥을 담아 논으로 내가려던 참이었어요. 솥에는 아직 푸다 남은 밥과 누룽지가 남아 있었지요. 아낙네는 저팔계가 병든 얼굴인데다 또한 동녘 땅에서 서천으로 간다느니 하는 말을 지껄이는 걸 보고, 병이 들어 헛소리를 하나 보다 생각했어요. 또 저러다 자기네 집 앞에서 쓰러져 죽으면 큰일이다 싶어, 두말없이 서둘러 남은 밥과 누룽지를 바리때에 듬뿍 담아주었어요.

멍텅구리는 그걸 받아 가지고 나와 원래 모습으로 돌아가 곧장 왔던 길을 되돌아갔어요. 그렇게 한참 가고 있는데 누군가 "형님!" 하고 자기를 부르는 소리가 들렸어요. 저팔계가 고개를 들어 보니 사오정이 벼랑 위에서 소리를 치고 있었어요.

"이리 오시오! 이쪽으로!"

사오정은 벼랑을 내려가 저팔계 앞으로 맞이하러 가면서 말했어요.

"이 골짜기의 맑고 좋은 물은 놔두고 어딜 갔던 게요?"

저팔계가 웃으며 말했어요.

"여기 와보니까 저 골짜기에 인가가 보이더라고. 그래서 거기 가서 밥 한 그릇 얻어 오는 길이야."

"밥도 필요하지만 사부님께선 지금 갈증이 심하신데, 어떻게 물을 떠가지?"

"물이야 구하기 쉽지. 옷섶을 벌려 이 밥을 담아라. 내가 그 바리때에 물을 담아 오마."

둘은 싱글벙글 즐거워하며 아까 있던 곳으로 돌아왔어요. 그런데 삼장법사가 땅에 얼굴을 박고 먼지 구덩이 속에 엎어져 있는 게 아니겠어요? 백마는 고삐가 풀린 채 길가에서 울부짖으며 이리저리 날뛰고 있고, 봇짐과 멜대는 어디로 갔는지 그림자도 보이지 않았어요. 혼비백산한 저팔계는 발을 구르고 가슴을 치며 큰 소리로 떠들어댔어요.

"두말할 것도 없다, 없어! 이건 틀림없이 손오공이 쫓아버린 강도놈들의 잔당이 와서 사부님을 죽이고 짐을 빼앗아 간 거야."

"우선 말부터 매어놓읍시다."

사오정은 그저, "어쩌면 좋지, 어쩌면 좋아, 이야말로 정과도 얻지 못했는데 중간에 그만두게 생겼잖아?" 하고 되뇔 뿐이었어요. 그러다 "사부님" 하고 외치며 닭똥 같은 눈물을 뚝뚝 흘리고 구슬프게 대성통곡을 했어요. 저팔계가 말했지요.

"동생, 그만 울어. 이제 일이 이 지경이 되었으니, 경전 가지러 간다느니 하는 소린 꺼내지도 말라고. 넌 사부님의 시신을 잘 지키고 있어. 난 말을 타고 이 고을 장터에 가서 몇 냥 은자라도 받고 팔아 관을 사 올 테니, 사부님을 잘 묻어드리고 우리 둘은 각기 제 갈 길로 가는 거야."

사오정은 차마 그럴 수가 없어 삼장법사의 몸을 바로 뒤집어 놓고, 자기 뺨으로 삼장법사의 뺨을 문지르며 통곡을 했어요.

"팔자가 어찌 이다지도 기구하십니까, 사부님!"

그런데 삼장법사의 입과 코에서 따뜻한 숨이 흘러나오고 앞가슴도 아직 따스한 것이 느껴지는 것이었어요. 사오정이 연방 소리를 질러댔어요.

"팔계 형님! 이리 와보시오! 사부님께선 아직 돌아가신 게 아니오!"

멍텅구리가 그제야 가까이 다가와 부축해 일으키니, 삼장법사가 정신을 차리고 한참 끙끙 신음 소리를 내는가 싶더니 욕을 하는 것이었어요.

"못된 원숭이놈! 날 때려죽이려 하다니!"
저팔계가 물었어요.
"원숭이놈이라니 어느 원숭이놈 말입니까?"
삼장법사는 아무 대답 없이 그저 한숨만 내 쉴 뿐이었어요. 그러다 물을 몇 모금 마신 뒤 비로소 입을 열었어요.
"애들아, 너희들이 가자마자 오공이가 다시 와서 날 귀찮게 했다. 내가 끝까지 제자로 거두지 않겠노라 버티니까 글쎄, 여의봉으로 날 내리치더니 봇짐마저 빼앗아 가버렸구나."
저팔계가 이 말을 듣더니 이를 부드득 갈며 머리끝까지 화가 나 펄펄 뛰었어요.
"저런 죽일 놈의 원숭이 새끼, 어떻게 이런 행패를 부릴 수 있어!"
그러더니 사오정에게 말했어요.
"자넨 여기서 사부님을 보살펴드리고 있게. 난 그놈 집에 가서 봇짐을 찾아가지고 와야겠어."
"일단 고정하셔요, 형님. 사부님을 모시고 그 산골짜기의 인가에 가서 뜨거운 찻물을 얻어 아까 얻어 온 밥을 좀 덥혀서 사부님 몸을 추스르게 해드린 다음, 그놈을 찾아갑시다."
저팔계는 사오정의 말대로 삼장법사를 부축해 말에 오르게 한 뒤, 손엔 바리때를 들고 사오정에게 옷섶에 찬밥을 싸게 한 뒤 곧장 아까 그 집 앞으로 갔어요. 그 집엔 노파 한 사람만이 집을 보고 있다가 별안간 나타난 그들을 보고 질겁하며 숨어버렸어요. 그러자 사오정이 합장하며 말했지요.
"할머님, 저희는 동녘 땅 당나라에서 파견되어 서천으로 가는 사람들입니다. 그런데 사부님께서 몸이 불편하셔서 따뜻한 찻물이라도 얻어 자시게 할까 하고 댁을 찾아왔습니다."
"방금 전에도 웬 병든 스님이 찾아와 동녘 땅에서 파견된 자라면서 공양을 얻어 갔소. 그런데 또 무슨 동녘 땅에서 온 사람들이라는 거요? 우리 집엔 아무도 없으니 다른 곳으로 가보시오."

삼장법사가 이 말을 듣더니 저팔계에게 의지하여 말에서 내려, 허리 굽혀 인사하며 말했어요.

"할머님! 저에게 제자가 셋이 있어 한마음 한뜻으로 절 보호하며 천축국 대뇌음사로 가서 부처님을 뵙고 불경을 구하러 가고 있었습니다. 그런데 큰제자인 손오공이란 녀석이 계속 흉악한 짓만 하고 착한 길로 들어서지 않기에 제가 내쫓아버렸더니, 세상에! 그놈이 몰래 되돌아와 몽둥이로 제 등을 내리치고 봇짐이며 의발까지 몽땅 빼앗아 가버렸습니다. 그래서 다른 제자 하나를 보내 물건을 찾아오게 하려는데, 그동안 길바닥에 그냥 앉아 있을 수가 없어 할머님 댁을 찾아온 것입니다. 잠시만 쉬어 가게 해주십시오. 절대 오래 머물지 않고 짐을 찾는 대로 금방 떠날 겁니다."

"방금 전에도 웬 병들어 누렇게 부은 중 하나가 공양을 얻어 갔소. 동녘 땅에서 서천으로 가는 사람이라면서 말이오. 헌데 어떻게 똑같은 중이 또 있단 말이오?"

그러자 저팔계가 터져 나오는 웃음을 참지 못하고 말했어요.

"그게 바로 저였습니다. 주둥이가 길고 귀가 크게 생겨먹어서 할머님 식구들이 무서워서 공양을 주지 않을까 봐 그런 모습으로 변장했던 겁니다. 정 못 믿겠으면 이걸 보세요, 제 아우의 옷에 싸 온 누룽지가 댁의 것 아닙니까?"

노파는 정말 자기가 주었던 밥이란 걸 알자 더 이상 거절하지 못하고 집 안으로 들였어요. 그리고 밥을 말아 먹으라고 뜨거운 차를 끓여 사오정에게 주었어요. 사오정은 곧 찬밥을 뜨거운 찻물에 말아 삼장법사에게 건넸지요. 삼장법사는 몇 술 뜨고 한참

동안 정신을 가다듬은 뒤 입을 열었어요.

"그럼 누가 가서 짐을 찾아오겠느냐?"

저팔계가 말했어요.

"재작년 사부님께서 그놈을 쫓아내셨을 때 제가 한 번 찾아가 본 적이 있어서 화과산 수렴동을 알고 있습니다. 그러니 제가 가지요! 제가 가겠습니다!"

"너는 안 된다. 그 원숭이놈이 원래 너랑은 사이가 좋지 않은 데다, 또 너는 말투도 거칠고 데면데면하니 몇 마디 하다가 자칫 실수라도 하면 당장 널 때리려들 거야. 사오정더러 가라고 하자."

사오정이 명을 받들어 "예. 제가 다녀오겠습니다." 하고 대답하자 삼장법사는 다시 사오정에게 이렇게 분부했어요.

"거기 가거든 형편을 봐가며 일을 처리해라. 순순히 봇짐을 내놓거든 겉으로나마 고맙다고 하고 가져오고, 안 주려고 해도 절대 그놈과 싸우지 말고 곧장 남해 관음보살께 가서 이런 사정을 아뢰어 보살님께 그 봇짐을 찾아달라고 부탁해라."

사오정은 그 말을 하나하나 새겨듣고서 저팔계에게 말했어요.

"이제 그놈을 찾으러 갈 테니까, 형님은 제발 불평하지 마시오. 사부님을 잘 모셔야 하오. 이 집에서도 행패 같은 거 부리지 마시오. 자칫하면 밥을 안 주려 할지도 모르니까요. 얼른 다녀오겠소."

저팔계가 고개를 끄덕이며 말했어요.

"알겠다. 하지만 너도 짐을 찾건 못 찾건 빨리 돌아와야 해. 공연히 이도 저도 안 되게 하지 말고 말이야."

사오정은 마침내 손가락을 구부려 결을 맺고 주문을 외워 구름을 타고 곧장 동승신주를 향해 날아갔어요.

육신은 있으되 원기가 날아가 집을 지키지 않고

화로는 있으되 불이 없으니 어찌 단약을 구우랴?
사오정은 삼장법사와 작별하고 손오공을 찾아가고
저팔계는 병든 사부를 모시네.
이제 가면 언제 다시 돌아올지?
이번 길은 언제쯤 끝이 나려나?
오행이 상극하여 순탄치 못하니
마음이 다시 돌아오길 기다리는 수밖에.

身在神飛不守舍　有爐無火怎燒丹
黃婆別主求金老　木母延師奈病顏
此去不知何日返　這回難量幾時還
五行生剋情無順　只待心猿復進關

사오정은 하늘에서 사흘 밤낮을 가서야 비로소 동쪽 큰 바다에 도착했어요. 갑자기 요란한 파도 소리에 고개 숙여 살펴보니, 새카만 안개가 하늘을 가득 덮고 음산한 기운이 왕성하게 뻗어 나오며, 아득히 넓은 바다가 해를 삼켜 새벽빛이 차갑기 이를 데 없었어요. 경치를 구경할 마음의 여유도 없었던지라, 사오정은 신선이 사는 영주산을 바라보며 섬을 지나 동쪽으로 계속 나아가 곧장 화과산에 닿았어요.

바닷바람을 타고 물결을 밟으며 또 한참을 가자, 저 멀리로 높은 봉우리들이 창을 늘어세운 듯 촘촘히 서 있고 깎아지른 벼랑이 병풍처럼 걸린 곳이 보였어요. 그는 그 가운데 한 봉우리 꼭대기에 구름을 내리고, 산을 내려와 수렴동을 찾아갔어요.

가까이 다가가니 한바탕 왁자지껄 떠드는 소리가 요란했는데, 보아하니 그 산속엔 셀 수 없이 많은 원숭이 정령들이 모여 와글와글 아우성을 치는 것이었어요. 사오정이 좀 더 앞으로 다가가 자세히 살펴보니, 다름 아닌 손오공이 높다란 석대 위에 앉아 두 손으로 종이 한 장을 펼쳐 들고 쩌렁쩌렁하게 읽어 내려가고 있었어요.

동녘 땅 위대한 당나라 황제가 친히 전하는 칙령으로 황제의 동생인 성승 진현장 법사는 서방의 천축국 사바 영취산 대뇌음사로 가서 부처님을 배알하고 경전을 구해 오도록 명하노라. 짐은 급작스런 병에 걸려 영혼이 저승 관청을 떠돌았으나 다행히 수명이 아직 남아 있어, 감사하게도 명부의 염라대왕이 돌려보내 주었도다. 하여 짐은 법회를 널리 베풀고 먼저 죽은 자들의 혼을 제도하는 수륙대회를 열었노라. 그런데 마침 고통과 재난에서 구해주시는 관음보살께서 현신하시어 서방에 원혼들을 해탈시킬 수 있는 부처님과 불경이 있다 알려주셨도다. 이에 특별히 현장법사를 보내 먼 길을 거쳐 경문을 구해 오게 하노라. 법사가 지나가는 서방의 여러 나라들은 좋은 인연을 저버리지 말고, 이 통관通關 문서에 따라 시행토록 하라.

위대한 당나라 십삼년 가을 길일 칙지 문서. 대국을 떠난 이래 여러 나라를 거쳐오던 도중에 세 제자를 얻었으니, 큰제자는 손오공 행자요, 둘째 제자가 저오능 팔계, 셋째 세자가 사오정 화상이니라.

東土大唐王皇帝李, 駕前勅令御弟聖僧陳玄奘法師, 上西方天竺國娑婆靈山大雷音寺, 專拜如來佛祖求經. 朕因促病侵身, 魂遊地府, 幸有陽數臻長, 感冥君放送回去, 廣陳善會, 修建度亡道場, 盛蒙救苦難觀世音菩薩金身出現, 指示西方有佛有經, 可度幽亡超脫. 特着法師玄奘, 遠歷千山, 詢求經偈. 倘過西邦諸國, 不滅善緣, 照牒施行.

大唐貞觀一十三年秋吉日御前文牒. 自別大國以來, 經度諸邦, 中途收得大徒弟孫悟空行者, 二徒弟猪悟能八戒, 三徒弟沙悟淨和尚.

손오공은 그것을 다 읽고서 또다시 처음부터 읽었어요. 사오정이 들어보니 통행증의 내용인지라 도저히 가만히 있을 수 없어, 앞으로 나아가 버럭 소리를 질렀어요.

"사형, 사부님의 통행증은 왜 읽고 있는 거요?"

손오공이 그 말에 번쩍 고개를 들었으나, 사오정인 줄 알아보지 못하고 소리쳤어요.

"잡아라! 저놈을 잡아들여라!"

그러자 여러 원숭이들이 우르르 덤벼들어 에워싸더니 사오정을 질질 끌고 손오공 앞으로 데려갔어요. 손오공이 호령했지요.

"네놈은 누구냐? 감히 내 신선 동굴에 함부로 들어오다니!"

사오정은 그가 딴청을 부리며 자기를 알은체도 않자, 하는 수 없이 앞으로 나아가 인사하고 말했어요.

"사형, 저번엔 사실 사부님이 성미가 급하시어 사형을 잘못 꾸짖으시고, 사형께 긴고아주를 몇 번이나 외워 내쫓으셨소. 우선 우리 아우들이 미처 사부님을 말리지 못한 잘못도 있고, 또 사부님이 허기와 갈증이 심하다기에 물과 밥을 구하러 간 탓도 있었소.

뜻밖에도 사형께서 좋은 마음으로 다시 찾아왔는데 사부님께서 여전히 고집을 부려 곁에 두지 않으려 하니까, 그만 사형께선 사부님을 때려 졸도하게 만들고 짐까지 빼앗아 가셨더군요. 그래서 우리가 사부님을 구해놓고 이렇게 사형을 찾아뵈러 온 것이오.

혹 원망하는 맘이 없다면, 그래도 사형을 고통에서 구해주신

옛 은혜를 생각해서 이 아우와 함께 짐을 가지고 사부님께 돌아갑시다. 그래서 우리 다같이 서천으로 가서 정과를 이룹시다. 만약 원망이 깊어 함께 가고 싶지 않으면, 제발 그 봇짐이라도 돌려주시구려. 그리고서 사형은 이 깊은 산에서 만년을 즐겁게 보내면 그 또한 피차 다 좋은 일이 아니겠소?"

손오공이 이 말을 듣고 깔깔거리며 비웃었어요.

"아우의 그 말은 영 내 맘에 들지 않는걸? 내가 당나라 중을 때려눕히고 짐을 빼앗아 온 건, 서방에 가지 않으려는 것도 아니고 이곳에 사는 게 좋아서도 아니야. 내가 지금 이 통행증명서를 다 읽어봤는데, 나 혼자서 서방에 가 부처님을 뵙고 경전을 구해서 그걸 동녘 땅에 가져다줘야겠더라고. 그렇게 나 홀로 공을 이루어, 남섬부주 사람들로 하여금 날 교조教祖로 받들게 해서 천추만대千秋萬代에 길이 이름을 남길 생각이야."

그러자 사오정이 웃으며 말했어요.

"사형 말씀은 옳지 않소. 자고로 '손오공이 경전을 가지러 간다(孫行者取經)'는 말은 없소이다. 우리 여래 부처님께서 삼장진경三藏鎭痙을 지으신 후, 본래 관음보살님을 시켜 동녘 땅에서 경전을 가지러 갈 사람을 물색해 보내라 하셨소. 우리더러는 고생스럽게 수많은 산을 지나고 여러 나라를 돌아다니며 경전을 가지러 가는 분을 보호하라 하셨소.

일찍이 보살님께서 경전을 가지러 가는 사람은 바로 여래님의 제자였던 금선장로金蟬長老란 분이라 하셨소. 부처님의 설법을 귀담아듣지 않았기 때문에 영취산에서 쫓겨나 윤회를 통해 동녘 땅에 태어나게 된 건데, 그에게 서방으로 가는 정과를 얻어 다시 큰 도를 닦게 하려는 것이오. 가는 길에 온갖 요괴와 장애를 만나게 될 건 당연하니 우리 셋을 풀어주어 그분을 보호하게 하셨소.

그러니 사형이 사부님과 함께 가지 않으면 여래께서 어디 사형에게 경전을 전해주려 하시겠소? 그건 공연히 헛된 애만 쓴 꼴이 될 게 뻔하오."

"이봐, 너 정말 어리석기 짝이 없구나. 하나만 알고 둘은 모른단 말씀이야. 네게 당나라 승려가 있으니까 나와 함께 보호하자고 하는 모양인데, 내겐 뭐 당나라 승려가 없는 줄 알아? 여기에 도를 닦은 제대로 된 스님들을 따로 선발해두었으니, 이 몸이 혼자 힘으로 얼마든지 모시고 갈 수 있어. 안 되긴 뭐가 안 돼? 벌써 내일 떠나기로 다 작정해두었지. 그래도 못 믿겠으면 모셔다 보여주지!"

그러더니 손오공은 졸개들에게, "얘들아, 어서 사부님을 모셔오너라." 하고 명령했어요.

그러자 졸개들이 안으로 달려 들어가 백마 한 필을 끌고 나오더니, 이어 삼장법사를 모셔 오고, 그 뒤를 따라 짐을 멘 저팔계와 석장을 든 사오정이 나오는 것이었어요. 사오정이 이 모습을 보고 화를 벌컥 내며 말했어요.

"사오정 이 몸은 어디에서도 어떤 상황에서도 성명을 바꿔본 일이 없다! 천하에 이 몸 말고 또 다른 사오정이 어디 있단 말이냐! 무례하도다! 내 항요장을 받아라!"

멋진 사오정! 그가 두 손으로 항요장을 번쩍 들어 가짜 사오정의 머리를 정통으로 후려쳐 때려눕히니, 다름 아닌 원숭이 정령이 둔갑한 것이었어요. 손오공은 화가 나서 여의봉을 휘두르며 원숭이 무리를 이끌고 사오정을 에워쌌어요. 사오정은 좌충우돌 이리 찌르고 저리 치고 해서 간신히 출로를 만들어 구름을 타고 솟구쳐 올라 도망쳤어요.

"저 못된 원숭이 자식, 이렇게 막되게 굴다니! 보살님을 찾아가 아뢰어야겠다."

손오공은 사오정이 원숭이 정령을 때려죽이고 쫓겨 도망가는 것을 보고도 뒤쫓지 않았어요. 그는 동굴로 돌아와 졸개들을 시켜 죽은 원숭이의 시체를 한쪽에 끌어다가 껍질을 벗기고 살을 저며서 볶게 하더니, 야자 술과 포도주를 가져와 여러 원숭이들과 함께 먹었어요. 그리고 다시 둔갑할 줄 아는 원숭이를 하나 골라 사오정으로 변신하게 하고, 새로 술법을 가르쳐 서방으로 떠나려 했음은 더 이상 말하지 않겠어요.

사오정은 구름을 타고 동해를 떠나 꼬박 하루를 달려 남해에 도착했어요. 한창 가노라니 저리로 벌써 낙가산이 멀지 않았지요. 급히 날아가 구름을 낮추어 멈춰 서서 살펴보니, 정말 훌륭한 곳이었어요!

하늘을 품어 안은 깊숙한 곳
땅을 감싸 안은 자리로세.
수많은 하천이 모여 해와 별에 닿을 듯 넘실대고
여러 물줄기가 모여들어 바람이 일고 물결엔 달이 출렁거리네.
조수가 용솟음쳐 오르니 붕새로 날아오르고
파도가 드넓게 뒤집히는 것도 거대한 자라가 놀기 때문이네.
물길은 서북해로 통해 있고
물결은 곧바로 동양 대해로 합쳐지네.
사해는 지맥이 이어지듯 연결되어
신선의 땅과 섬들에는 각기 선궁들이 자리하고 있네.

온 땅을 뒤덮은 봉래선경은 말하지도 말고
우선 보타산 조운동을 보자.
그 멋진 풍경이란!
산머리 노을빛 원정元精처럼 붉고
바위 아래 상서로운 바람에 수정 같은 달빛 일렁이네.
자죽림에는 공작새 날아다니고
푸른 버드나무 가지에는 신령스런 앵무새가 말을 하네.
기화요초 해마다 아름답게 피어나고
진기한 나무들과 금련은 해마다 돋아나네.
백학은 몇 번이나 산꼭대기로 날아오르고
흰 난새는 자꾸만 산속 정자에 날아든다.
물속에 노니는 고기까지도 참된 본성을 닦을 줄 아는가?
물결 따라 뛰어오르며 파도를 꿰뚫고 설법에 귀 기울이네.

包乾之奧　括坤之區
會百川而浴日滔星　歸衆流而生風漾月
潮發騰凌大鯤化　波翻浩蕩巨鰲游
水通西北海　浪合正東洋
四海相連同地脈　仙方洲島各仙宮
休言滿地蓬萊　且看普陀雲洞
好景致
山頭霞彩壯元精　岩下祥風漾月晶
紫竹林中飛孔雀　綠楊枝上語靈鸚
琪花瑤草年年秀　寶樹金蓮歲歲生
白鶴幾番朝頂上　素鸞數次到山亭
游魚也解修眞性　躍浪穿波聽講經

사오정은 천천히 낙가산을 거닐며 신선 세계의 경치를 감상했어요. 그런데 어느새 목차 행자가 마중을 하러 나와 말을 건넸어요.

"사오정, 당나라 스님을 보호하여 경전을 가지러 가지 않고 여기엔 뭐하러 왔소?"

사오정이 인사하고 말했어요.

"보살님께 급히 아뢸 일이 있어 왔으니, 죄송하지만 좀 뵐 수 있게 해주십시오."

목차는 그가 손오공을 찾고 있다고 짐작했지만, 여러 말 묻지 않고 즉시 먼저 안으로 들어가 관음보살에게 아뢰었어요.

"지금 밖에 삼장법사의 막내 제자인 사오정이 보살님을 뵈러 와 있습니다."

손오공이 보련대 아래에서 이 말을 듣더니 웃으며 말했어요.

"틀림없이 삼장법사가 재난을 당해 사오정이 보살님께 청을 드리러 온 걸 겁니다."

관음보살은 당장 목차에게 명하여 사오정을 불러들이라 했어요. 사오정은 들어오자마자 엎드려 절을 올렸어요. 그리고 절이 끝나자 고개를 들어 그간의 일을 호소하려다가, 문득 눈앞에 손오공이 옆에 서 있는 걸 발견하고 다짜고짜 항요장을 들어 얼굴을 향해 냅다 내리쳤어요. 손오공은 전혀 대항하지 않고 슬쩍 몸을 피해버렸지요. 그러자 사오정이 닥치는 대로 욕설을 퍼부었어요.

"나쁜 짓이란 짓은 다 하고 다니며 모반이나 일삼는 원숭이 새끼야! 여기까지 와서 보살님을 속이려 하고 있구나."

관음보살이 호통을 쳤어요.

"사오정은 가만있어라! 무슨 일인지 우선 얘기부터 해야지."

사오정이 항요장을 거두고 다시 보련대 아래서 절을 올리고 노기등등하여 씩씩거리며 관음보살에게 말했어요.

"이 원숭이놈이 가는 길 내내 사람을 얼마나 해쳤는지 셀 수도 없습니다. 지난번엔 산비탈 아래서 길목을 지키다 행인을 터는 강도 두 놈을 때려죽여서 사부님이 꾸중을 하셨어요. 그런데 우연찮게도 그날 밤 도둑놈들 집에 묵게 되자, 또 그 도둑놈들을 되는대로 몽땅 때려죽이고, 피가 뚝뚝 흐르는 사람 대가리를 들고 와 사부님께 보여드리는 겁니다. 사부님은 말에서 굴러떨어질 만큼 놀라셔서 몇 마디 꾸짖은 후 저놈을 내쫓으셨습니다. 저놈과 갈라진 후 사부님께서 허기와 갈증이 너무 심해서 팔계 형더러 물을 구해 오라 시켰는데, 아무리 기다려도 오지 않는지라 다시 절 보내 팔계 형을 찾아보라 하셨습니다. 그런데 뜻밖에도 손오공 저놈이 저희 둘이 없는 걸 알고 다시 돌아와 사부님을 여의봉으로 때려눕히고 푸른 털가죽 봇짐 두 개를 뺏어 가버렸습니다. 저희들이 돌아와서 사부님을 구해놓고 봇짐을 찾으러 저놈의 수렴동까지 갔었습니다. 헌데 세상에! 저놈은 또 시치미를 뚝 떼고 절 아는 척도 안 하는 겁니다. 사부님의 통행증을 꺼내 읽고 또 읽고 하면서요.

그래서 제가 그건 왜 읽느냐고 물으니까, 글쎄 저놈이 한다는 소리가, 자기는 당나라 승려는 보호하지 않고 혼자서 서천으로 가 경전을 가져오겠다고 하더군요. 그래서 그것을 모두 자신의 공으로 만들어 교조로 추대되고 만대에 길이 이름을 전하겠다나요?

그래서 제가 말했지요, '사부님이 없는데 누가 너한테 경전을 주기나 한다더냐?' 하고요. 그랬더니 저놈이 말하길, 자기가 도를 닦은 제대로 된 중 하나를 골라두었다는 거예요. 그러면서 그를 불러냈는데, 정말 백마 한 필에 삼장법사께서 나오시고, 그 뒤엔 저팔계와 사오정이 따라 나오지 않겠어요? 그래서 제가 '내가 바로 사오정인데, 나 말고 어디 또 사오정이 있단 말이냐?' 하고 달려 나가 항요장으로 내리쳤습니다. 알고 보니 그놈은 원숭이 정령이었습니다. 저놈이 곧 무리들을 이끌고 절 잡으려 하기에, 제가 이렇게 보살님을 찾아뵈러 온 것입니다. 저놈이 근두운을 탈 줄 알아 먼저 이곳에 왔나 본데요, 또 무슨 교묘한 말재주를 부려 보살님을 속였는지 모릅니다."

"오정아, 괜히 남에게 억울한 소리 하면 못쓴다. 오공이 여기 온지 오늘로 벌써 나흘이나 되는데, 한 번도 여기서 내보낸 적이 없다. 게다가 저 아이가 어찌 다른 당나라 승려를 청해 혼자 경전을 가지러 간다느니 하는 생각을 할 수 있겠느냐?"

"제가 방금 수렴동에 손오공이 있는 걸 보고 오는 길입니다. 제가 어찌 감히 거짓말을 하겠습니까?"

"그렇다면, 그렇게 조급히 굴지 말거라. 오공이더러 너와 함께 화과산에 가서 확인해보라고 하마. 만약 진짜라면 없애기 어렵겠지만 가짜라면 쉬울 것이니, 그곳에 가보면 절로 시비가 밝혀질 것이니라."

제천대성이 이 말을 듣고 당장에 사오정과 함께 관음보살과 작별을 하고 떠났어요.

화과산 앞에서 흑백을 가리고
수렴동 입구에서 진짜와 가짜를 구별하고자 하네.

花果山前分皂白　水簾洞口辨眞邪

결국 어떻게 진위가 가려지는지 알 수 없으니, 이에 대해서는 다음 회를 들어보시라.

제58회

진짜와 가짜 손오공이 서로 싸우다

손오공과 사오정은 관음보살에게 작별 인사를 하고 상서로운 구름을 타고 남해를 떠났어요. 원래 손오공의 근두운은 속도가 빨랐으나 사오정의 구름은 느려서 손오공이 먼저 가려 했어요. 그러자 사오정이 붙잡으며 말했어요.

"큰형님, 이렇게 머리는 감추고 꼬리만 내놓는 식으로 먼저 가서 은근슬쩍 일을 꾸며서는 안 돼요. 저와 함께 가시지요."

제천대성은 본래 좋은 마음을 품고 있었으나, 사오정은 도리어 의심하고 있었던 것이지요. 결국 둘이 함께 구름을 타고 갔어요. 얼마 지나지 않아 화과산이 보이자 구름을 내렸어요. 둘이 동굴 밖에서 살펴보니 과연 또 다른 손오공이 석대石臺에 높이 앉아 여러 원숭이들과 술을 마시며 잔치를 벌이고 있었어요.

그자는 생김새도 제천대성과 똑같아서, 노란 머리에 금고테를 쓰고 있었고, 불같은 눈에 금빛 눈동자[火眼金睛]를 가지고 있었지요. 또 몸에는 무명 승복을 입고, 허리에는 호랑이 가죽으로 만든 치마를 둘렀으며, 손에는 여의봉처럼 금테를 두른 쇠몽둥이를 들고, 발에는 사슴 가죽으로 만든 장화를 신고 있었어요. 그리고 털북숭이 얼굴에 벼락신처럼 생긴 주둥이며, 움푹 파인 볼에 납작한 코, 뾰족한 귀에 넓은 이마, 밖으로 삐져나온 날카로운 송곳니도 모두 똑같았어요. 제천대성은 화가 치밀어 사오정의 손을 뿌리치고, 여의봉을 든 채 나아가 욕을 퍼부었어요.

"너는 어떤 요괴인데 감히 내 모습으로 변해서 내 아이들을 차지하고 멋대로 내 동굴에 살면서 이렇게 위세를 부리느냐?"

가짜 손오공이 그를 보더니 일부러 대답하지 않고, 쇠몽둥이를 들고 맞섰어요. 두 손오공이 한자리에 있으니, 정말 진짜와 가짜를 구분하기 어려웠어요. 그건 정말 대단한 싸움이었지요.

두 개의 여의봉
두 마리의 원숭이 요정.
이렇게 맞붙으니 정말 보통이 아니구나.
모두 당나라 황제의 아우를 보호하려 하고
각기 공적을 세워 이름을 날리려 하는구나.
진짜 원숭이는 불교의 가르침을 받았고
가짜 요괴는 거짓으로 불제자 흉내를 내는구나.
모두 신통력을 써서 수많은 변신술 부리니
진짜건 가짜건 할 것 없이 둘이 대등하구나.
하나는 원정元精이 하나 된 제천대성이요
다른 하나는 오랫동안 수련한 땅의 정령일세.
이쪽은 마음대로 변하는 금테 두른 여의봉이요
저쪽은 마음껏 부릴 수 있는 쇠몽둥이라네.
맞붙어 싸우고 막으니 승패가 갈리지 않고
버티며 대적하니 승자도 패자도 없구나.
먼저 동굴 밖에서 손속을 나누다가

이내 공중으로 날아올라 치고받네.

兩條棒　二猴精　這場相敵實非輕
都要護持唐御弟　各施功績立英名
眞猴實受沙門敎　假怪虛稱佛子情
蓋爲神通多變化　無眞無假兩相平
一個是混元一氣齊天聖　一個是久煉千靈縮地精
這個是如意金箍棒　那個是隨心鐵杆兵
隔架遮攔無勝敗　撑持抵敵沒輸贏
先前交手在洞外　少頃爭持起半空

둘은 각기 구름을 탄 채 싸움을 계속하며 높은 하늘로 뛰어올랐어요. 옆에 있던 사오정은 감히 끼어들지 못했지요. 그는 이 싸움을 유심히 지켜보았지만 진짜와 가짜를 구별하기 힘들었어요. 칼을 빼들고 달려들어 돕고 싶었지만 진짜 손오공이 다칠까 염려스러웠어요. 그가 한참 참고 있다가 벼랑 아래로 풀쩍 뛰어 내려가 항요장을 들고 수렴동 앞으로 쳐들어가 요괴들을 내쫓고 돌 탁자를 뒤집어엎고 술잔이며 안주가 담긴 그릇들도 모두 때려 부숴버렸어요. 그는 푸른 털가죽으로 된 자신의 봇짐을 찾았지만 어디에도 없었어요. 원래 수렴동은 한 줄기 폭포가 입구를 가리고 있어서 멀리서 보면 하얀 주렴을 걸어놓은 것 같지만, 가까이서 보면 바로 물줄기였기 때문에 '수렴동'이라고 불렸어요. 사오정은 동굴 안으로 어떻게 들어가는지 몰랐기 때문에 찾기 어려웠던 것이지요. 그래서 그는 곧 구름을 타고 하늘 높은 곳으로 올라갔지만, 항요장을 빙빙 돌리고만 있을 뿐 싸움에 끼어들기가 어려웠어요. 그러자 제천대성이 말했어요.

"사오정, 너는 도울 수 없으니까 돌아가서 사부님께 우리 사정이 이러이러하니 이 몸이 이 요괴를 남해 관음보살께 몰고 가 진짜와 가짜를 가리겠노라고 말씀드려라."

그가 말을 마치자, 가짜 손오공도 똑같이 말했어요. 사오정은 둘이 생김새며 목소리까지 조금도 다르지 않아 흑백을 가리기 어려운지라, 그저 그 말에 따를 수밖에 없었지요. 그가 구름을 돌려 삼장법사에게 돌아간 이야기는 더 이상 하지 않겠어요.

보세요. 그 두 손오공은 구름을 타고 계속 싸우며 남해에 이르러 곧장 낙가산으로 갔어요. 계속 싸움을 하고 욕을 퍼부으며 고함 소리가 끊이지 않으니, 불법佛法을 지키는 여러 하늘신들이 깜짝 놀라 조음동으로 들어가 보고했어요.

"보살님, 두 명의 손오공이 싸우며 오고 있습니다."

관음보살은 목차 행자와 선재동자, 용녀龍女를 데리고 연화대에서 내려와 밖으로 나가 호통을 쳤어요.

"못된 축생아, 어딜 가느냐!"

그러자 두 손오공이 서로 멱살을 틀어쥔 채 말했어요.

"보살님, 이놈이 정말 제 모습과 똑같습니다. 수렴동에서 시작해서 한참 싸웠으나 승부를 가리지 못했습니다. 사오정은 보는 눈이 없어서 진짜와 가짜를 분간할 수도 없고, 힘이 있어도 도와줄 수 없는지라, 제가 사부님께 돌려보냈습니다. 저는 이놈과 싸우며 이곳 낙가산으로 와서 보살님의 지혜로운 눈을 빌어 진짜와 가짜를 가려, 옳고 그름을 밝히고자 합니다."

그가 말을 마치자 가짜 손오공도 똑같이 말했어요. 여러 하늘신들과 관음보살은 한참 동안 쳐다보았지만 구별할 방법이 떠오르지 않았어요, 그러자 관음보살이 말했어요.

"잠깐 손을 놓고 양쪽으로 서 있어라. 내 다시 살펴보마."

이에 그들은 손을 놓고 양쪽으로 갈라져 섰어요. 그리고 이쪽에서 "제가 진짜입니다."라고 하면, 저쪽에서는 "저놈이 가짜입니다."라고 말하는 것이었어요. 관음보살은 목차와 선재동자를 불러 은밀히 분부했어요.

"너희들이 하나씩 붙잡고 있어라. 내가 몰래 긴고아주를 외울 테니, 잘 살펴봐라. 아파하는 녀석이 진짜고 그렇지 않은 녀석은 가짜이니라."

둘이 하나씩 붙잡고 있을 때 관음보살이 몰래 주문을 외우니, 두 명의 손오공이 일제히 비명을 지르며 머리를 싸안고 땅바닥을 구르면서 소리쳤어요.

"그만! 그만하세요!"

관음보살이 주문을 멈추자 둘은 다시 일제히 서로를 붙들고 싸우기 시작했어요. 관음보살은 어쩔 도리가 없어서 즉시 여러 하늘신들과 목차더러 도와주라고 했어요. 하지만 여러 신들은 진짜 손오공이 다칠까 봐 감히 손을 쓰지 못했어요. 그때 관음보살이, "손오공!" 하고 부르자, 둘이 일제히 대답했어요. 그러자 관음보살이 말했어요.

"네가 예전에 필마온 벼슬을 할 때 하늘궁전에서 큰 소란을 피운 적이 있으니, 신장들은 모두 너를 알아볼 것이다. 하늘나라로 가서 진짜와 가짜를 가리고 내게 보고해라."

제천대성이 감사 인사를 하자 가짜 손오공도 똑같이 했어요.

둘은 서로를 잡아끌고 입으로는 계속 욕을 퍼붓고 싸우면서 곧장 남천문 밖으로 갔어요. 깜짝 놀란 광목천왕과 마馬, 조趙, 온溫, 관關의 네 원수들, 그리고 문을 지키던 크고 작은 신들이 모두 무기를 겨눈 채 가로막으며 말했어요.

"어딜 가시오! 이곳에서 싸움질을 하다니!"

가짜 손오공을 가리기 위해 소동을 피우다

제천대성이 말했어요.

"내가 삼장법사를 보호하고 불경을 얻으러 서천으로 가다가 도중에 도적들을 때려죽이니, 삼장법사가 나를 내쫓았소. 그래서 내가 곧장 보타산으로 가서 관음보살께 고충을 하소연했소. 그런데 뜻밖에도 이 요괴가 기회를 틈타 내 모습으로 변신해서 삼장법사를 때려눕히고 봇짐을 빼앗았소. 사오정이 화과산으로 가서 그 짐을 찾으려 하니, 이 요괴가 내 동굴을 차지하고 있더라는 거요. 그래서 사오정이 나중에 보타암으로 가서 보살께 도움을 청하려는데 또 내가 연화대 아래 시립해 있는지라, 그는 내가 근두운을 타고 먼저 와서 관음보살께 거짓말을 하고 있다고 했소. 보살께서는 그래도 공명정대하셔서 사오정의 말을 듣지 않고, 나더러 그와 함께 화과산으로 가서 직접 살펴보라고 하셨소. 가 보니 이 요괴가 정말 손 어르신의 모습을 하고 있었소. 조금 전에 수렴동에서부터 싸우며 낙가산에 가서 관음보살님을 뵈었는데, 그분께서도 진짜와 가짜를 구별하기 어려워하셨소. 그래서 여기까지 끌고 온 것이니, 번거로우시더라도 여러 하늘신들의 눈으로 진짜와 가짜를 가려주시기 바라오."

그의 말이 끝나자 가짜 손오공도 똑같이 그런 말을 했어요. 여러 하늘신들은 한참 쳐다보았지만 역시 가려낼 수 없었어요. 그러자 그들 둘이 고함을 질렀어요.

"당신들이 구별할 수 없다면 길을 여시오. 옥황상제를 뵈어야겠소."

신들이 막지 못하고 하늘 문을 열어주니, 그들은 곧장 영소보전으로 갔어요. 마 원수가 장張, 갈葛, 허許, 구丘의 네 하늘 장수와 함께 아뢰었어요.

"아래 세상에서 똑같이 생긴 두 손오공이 와서 폐하를 뵙겠다고 하옵니다."

말이 끝나기도 전에 두 손오공이 시끄럽게 떠들며 들어오니, 깜짝 놀란 옥황상제가 즉시 영소보전을 내려와 물었어요.

"그대들 둘은 무슨 일로 하늘궁전에서 소란을 피우는가? 감히 죽을 줄도 모르고 시끄럽게 떠들며 짐 앞으로 찾아오다니!"

그러자 제천대성이 말했어요.

"폐하, 저는 지금 정명正命에 귀의하고 불교의 가르침을 지켜 감히 윗사람에게 대드는 일은 더 이상 하지 않습니다. 다만 이 요괴가 제 모습으로 변신해서……."

그는 여차저차 그간의 사정을 죽 얘기했어요.

"제발 진짜와 가짜를 가려주시옵소서."

그러자 가짜 손오공도 똑같은 얘기를 늘어놓았어요. 옥황상제는 즉시 명을 내려 탁탑천왕에게 말했어요.

"조요경照妖鏡을 가져와 이놈들을 비추어, 가짜를 없애버리시오."

탁탑천왕은 즉시 조요경을 가져와 비추면서 옥황상제와 여러 신들더러 지켜보라고 했어요. 거울 속에는 두 개의 손오공의 모습이 비쳤는데, 황금 머리테며 옷차림, 터럭까지도 전혀 다른 데가 없었어요. 옥황상제도 가려내지 못하고 다급히 영소보전 밖으로 내쫓아버렸어요. 제천대성은 깔깔 비웃었고, 가짜 손오공도 하하 웃으며 즐거워했어요. 그들은 다시 서로 머리채를 움켜쥐고 팔로 목을 감은 채 하늘 문을 나와 서방으로 가는 길로 내려가며 말했어요.

"나랑 같이 사부님을 뵈러 가자! 사부님께 가보자고!"

한편, 사오정은 화과산에서 그들 둘과 헤어져 사흘 밤낮을 간

끝에 삼장법사가 묵고 있는 집으로 돌아와 지난 일들을 모두 설명했어요. 삼장법사는 스스로 후회하며 말했어요.

"그때는 손오공이 나를 때리고 봇짐을 빼앗아 간 줄 알았는데, 요괴가 변신한 것인 줄은 몰랐구나!"

그러자 사오정이 또 말했어요.

"이 요괴들은 사부님과 백마로도 변신하고, 팔계 형님으로도 변신해서 저희들의 봇짐을 지고 있었고, 또 저로 변신한 놈도 있었습니다. 제가 화가 나서 항요장으로 때려죽였는데, 알고 보니 원숭이 정령이었습니다. 이에 깜짝 놀라 관음보살님께 가서 고충을 호소했더니, 보살님께서는 절더러 사형과 함께 가서 알아보게 했습니다. 그 요괴는 과연 사형과 똑같이 생겼더군요. 저는 도울 수가 없어서 먼저 돌아와 사부님께 알려드리는 것입니다."

삼장법사는 그 말을 듣고 깜짝 놀라 안색이 변했어요. 그러자 저팔계가 낄낄 웃으며 말했어요.

"좋구나, 좋아! 이 집 노파의 말대로 되었네. 그 노파가 도대체 몇 무리가 경전을 가지러 가느냐고 하더니, 이것들 역시 한 무리가 아니야?"

그때, 그 집의 남녀노소들이 모두 찾아와 사오정에게 물었어요.

"요 며칠 동안 어딜 돌아다니다 오신 겁니까?"

사오정이 웃으며 대답했어요.

"동승신주 화과산에 큰사형을 찾아가 봇짐을 찾아보았고, 또 남해 낙가산에 가서 관음보살님을 뵙고, 다시 화과산에 갔다가 방금 여기로 돌아왔소."

그러자 늙은이가 또 물었어요.

"갔다 오신 거리가 얼마나 됩니까?"

"대충 이십만 리 남짓 되지요."

"나리, 요 며칠 사이에 그렇게 먼 길을 다녀오시려면, 구름이라도 타고 다니셨나보군요."

그러자 저팔계가 말했어요.

"구름을 타지 않는다면 어떻게 바다를 건넜겠소?"

사오정이 말했어요.

"우리가 다녀온 길 정도는 큰사형이시라면 하루 이틀 정도면 다녀오실 수 있소."

집안사람들은 그 말을 듣더니 모두들 신선이라고 수군거렸어요. 그러자 저팔계가 말했어요.

"우리가 비록 신선은 아니지만, 신선도 우리 후배들이지!"

그렇게 말하고 있는데, 공중에서 시끄럽게 떠드는 소리가 들렸어요. 모두들 깜짝 놀라 나가 보니, 두 손오공이 싸우면서 찾아왔어요. 저팔계가 그걸 보고 손이 근질거리는 것을 참지 못하고 말했어요.

"내가 한번 구별해볼게요."

못 말리는 멍텅구리! 그놈은 급히 뛰어오르며 공중을 향해 소리쳤어요.

"형님, 싸우지 마시오. 이 저팔계가 갑니다!"

그러자 두 명의 손오공이 일제히 대답했어요.

"동생, 와서 요괴를 공격해! 어서!"

집안사람들은 놀라면서도 기뻐하며 말했어요.

"구름을 타고 안개를 모는 신선이 몇 분이나 우리 집에 계시는 거야? 발원하며 공양을 올리는 신자들도 이런 훌륭한 분들에게 공양을 올려보진 못했을 거야."

그러면서 그들은 더 따져볼 것도 없이 차와 밥을 준비해서 더 많은 공양을 바치며 말했어요.

"이 두 명의 행자가 싸우다가 잘못되면 땅이 엎어지고 하늘이 뒤집어지는 재앙을 일으킬 거야!"

삼장법사는 노인이 앞에서는 기뻐하면서도 뒤로는 걱정하는 것을 보고 이렇게 말했어요.

"시주님, 안심하시지요. 걱정 마세요. 제가 제자를 귀순시켜서 악을 제거하고 선으로 돌아오게 하면, 자연히 당신께 감사할 것입니다."

노인은 연신 대답했어요.

"천만에요! 어찌 감히!"

그러자 사오정이 말했어요.

"시주님, 그만하세요. 사부님도 여기 앉아 계십시오. 제가 둘째 형님과 함께 가서 하나씩 붙잡아 사부님 앞으로 데려올 테니까, 사부님께서 그 주문을 외우세요. 둘 중에 아파하는 쪽이 진짜이고, 그렇지 않은 쪽은 가짜니까요."

"정말 그게 좋겠다."

사오정은 공중으로 올라가 말했어요.

"두 분은 손을 멈추시오. 제가 당신들과 함께 사부님 앞으로 가서 진짜와 가짜를 가려내겠소."

제천대성이 손을 놓자 가짜 손오공도 손을 놓았어요. 사오정은 그 중 하나를 붙들고 소리쳤어요.

"둘째 형님도 한쪽을 붙잡아요."

저팔계도 한쪽을 붙잡고 구름을 내려 초가집 문 밖에 이르렀어요. 삼장법사는 그걸 보고 긴고아주를 외웠어요. 그러자 두 손오공이 일제히 고통스러워하며 소리쳤어요.

"우리는 이렇게 힘들게 싸우고 있는데, 그 주문을 외우면 어쩌자는 겁니까? 그만두세요! 멈춰요!"

삼장법사는 본래 자비로운 마음을 갖고 있었는지라 곧 입을 다물었으니, 진짜와 가짜를 구별할 수 없었어요. 그 둘은 손을 뿌리치고 다시 싸우기 시작했어요. 제천대성이 말했어요.

"동생들, 사부님을 보호하고 있어. 내 이놈을 염라대왕 앞으로 끌고 가 결판을 내고 올 테니까."

그러자 가짜 손오공도 똑같이 말했어요. 둘은 서로 멱살을 쥐고 끌고 당기며 순식간에 사라져버렸어요.

저팔계가 말했어요.

"사오정, 수렴동에서 가짜 저팔계가 봇짐을 지고 있는 것을 보았다면서, 어째서 빼앗아 오지 않았어?"

"그 요괴들이 제가 가짜 사오정을 항요장으로 때려죽이는 걸 보더니 어지럽게 포위하고 달려들어 저를 붙잡으려 하기에, 저는 죽어라 도망쳐야 했지요. 관음보살님께 알리고 큰형님과 함께 다시 동굴 입구로 갔는데, 그들 둘이 공중에서 싸웠어요. 저는 요괴들의 돌의자를 엎어버리고 졸개 요괴들을 내쫓아버렸는데, 거기에는 폭포수만 한 줄기 흐를 뿐 동굴 입구가 어디 있는지 모르겠더군요. 결국 봇짐을 찾지 못하고 빈손으로 돌아와 사부님께 보고했던 거라오."

"동생은 몰랐나 보군. 내가 재작년에 형님을 모시러 갔을 때는 먼저 동굴 밖에서 만났지. 나중에 내가 말로 잘 설득하자, 형님은 바로 뛰어내려 동굴 안으로 들어가 옷을 갈아입고 나오더군. 그때 보니까, 형님은 물속으로 뚫고 들어갔는데, 그 폭포 물줄기가 바로 동굴 입구였어. 틀림없이 그 요괴들이 우리 봇짐을 그 안에 둔 모양이야."

그러자 삼장법사가 말했어요.

"네가 그 문을 알고 있다면, 그놈이 없을 때 동굴로 가서 봇짐을 가져오너라. 우리는 서천으로 가자꾸나. 그놈이 돌아오더라도 내가 받아들이지 않겠다."

저팔계가 대답했어요.

"다녀오겠습니다."

그러자 사오정이 말했어요.

"둘째 형님, 동굴 앞에 수천 마리의 졸개 원숭이들이 있으니, 혼자 가시면 그놈들을 어쩌지 못하고 도리어 불미스러운 꼴만 당하게 될 게요."

저팔계가 웃으며 말했어요.

"겁나지 않아, 괜찮다고!"

그가 급히 문을 나서 구름을 타고 곧바로 화과산으로 봇짐을 찾으러 간 이야기는 더 이상 하지 않겠어요.

한편, 그 두 손오공은 또 싸우면서 멀리 외진 저승의 산 뒤편에 이르렀어요. 그러자 온 산의 귀신들이 놀라 벌벌 떨며 이리저리 숨었어요. 그리고 먼저 뛰어간 녀석이 저승 관청의 문안으로 달려 들어가 삼라보전森羅寶殿에 보고했어요.

"대왕님, 저승의 산 위에 두 명의 제천대성이 싸우며 찾아왔습니다!"

깜짝 놀란 첫 번째 궁전의 진광왕秦廣王이 둘째 궁전의 초강왕楚江王에게 알리니, 셋째 궁전의 송제왕宋帝王에서부터 넷째 궁전의 변성왕卞城王, 다섯째 궁전의 염라왕閻羅王, 여섯째 궁전의 평등왕平等王, 일곱째 궁전의 태산왕泰山王, 여덟째 궁전의 도시왕都市王, 아홉째 궁전의 오관왕忤官王, 열째 궁전의 전륜왕轉輪王까지 각 궁전에서 차례로 연락했어요. 순식간에 열 명의 왕들이 모였고, 또 부하를 시켜 지장왕地藏王에게도 알리게 했어요. 그들은 모두 삼라보전에서 저승의 병사들을 모아놓고 두 손오공을 붙잡으려고 준비했어요. 그때 거센 바람 소리와 함께 짙은 안개가 뒤덮이며 두 손오공이 엎치락뒤치락 싸우며 삼라보전 아래에 이르렀어요. 저승의 대왕들이 다가가 싸움을 말리며 물었어요.

"제천대성, 무슨 일로 우리 저승 관청에 와서 싸우는 게요?"

제천대성이 말했어요.

"내가 삼장법사를 보호하며 서천으로 불경을 가지러 가다가 서량녀국을 지나 한 산에 이르렀는데, 포악한 도적이 내 사부님을 덮쳐 재물을 빼앗았소. 그래서 손 어르신이 몇 놈을 때려죽였는데, 사부님이 나를 꾸짖으며 내쫓아버렸소. 나는 곧 남해 관음보살이 계신 곳을 찾아가 하소연했는데, 뜻밖에도 저 요괴가 낌새를 알아채고 내 모습으로 변해서 도중에 사부님을 때려눕히고 봇짐을 강탈해버렸소.

사제인 사오정이 내가 살던 산으로 가서 봇짐을 내놓으라고 하자, 이 요괴가 거짓으로 사부님의 이름을 내세워 서천으로 불경을 가지러 가려 했소. 사오정은 남해로 도망쳐 관음보살을 뵙고자 했는데, 마침 그때 내가 보살님 곁에 있었소. 그가 찾아온 이유를 자세히 말하자, 보살님은 날더러 그와 함께 화과산에 가보라고 하셨소. 그런데 과연 이놈이 내 동굴을 차지하고 있더란 말이오.

저놈과 싸우며 관음보살님께 가서 진짜와 가짜를 가려달라고 했는데, 생김새며 말투 등이 모두 똑같아서 관음보살님도 구별하지 못하셨소. 또 이놈을 데리고 하늘나라로 가보았는데, 여러 신들도 구별하기 어렵다고 합디다. 그래서 사부님을 뵈러 가자 사부님이 긴고아주를 외워 시험해보았으나, 이놈도 나랑 똑같이 아파하는 것이었소. 그래서 이번엔 저승으로 끌고 온 것이니, 부디 염라대왕께서 생사부生死簿를 조사해서 가짜 손오공의 출신을 알아봐 주시오. 얼른 저놈의 혼백을 잡아들여 두 마음(즉 두 손오공)이 혼란을 일으키지 않도록 해주시오."

그러자 요괴도 똑같이 말했어요. 저승의 대왕들은 그 말을 듣고 즉시 명부名簿를 관리하는 판관을 불러 하나하나 처음부터 끝까지 조사해보게 했으나, 가짜 손오공의 이름은 없었어요. 다시 털 짐승들과 파충류의 명부를 조사해보았으나, 원숭이 항목 백삼십 개는 이미 손오공이 어린 시절 도를 얻으러 다닐 때에 저승 관청에서 큰 소동을 일으키며 죽은 자의 명부에서 지워버렸기 때문에, 그 뒤부터 모든 원숭이 족속들의 이름과 호칭은 적혀 있는 것이 없어져 버렸어요. 판관은 조사를 마치고 궁전에 보고했어요. 저승의 대왕들은 각기 홀笏을 들고 손오공에게 말했어요.

"제천대성, 저승에서는 이름이나 호칭을 찾을 수 없소이다. 그러니 이승에 가서 진짜와 가짜를 가리도록 하시구려."

막 그렇게 말하고 있던 차에 지장보살이 말했어요.

"잠깐, 잠깐! 내가 체청諦聽을 시켜 진짜와 가짜를 가려보게 하겠소."

원래 그 체청이란 지장보살이 경전을 읽는 책상 아래 엎드려 있던 짐승의 이름이었어요. 그것은 만약 땅에 엎드리면 순식간에 네 대륙[部洲]의 산천과 사직社稷, 동굴과 신선들의 땅에 있는 달팽이류 벌레[嬴蟲]와 비늘 달린 짐승, 털 짐승, 깃이 있는 짐승[羽蟲], 곤충, 하늘과 땅의 신선들, 하늘신, 인간세계의 신선, 귀신 세계의 신선들에 대해 선하고 악한 것을 훤히 들여다보고, 현명하고 어리석은 이를 잘 살펴 구별할 줄 알았어요. 그 짐승은 지장보살의 명을 받고 곧 삼라보전의 정원 가운데로 와서 땅에 엎드렸어요. 잠시 후 그놈이 고개를 들더니, 지장보살에게 말했어요.

"요괴에게 이름은 있지만 이 자리에서 말할 수 없습니다. 그리고 그놈을 잡는 데에 힘을 보태줄 수도 없습니다."

"여기서 말하면 어떻게 된다는 것이냐?"

"여기서 말하면 요괴가 못된 마음을 드러내서 삼라보전에서 소란을 피우고 저승을 불안하게 만들 것입니다."

"잡는 데에 힘을 보태줄 수 없다는 것은 무슨 까닭이냐?"

"요괴의 신통력이 제천대성과 똑같기 때문입니다. 저승의 신들에게 술법의 힘이 조금밖에 없기 때문에, 여기서는 잡을 수 없습니다."

"그러면 어떻게 해야 없애버릴 수 있느냐?"

"부처님의 법력은 한이 없지요."

그 말을 듣고 지장보살은 깨달은 바가 있어서, 즉시 두 손오공에게 말했어요.

"너희 둘의 생김새도 똑같고 신통력도 차이가 없으니, 진짜와 가짜를 가리고 싶으면 뇌음사에 계신 석가여래를 찾아가 봐야 될 게야."

둘은 일제히 소리쳤어요.

"맞는 말이오. 맞아요! 내 너와 함께 서천의 부처님 앞에 가서 결판을 내겠다!"

열 궁전에 있는 저승의 대왕들이 그들을 전송하고 지장보살에게 감사한 후, 취운궁翠雲宮으로 돌아가 귀신 관리에게 저승의 관문을 닫으라고 지시한 일은 더 이상 얘기하지 않겠어요.

한편 저 두 손오공은 구름을 타고 서천으로 갔으니, 이를 증명하는 시가 있어요.

사람에게 두 마음 있으면 재앙이 생기나니
하늘 끝 바다 언저리에서도 의심과 시기가 생긴다네.
멋진 말 타고 높은 벼슬에 오르고 싶어 하고
또 금란보전 최고 자리 마음에 품게 되지.
남북으로 뛰어다니며 쉴 틈도 없고
동서로 치받고 다니며 평안할 날 없구나!
불교에서는 모름지기 무심의 비결을 배워야 하나니
고요히 수련하여 신선으로 탈태환골*을 이뤄야지.

人有二心生禍災　天涯海角致疑猜
欲思寶馬三公位　又憶金鑾一品臺
南征北討無休歇　東擋西除未定哉
禪門須學無心訣　靜養嬰兒結聖胎

그들 둘은 공중에서 서로 이리저리 끌고 당기고, 가다가 싸우고 싸우며 가다가 시끌벅적하게 서천의 영취산에 있는 뇌음사 밖에 이르렀어요. 그곳에 있던 사대 보살과 팔대금강, 오백나한, 삼천게체, 비구니, 비구승, 우바새優婆塞, 우바이優婆夷 등 여러 신성한 무리들은 모두 칠보연화대 아래에서 조용히 석가여래의 설법을 듣고 있었어요. 석가여래는 막 이런 내용을 말씀하고 계셨지요.

존재하지 않음 가운데 존재하고
없지 않음 가운데 없다.
색상色相에 집착하지 않음 가운데 색상을 알게 되고
공허하지 않음 가운데 공허함을 깨닫는다.
존재함이 아닌 것이 존재가 되고

없음이 아닌 것이 없음이 된다.
색상이 아닌 것이 색상이 되고
공허함이 아닌 것이 공허함이 된다.
공허함은 바로 그런 공허함이며
색상은 바로 그런 색상이다.
색상에는 정해진 색상이 없으니
색상이 바로 공허함이다.
공허함에는 정해진 공허함이 없으니
공허함이 바로 색상이다.
공허함이 공허하지 않음을 알고
색상이 눈을 미혹하는 색상이 아님을 알라.
겉으로 드러난 명분의 실체를 환히 알면
비로소 오묘한 깨달음의 소리를 이해하게 되리라.

不有中有　不無中無
不色中色　不空中空
非有爲有　非無爲無
非色爲色　非空爲空
空卽是空　色卽是色
色無定色　色卽是空
空無定空　空卽是色
知空不空　知色不色
名爲照了　始達妙音

설법을 듣던 무리들이 모두 머리를 조아려 경배하고, 그 법문을 소리 내어 암송하기 시작하자, 석가여래께서 하늘 꽃[天花][1]을 내려 꽃잎이 어지럽게 흩어져 내렸어요. 석가여래는 즉시 칠보연화대를 떠나며 여러 무리들에게 말씀하셨어요.

"너희들은 모두 한마음이로구나. 그런데 저것 보아라. 두 마음이 서로 싸우며 오고 있구나."

여러 무리가 눈을 들어 보니, 과연 두 명의 손오공이 천지가 떠들썩하게 고함을 지르며 뇌음사 경내로 들어서고 있었어요. 깜짝 놀란 팔대금강이 앞으로 나아가 가로막으며 말했어요.

"그대들은 어딜 가려는 것인가?"

제천대성이 말했어요.

"요괴가 내 모습으로 변했으니, 칠보연화대 아래로 가서 석가여래께 진짜와 가짜를 가려달라고 부탁하려는 것이오."

여러 금강들이 그들을 막지 못하니, 두 손오공은 곧장 칠보연화대 아래로 와서 부처님께 무릎을 꿇고 아뢰었어요.

"저는 삼장법사를 보호하며 이곳 영취산에 불경을 구하러 오고 있던 참이었습니다. 그동안 줄곧 요괴를 물리치느라 얼마나 애썼는지 모릅니다. 그런데 도중에 우연히 노략질하는 강도들을 만났는지라, 제가 두 번에 걸쳐 몇 놈을 때려죽였습니다.

그러자 사부님께서 저를 나무라고 내쫓으시며, 함께 석가여래님을 뵈러 가는 것을 허락하지 않으셨습니다. 저는 어쩔 수 없이 남해로 달려가 관음보살께 고충을 하소연했습니다. 그런데 뜻밖에도 이 요괴가 제 목소리와 생김새를 흉내 내서 사부님을 때려

1 『유마힐경維摩詰經·관중생품觀衆生品』에 따르면, 옛날 유마힐의 집안에 있던 한 천녀天女가 여러 어른들이 설법하는 것을 듣고 곧 본래 모습을 드러내고 여러 보살과 큰제자들 위로 하늘 꽃을 뿌렸다. 꽃잎은 여러 보살들 근처에 이르자 모두 떨어져 버렸는데, 큰제자의 몸에 닿자 붙어서 떨어지지 않았다. 이 때문에 불교의 전설에서는 하늘 꽃이 봄에 달라붙는가 여부에 따라 보살들이 도를 향하는 마음이 굳건한지 여부를 알 수 있다고 했다. 즉 수행이 미진하면 꽃잎이 몸에 달라붙는다는 것이다.

눕히고 봇짐을 강탈해 가버렸습니다.

사제인 사오정이 제가 있던 산으로 찾아가니, 이 요괴가 교묘한 거짓말로 제대로 된 중이 경전을 가지러 갔다고 둘러댔습니다. 사오정은 그곳을 빠져나와 남해로 가서 이 일을 자세히 말씀드렸습니다. 관음보살은 그것을 알고 곧 저더러 사오정과 함께 제가 있던 산으로 가보라고 하셨습니다. 그래서 저희 둘은 서로 진짜와 가짜를 가리자며 남해로, 하늘궁전으로 찾아가보고, 사부님과 저승 관청에까지 찾아가보았는데, 어디에서도 진짜와 가짜를 가릴 수 없었습니다. 그래서 이렇게 대담하게 부처님을 찾아왔사오니, 제발 편의를 봐주시고 자비로운 마음을 베푸셔서, 저희들 가운데 진짜와 가짜를 가려주시옵소서. 그러면 제가 당나라 승려를 잘 보호하여 직접 부처님을 배알하고 경전을 얻어서 동녘 땅으로 돌아가 길이 위대한 가르침을 선양宣揚하도록 하겠사옵니다."

여러 무리들은 그들 둘이 똑같은 소리를 하자 도저히 구별해낼 수 없었어요. 오직 석가여래만이 사정을 환히 알고 계셨지요. 그분께서 막 말씀하시려 하는데, 갑자기 남쪽 하늘 아래 오색구름 속에서 관음보살이 나타나 부처님께 참배했어요. 그러자 부처님께서 합장하며 말씀하셨지요.

"관음존자, 그대가 보기에 저 두 손오공 가운데 누가 진짜인 것 같은가?"

"전날 제 거처에서도 도저히 구별할 수 없었습니다. 저들이 하늘궁전과 저승 관청에도 가보았지만 역시 구별하기 어려웠습니다. 그래서 특별히 석가여래님을 찾아온 것이오니, 제발 저들을 위해 진짜와 가짜를 가려주십시오."

그러자 석가여래께서 웃으며 말씀하셨어요.

"그대들은 법력이 넓고 크긴 하지만 그저 온 우주에서 일어난 일들만을 두루 살필 수 있을 뿐이지, 온 우주의 사물을 두루 알지 못하고, 또 온 우주에 퍼진 생물의 종류를 널리 알지도 못하는구나."

관음보살이 또 온 우주에 퍼진 생물의 종류에 대해 알려달라고 하자, 석가여래께서 비로소 이렇게 말씀하셨어요.

"온 우주에는 이런 종류들이 있지. 먼저 하늘과 땅, 신계神界, 인간, 귀계鬼界에 있는 다섯 종류의 신선이 있다. 그리고 달팽이류 벌레와 비늘 달린 짐승, 털 짐승, 깃이 있는 짐승, 곤충 등의 다섯 가지 짐승이 있다. 그런데 이놈은 다섯 신선에도 다섯 짐승에도 속하지 않는 놈이다. 또 네 종류의 원숭이가 세상을 어지럽히는데, 그것들은 열 가지 생물의 종류에 들어가지 않는 놈들이다."

"그 네 종류의 원숭이가 무엇입니까?"

그러자 석가여래께서 이렇게 대답하셨어요.

"첫째는 신령이 밝은 돌원숭이[石猴]인데, 이놈은 변화에 능통하고, 하늘이 운행되는 때를 파악하고, 땅의 이로움을 알고, 별자리를 옮길 수 있느니라.

둘째는 엉덩이가 붉은 마후馬猴인데, 이놈은 음양의 변화를 깨닫고 인간 세상의 일을 알며, 드나드는 데에 재주가 있어서, 죽음을 피해 생명을 연장할 수 있느니라.

셋째는 팔이 긴 원후猿猴인데, 이놈은 해와 달의 운행을 붙잡고 온 산을 뛰어다니며, 길흉을 판별할 줄 알아, 하늘과 땅을 마음대로 주무를 수 있느니라.

넷째는 여섯 귀의 미후獼猴인데, 이놈은 소식을 잘 듣고 이치를 잘 살피며, 전후 사정을 알아 만물에 대해 모두 환히 아느니라.

이 네 원숭이는 열 종류의 생물에도 들어가지 않고, 이승과 저승에도 이름이 알려지지 않았다. 보아하니, 가짜 손오공은 여섯 귀의 미후이다. 이 원숭이는 한곳에 서 있으면서도 천 리 밖에서 일어난 일을 알 수 있으며, 보통 인간들이 하는 말도 알아들을 수 있다. 그러므로 이놈을 일컬어 소식을 잘 듣고 이치를 잘 살피며, 전후 사정을 알아 만물에 대해 모두 환히 안다고 한 것이니라. 진짜 손오공과 모양새도 목소리도 같은 저놈은 여섯 귀의 미후이다."

그 미후는 석가여래께서 자기의 본래 모습을 이야기하시자 간담이 서늘해져서 황급히 뛰어올라 도망쳤어요. 석가여래께서는 그가 도망치는 것을 보시고 즉시 여러 무리들에게 그놈을 붙잡으라고 영을 내리셨어요. 그러자 사대 보살과 팔대금강, 오백나한, 삼천게체, 비구니, 비구승, 우바새, 우바이, 관음보살, 목차 등이 일제히 미후를 에워쌌어요. 제천대성도 달려가려 하자, 석가여래께서 말씀하셨어요.

"오공아, 너는 가만있어라. 내가 잡아주마."

그 미후는 모골이 송연해졌어요. 그놈은 도망가기 어렵다고 생각되자 다급히 몸을 흔들어 꿀벌로 변하더니 공중으로 날아올랐어요. 그러나 석가여래께서 황금 바리때를 던지자 그것은 바로 그 벌을 덮은 채 떨어졌어요. 여러 무리들은 그 사실을 모르고 미후가 도망쳐버린 줄 알았지요. 그러자 석가여래께서 웃으며 말씀하셨어요.

"모두들 조용히 하여라. 요괴는 달아나지 못하고, 내 바리때 아래 갇혀 있느니라."

여럿이 일제히 나아가 바리때를 열어보니 과연 요괴가 본래 모습을 드러냈는데, 바로 여섯 귀의 미후였어요. 제천대성이 참지 못하고 여의봉을 휘둘러 그놈의 머리를 때려 죽여버리니, 지금 이 종류는 없어져 버렸어요. 석가여래께서는 탄식을 금치 못했어요.

"허! 이런!"

그러자 제천대성이 말했어요.

"그놈을 불쌍하게 생각하지 마십시오. 그놈은 제 사부님을 때려 다치게 했고, 제 봇짐을 강탈했으니, 백주에 사람을 해치고 재물을 강탈한 죄를 묻자면 마땅히 목을 베어야 할 것입니다."

"얼른 가서 당나라 승려나 보호해서 이곳으로 경전을 구하러 오게 해라."

제천대성은 머리를 조아려 감사했어요.

"여래께서도 아실 것입니다. 그 사부님께서는 정말 제가 필요 없나 봅니다. 이번에 가서 받아들여 주시지 않는다면 다시는 고민하지 않겠습니다. 그러면 제발 여래께서 송고아주를 외워 이 금고테를 벗겨 도로 가져가시고, 제가 다시 환속할 수 있도록 놓아주시옵소서."

"허튼 생각 말아라. 절대 남을 못살게 굴지 마라! 내 관음보살을 시켜 너를 보내줄 테니 네 사부가 거둬주지 않을까 염려하지 마라. 그를 잘 보호하여 공을 이루고 극락으로 돌아가는 날에는 너 또한 연화대에 앉게 될 것이니라."

관음보살은 옆에서 듣고 있다가 즉시 합장하여 석가여래의 은혜에 감사하고, 손오공을 데리고 바로 구름을 타고 떠났어요. 그 뒤를 목차 행자와 흰 앵무새가 따라갔지요. 얼마 지나지 않아서 그들은 삼장법사가 묵고 있는 초가집에 도착했어요. 사오정이 그들의 모습을 보고 급히 삼장법사를 모셔 와 그들을 맞이하게 했지요. 그러자 관음보살이 말했어요.

"삼장법사, 전에 그대를 때린 것은 바로 손오공으로 변신한 여섯 귀의 미후였소. 다행히 석가여래께서 가짜를 구별해내셨는데, 그놈은 이미 손오공이 때려죽였소. 그러니 이제 손오공을 거둬들이도록 하시오. 앞으로 가는 길에 요괴들의 방해가 아직 없지 않을 것이니, 손오공의 보호를 받아야 영취산에 도착하여 부처님을 뵙고 경전을 얻을 수 있을 것이오. 그러니 이제 더 이상 그를 나무라지 마시오."

삼장법사는 머리를 조아리며 대답했어요.

"삼가 가르침에 따르겠습니다."

그가 막 감사 인사를 하던 차에, 갑자기 동쪽에서 거센 바람이 몰아쳤어요. 모두들 눈을 돌려 바라보니, 바로 저팔계가 봇짐 두 개를 짊어지고 바람을 타고 오는 것이었어요. 멍텅구리는 관음보살을 보자 털썩 엎드려 절하며 말했어요.

"제가 전날에 사부님과 헤어져 화과산 수렴동으로 봇짐을 찾으러 갔는데, 정말 가짜 삼장법사와 가짜 저팔계가 있었습니다. 제가 그놈들을 모두 때려죽였는데, 알고 보니 두 마리 원숭이였습니다. 그리고 동굴 안으로 들어가서 봇짐을 찾았습니다. 그곳에서 검사해보니 하나도 빠진 물건이 없는지라, 바람을 몰고 여기로 온 것입니다. 하지만 두 손오공의 행방을 모르겠습니다."

관음보살이 석가여래께서 가짜를 가려내신 이야기를 죽 들려주자, 그 멍텅구리는 무척 기뻐하며 칭송해 마지않았어요. 그리고 관음보살은 삼장법사와 제자 일행의 작별 인사를 받고 남해로 돌아갔지요. 삼장법사와 제자 일행은 모두 예전처럼 한마음으로 뜻을 합쳐, 억울한 마음이나 분노를 모두 풀었어요. 그리고 그 시골집 사람들에게 작별 인사를 하고, 봇짐과 말을 잘 챙겨서, 큰길을 찾아 떠났어요.

도중에 헤어져 오행이 어지러워졌으나
요괴를 항복시키고 다시 모여 깨달음의 몸[元明]으로 합쳤구나.
신神이 마음의 집으로 되돌아오니 수행[禪]이 비로소 안정되고
육식六識이 제거되니 단丹의 수련이 저절로 이루어지는구나.

中道分離亂五行　降妖聚會合元明
神歸心舍禪方定　六識祛降丹自成

결국 이번에 가면 삼장법사가 언제나 부처님을 뵙고 불경을 구할 수 있을지 알 수 없으니, 이에 대해서는 다음 회를 들어보시라.

제59회

화염산에서 길이 막히다

모든 본성들 본래 같다면
온갖 개천을 받아들이는 바다처럼 도량이 끝없으리라.
아무리 심사숙고해도 결국 허망해질 뿐이니
갖가지 사물과 현상들이 조화롭게 어울려야 한다네.
공을 이루고 수행을 다 채우는 날이면
온전하고 밝은 불성佛性이 높고 융성해지리니.
동서로 다른 길 내달리게 하지 말고
우리에 단단히 묶어두어라.
거두어 화로 안에 편안히 놓으면
태양처럼 붉은 단약 정련할 수 있으리라.
밝고 찬란하며 아름답기 그지없어
드나들 때는 마음대로 용을 탈 수 있다네.

若千種性本來同　海納無窮
千思萬慮終成妄　般般色色和融
有日功完行滿　圓明法性高隆
休教差別走西東　緊鎖牢籠

收來安放丹爐內　煉得金烏一樣紅
朗朗輝輝嬌艶　任教出入乘龍

그러니까 삼장법사는 관음보살의 가르침에 따라 손오공을 거둬들이고 저팔계, 사오정에게 다른 마음을 갖지 않도록 하고, 마음속의 날뛰는 원숭이를 단단히 가두어 한마음으로 힘을 합쳐 서천으로 떠났어요. 시간은 화살 같고 세월은 베틀 북처럼 빨리 흘러, 무더운 여름이 지나고 서리 내린 가을 풍경이 펼쳐졌어요.

엷은 구름 끊어지고 하늬바람 거세지는데
먼 산꼭대기에 학이 울 때 서리 내린 숲은 비단 같네.
풍경은 처량하기 그지없는데
산맥은 끝없고 물길은 더욱 길게 이어지네.
기러기는 북쪽 변방에서 찾아오고
검은 까마귀는 남쪽 논두렁으로 돌아가네.
나그네 길은 외롭고 쓸쓸하여 무섭고
승복은 쉬이 추위를 탄다네.

薄雲斷絕西風緊　鶴鳴遠岫霜林錦
光景正蒼涼　山長水更長
征鴻來北塞　玄鳥歸南陌
客路怯孤單　衲衣容易寒

사부와 세 제자들은 앞으로 나아가면서 점차 찌는 듯한 열기를 느꼈어요. 삼장법사가 고삐를 당기며 말했어요.

"지금은 가을인데 어째서 이렇게 공기가 오히려 덥단 말이냐?"

저팔계가 말했어요.

"그거야 모르지요. 서방으로 가는 길에 사합리국斯哈哩國이라는 곳이 있는데, 바로 해가 떨어지는 곳입니다. 사람들은 흔히 천진두天盡頭 즉 하늘이 다하는 곳이라고 부르지요. 오후 다섯 시 무렵이면 그 나라 왕이 성 위로 사람을 보내 북을 울리고 뿔피리를 불게 하는데, 그 소리가 바다가 들끓는 소리와 뒤섞인다고 합니다.

해는 바로 참된 불기운인데, 그것이 서해 바다 사이에 떨어지면 마치 불이 물에 닿듯이 지글거리는 소리가 납니다. 만약 북소리와 뿔피리 소리가 뒤섞여 들리지 않는다면 성안의 어린애들이 모두 고막이 터져 죽어버릴 것이기 때문이지요. 이곳의 열기가 찜통 같으니, 아마도 우리가 해가 떨어지는 곳에 이른 모양입니다."

제천대성이 그 말을 듣고 웃음을 참지 못하며 말했어요.

"멍청아, 헛소리 말아라. 사합리국이라면 아직 멀었다. 사부님처럼 이렇게 융통성 없고 미적거리는 분이라면 어려서부터 늙을 때까지, 그리고 늙었다가 다시 어려질 때까지, 이렇게 늙었다가 어려지기를 세 번이나 거쳐도 도착하지 못할 만큼 멀다는 것이지."

"형님 말씀대로라면 해가 떨어지는 곳이 아니라는 것인데, 그러면 어째서 이리도 지독하게 덥단 말씀이오?"

그러자 사오정이 말했어요.

"아마 계절이 제대로 운행되지 않아서, 가을인데도 여름 날씨로 가고 있기 때문인 모양이네요."

그들 셋이 티격태격 논쟁하고 있노라니, 문득 길가에 집이 한 채 보였어요. 그런데 그 집은 건물에는 붉은 기와를 덮었고, 담은 붉은 벽돌로 쌓았고, 문짝에는 붉은 기름을 바르고, 걸상에는 붉은 옻칠을 해서 온통 붉은색이었어요. 삼장법사가 말에서 내리며 말했어요.

"오공아, 저 집에 가서 좀 알아보고 오너라. 이 뜨거운 열기가 어디서 생기는 것인지 말이다."

제천대성은 여의봉을 거둬들이고 옷매무새를 단정히 하여 제법 의젓한 모습으로 느긋하게 큰길을 내려가서 곧장 대문 앞에 이르러 살펴보았어요. 그때 대문 안에서 갑자기 한 노인이 걸어 나왔는데, 그 모습은 이러했지요.

노란색도 붉은색도 아닌, 갈포로 만든 심의深衣를 입고
푸르지도 검지도 않은, 대껍질로 엮은 모자를 썼다.
굽지도 반듯하지도 않고, 마디 울퉁불퉁한 대나무 지팡이 들었고
새것도 헌것도 아닌 넓고 두툼한 통가죽 신을 신었다.
얼굴은 붉은 구리 같고
수염은 하얀 명주 같구나.
두 줄기 긴 눈썹 푸른 눈을 가리고
웅얼거리며 벌어진 입술 사이로 금이빨이 드러났다.

穿一領黃不黃紅不紅的葛布深衣
戴一頂青不青皂不皂的篾絲涼帽
手中共一根彎不彎直不直暴節竹杖
足下踏一雙新不新舊不舊搴鞡鞝鞋
面似紅銅　鬚如白練
兩道壽眉遮碧眼　一張噇口露金牙

노인은 고개를 들어 손오공을 보더니, 깜짝 놀라 대나무 지팡

이에 기댄 채 소리를 내질렀어요.

"어디서 온 이상한 놈이냐? 우리 집 문 앞에서 무얼 하는 게냐?"

손오공이 예를 올리며 말했어요.

"시주님, 무서워하지 마십시오. 저는 무슨 이상한 놈이 아니라, 동녘 땅 위대한 당나라 황제의 명을 받고 서방으로 불경을 구하러 가는 승려입니다. 사부님과 제자들까지 모두 넷이서 마침 이곳에 이르렀는데 날씨가 찌는 듯이 더운지라, 그 까닭도 모르겠고 이곳 지명도 몰라서 좀 여쭤볼까 하고 찾아왔습니다."

노인은 그제야 마음을 놓고 웃으며 말했어요.

"스님, 죄송하게 되었습니다. 이 늙은이가 잠시 눈이 흐려서 귀하신 분을 알아뵙지 못했습니다."

"과분한 말씀입니다."

"스님의 사부님은 어디 계십니까?"

"저기 남쪽 큰길에 서 계신 분이 바로 그분이십니다."

"어서 모셔 오십시오."

손오공이 기뻐하며 손짓하자, 삼장법사는 저팔계와 사오정과 함께 백마를 끌고, 봇짐을 챙겨 메고 노인에게 다가와 모두 인사를 했어요.

노인은 삼장법사의 빼어난 모습과 저팔계, 사오정의 괴상한 모습을 보고 놀라면서도 기뻐하며 그들을 안으로 청해 자리에 앉히더니, 하인들을 시켜 차를 내오게 하고 공양을 준비하게 했어요. 삼장법사가 그 말을 듣고 몸을 일으켜 감사하며 말했어요.

"노인장, 이곳은 가을인데도 어째서 이렇게 타는 듯이 덥습니까?"

"여기는 화염산火焰山이라고 부르는 곳인데, 봄도 가을도 없이, 사계절 내내 덥습니다."

"화염산이 어디 있습니까? 서쪽으로 가는 길에 장애가 될까요?"

"서쪽으로는 갈 수 없습니다. 그 산은 여기서 육십 리 거리에 있는데, 서쪽으로 가려면 반드시 거쳐야 할 길이지요. 하지만 팔백 리에 걸쳐 불길이 이는지라 산의 사방으로는 풀 한 포기 자라지 못합니다. 산을 지난다면 머리가 구리이고 몸이 무쇠라 해도 녹아버릴 것입니다."

삼장법사가 그 말을 듣고 깜짝 놀라 안색이 창백해지며 감히 다시 물어보지도 못했어요.

그때 대문 밖에서 한 소년이 붉은 수레를 밀고 와서 대문 옆에 멈추더니 소리쳤어요.

"떡 사세요!"

제천대성은 터럭 하나를 뽑아 동전으로 변하게 하고 그 소년에게 떡을 사겠다고 했어요. 소년이 동전을 받고 아무 생각 없이 수레 위의 옷으로 싼 것을 들추니 뜨끈뜨끈한 열기가 솟구쳤어요. 소년은 떡을 꺼내 손오공에게 주었어요. 손오공이 손에 받아드니 마치 불 속의 석탄처럼, 화로 안의 붉게 달궈진 못처럼 뜨거웠어요. 보세요. 그는 왼손에서 오른손으로, 오른손에서 왼손으로 번갈아 들며 중얼거렸어요.

"호, 뜨거워! 진짜 뜨겁네! 먹지도 못하겠어!"

그러자 소년이 웃으며 말했어요.

"뜨거운 게 무서우면 여길 오지 말았어야죠. 여긴 이렇게 뜨겁거든요."

"네 녀석이 뭘 모르는구나. 속담에, '차갑지도 뜨겁지도 않으면 오곡이 열매를 맺지 않는다(不冷不熱 五穀不結)'고 하지 않더냐? 이렇게 지독하게 뜨거운데 이 떡은 어디서 난 것이냐?"

"떡가루를 얻고 싶으면 쇠 부채 신선[鐵扇仙]께 경건하게 청해야 돼요."

"쇠 부채 신선이 어떻게 하는데?"

"쇠 부채 신선께는 파초선芭蕉扇이라는 부채가 있는데, 그분께 청하여 부채질을 하면 한 번에 불길이 사그라지고, 두 번에 바람이 일고, 세 번에 비가 내리지요. 그러면 우리는 그에 따라 씨를 뿌리고 수확하기 때문에, 오곡을 길러 살아갈 수 있어요. 그렇지 않으면 풀 한 포기도 자랄 수 없어요."

손오공은 그 말을 듣고 급히 안으로 들어가 삼장법사에게 떡을 건네주며 말했어요.

"사부님, 안심하세요. 너무 초조해하지 마세요. 떡을 잡숫고 나면 제가 설명해드릴게요."

삼장법사는 떡을 받아 들며 주인 노인에게 말했어요.

"영감님, 떡 좀 잡수세요."

"저희 집에서 아직 차와 공양을 올리지 못했는데, 어찌 감히 스님의 떡을 먹겠습니까?"

그러자 손오공이 웃으며 말했어요.

"노인장, 차와 공양은 주실 필요 없습니다. 그보다 여쭤볼 게 있는데, 쇠 부채 신선이 어디 삽니까?"

"그건 왜 물으십니까?"

"마침 떡 파는 애가 그러는데, 이 신선에게 파초선이라는 부채가 있다더군요. 그분께 청하면 부채질 한 번에 불길이 사그라지고, 두 번에 바람이 일고, 세 번에 비가 내린다면서요? 그래야 여기 사람들이 씨를 뿌리고 때맞춰 수확해서 오곡을 길러 살아갈 수 있다더군요. 내 그 양반을 모셔 와 부채질을 해달라고 해서 화염산을 지나가고, 또 이곳 사람들이 때맞춰 곡식을 심어 편안하게 살아갈 수 있게 해주려는 것이오."

"그러니까 드리는 말씀입니다. 스님들께는 아무 선물도 없으니 그 성현께서 오시려 하지 않으실 겁니다."

삼장법사가 물었어요.

"그분은 무슨 선물을 바라십니까?"

"이곳 사람들은 십 년에 한 번씩 인사를 갑니다. 돼지 네 마리에 양 네 마리를 잡아 안팎으로 멋지게 장식하고, 계절에 맞는 향긋한 과일, 닭과 거위 요리, 좋은 술을 준비한 후, 경건하게 목욕하고 그 신선이 계신 산으로 찾아가서 그분을 이곳으로 모셔 와 부채질을 하시게 하는 것이지요."

"그 산은 어디 있소이까? 뭐라고 부르는 곳이며, 얼마나 멀리 떨어져 있는지요? 내가 가서 부채질을 해줄 거냐고 물어보고 오겠소."

"그 산은 서남쪽에 있는데, 이름은 취운산翠雲山이라고 합니다. 산속에 신선의 동굴이 있는데, 파초동芭蕉洞이라고 하지요. 이곳 사람들이 신선의 산으로 인사하러 갔다 오려면 한 달을 걸어야 하니까, 아마 천사백오륙십 리쯤 될 겁니다."

손오공이 웃으며 말했어요.

"별것 아니네. 금방 다녀올 수 있겠어."

그러자 노인이 말했어요.

"잠깐만요. 차와 공양을 좀 드시고, 마른 식량도 좀 준비하고, 두 사람이 함께 가야 합니다. 가는 도중에 인가도 없고 사나운 짐승도 많아 하루만에 갈 수 있는 곳이 아니니, 장난으로 가서는 안 됩니다."

"필요 없소! 내 다녀오겠소!"

그가 말을 마치자마자 사라져버리자, 노인은 깜짝 놀라며 말했어요.

"나리, 알고 보니 구름과 안개를 타고 다니는 신인神人이셨군요!"

이 집에서 삼장법사를 더욱 극진히 모신 데에 대해서는 더 이상 얘기하지 않겠어요.

한편, 손오공이 순식간에 취운산에 도착하여 상서로운 구름을 멈추고 동굴 입구를 찾고 있는데, 갑자기 쩡쩡하는 소리가 들려왔어요. 바로 산의 숲속에서 나무꾼 한 사람이 나무에 도끼질을 하고 있었던 것이지요. 손오공이 즉시 그에게 다가가는데, 나무꾼이 흥얼거리는 소리가 들렸어요.

> 구름가에 옛 숲은 우거져 있는데
> 깎아지른 벼랑과 우거진 풀에 길 찾기 어렵구나.
> 서산을 바라보니 아침 비가 오고 있어
> 남쪽 계곡으로 돌아갈 때면 징검다리 잠기겠네.
>
> 雲際依依認舊林　斷崖荒草路難尋
> 西山望見朝來雨　南澗歸時渡處深

손오공은 나무꾼에게 다가가 인사를 했어요.

"형씨, 안녕하시오?"

나무꾼은 도끼를 내려놓고 답례하며 말했어요.

"스님, 어디 가시는 길입니까?"

"여쭤볼 게 있습니다. 여기가 취운산입니까?"

"맞습니다."

"쇠 부채 신선이 산다는 파초동은 어디 있습니까?"

그러자 나무꾼이 웃으며 말했어요.

"파초동이란 것이 있긴 하지만 쇠 부채 신선 따윈 없습니다. 그저 쇠 부채 공주 즉, 철선공주鐵扇公主가 있을 뿐인데, 그분은 나찰녀羅刹女라고도 부르지요."

"사람들 말이 그가 화염산의 불길을 끌 수 있는 파초선이라는 부채를 가지고 있다던데, 바로 그분입니까?"

"맞습니다, 맞아요. 이 성현께서는 그 보물을 가지고 불길을 잘 꺼서 저기 사는 사람들을 보호해주는지라, 쇠 부채 신선이라 불리는 것이지요. 이쪽 사람들에게는 그분이 필요 없는지라, 그저 나찰녀라고 부릅니다. 그분은 바로 힘센 우마왕의 아내입니다."

손오공은 그 말을 듣고 깜짝 놀라 안색이 변하며 속으로 생각했어요.

'또 원수를 만났구나. 예전에 홍해아를 항복시킬 때, 그치가 자기를 길러주었다고 했지. 전에 해양산 파아동에서 그놈의 숙부를 만났을 때에도 물을 주려 하지 않으며 복수하려 했는데, 이번에 또 그놈의 부모를 만났으니 부채를 빌려주려 하겠어?'

나무꾼은 손오공이 말없이 깊은 생각에 잠긴 채 계속 한숨을 내쉬는 것을 보고 웃으며 말했어요.

"스님, 출가하신 분께서 무슨 걱정이 있습니까? 이 오솔길은 동쪽으로 뻗어 있는데, 오륙 리 정도만 가시면 거기가 바로 파초동입니다. 걱정하지 마십시오."

"솔직히 말씀드리자면 저는 동녘 땅 당나라 황제의 명을 받고 서천으로 불경을 구하러 가는 삼장법사의 큰제자입니다. 재작년에 화운동에서 나찰녀의 아들인 홍해아와 약간의 다툼이 있었습니다. 그래서 나찰녀가 원한을 품고 주지 않을까 염려스러웠던 것입니다."

"대장부는 상황을 봐가며 적절히 대처하는 법입니다. 그냥 부채만 빌려달라고 하고 지난날의 쓸데없는 이야기는 꺼내지 않으면, 틀림없이 빌릴 수 있을 겁니다."

손오공은 그 말을 듣고 깊이 감사하며 말했어요.

"형씨, 가르침에 감사하오. 그럼 안녕히 계시오."

그는 나무꾼과 헤어져 곧장 파초동 입구에 이르렀어요. 입구에는 문짝이 단단히 닫혀 있었으나, 바깥 풍경은 무척 아름다웠어요.

산은 바위를 뼈대로 삼나니
바위는 흙의 정수라네.
안개와 노을 짙은 윤기를 머금었고
이끼는 새로운 푸름을 도와주네.
깎아지른 듯 우뚝 솟은 기세 봉래산蓬萊山을 능가하고
그윽한 꽃향기는 영주산瀛洲山에 온 듯하네.
몇 그루 아름드리 소나무엔 학이 깃들어 살고
시든 버드나무에서는 꾀꼬리가 재잘거리네.
진정 천 년 묵은 옛 유적이요
만 년을 이어온 신선의 발자취로다.
벽오동 위에선 오색 봉황이 울어대고
찰랑이는 물속엔 창룡蒼龍이 숨어 있네.
굽은 길에는 넝쿨이 드리워 있고
돌계단에는 등나무와 칡넝쿨 감아 오르네.
원숭이 울어대는 푸른 산봉우리 위에는 환한 달이 뜨고
새 지저귀는 높은 나무 위로 맑은 하늘 좋아라.
양쪽 숲 대나무 그늘은 비에 젖은 듯 시원하고
길 가득 짙은 꽃들은 수놓은 융단 필요 없게 하네.
이따금 흰 구름 먼 산봉우리에서 찾아와

정해진 모양새도 없이 바람 따라 어지러이 흐르네.

山以石爲骨　石作土之精
煙霞含宿潤　苔蘚助新青
嵯峨勢聳欺蓬島　幽靜花香若海瀛
幾樹喬松棲野鶴　數株衰柳語山鶯
誠然是千年古跡　萬載仙踪
碧梧鳴彩鳳　活木隱蒼龍
曲徑薜蘿垂掛　石梯藤葛攀籠
猿嘯翠岩忻月上　鳥啼高樹喜晴空
兩林竹蔭凉如雨　一徑花濃沒繡絨
時見白雲來遠岫　略無定體漫隨風

손오공은 문 앞으로 다가가 소리쳤어요.

"형님, 문 좀 열어요."

그러자 삐걱하는 소리와 함께 문이 열리더니 안에서 조그마한 하녀 하나가 손에는 꽃바구니를 들고 어깨에는 호미를 멘 채 걸어 나왔어요. 정말 온몸에 아무 장식도 없는 푸른 옷을 입었고, 얼굴 가득 도를 추구하는 정신이 깃들어 있었어요. 손오공은 앞으로 나아가 맞이하며 합장하고 말했어요.

"얘야, 공주님께 좀 전해주렴. 나는 불경을 가지러 가는 승려인데, 서쪽으로 가는 길에 화염산을 지나기 어려워서 파초선을 한 번 빌려 쓸까 하고 찾아왔느니라."

"어디서 온 스님이세요? 성함이 어떻게 되지요? 제가 통보해드릴게요."

"나는 동녘 땅에서 온 손오공이라고 한다."

하녀는 즉시 몸을 돌려 동굴 안으로 들어가 나찰녀 앞에 무릎을 꿇고 말했어요.

"마님, 동굴 문 밖에 동녘 땅에서 온 손오공이라는 스님이 찾아왔습니다. 마님께 파초선을 빌려 화염산을 지나는 데에 쓰려고 한다는군요."

나찰녀는 손오공이라는 소리를 듣자 불 속에 소금을 뿌린 듯, 불 위에 기름을 끼얹은 듯, 얼굴이 온통 벌겋게 변하더니 마음속의 분노를 터뜨리며 사납게 욕을 퍼부었어요.

"이놈의 원숭이! 오늘에야 왔구나!"

그리고 하녀들에게 소리쳤어요.

"얘들아, 갑옷과 무기를 가져오너라!"

그녀는 즉시 갑옷을 입고, 퍼런 날이 선 두 자루 보검을 들고, 준비를 단단히 한 채 밖으로 나왔어요. 손오공은 동굴 밖에서 재빨리 비켜서서 그녀의 차림새를 훔쳐보았어요.

꽃무늬 장식된 두건을 둘렀고
구름무늬 수놓은 비단 도포를 걸쳤다.
호랑이 힘줄로 된 허리띠를 두 겹으로 맸고
살짝 드러난 수놓은 치마는 명주실 장식을 둘렀다.
봉황새 주둥이 모양의 굽은 신은 세 치 정도나 되고
용의 수염으로 짠 무릎 바지엔 황금 침을 꽂았다.
보검 들고 화난 목소리 높게 내지르니
살벌하기가 마치 월파月婆[1] 같다.

頭裹團花手帕　身穿納錦雲袍
腰間雙束虎觔縧　微露繡裙偏綃

1 아마도 월패성月孛星을 가리키는 듯하다. 『안천회安天會』라는 곤곡(崑曲, 희곡의 일종)에 나오는 하늘의 신장神將 가운데 남자 배우가 연기하는 이런 주인공이 있는데, 잘생긴 용모에 싸움을 잘하는 것으로 설정되어 있다.

鳳嘴弓鞋三寸　龍鬚膝褲金銷
手提寶劍怒聲高　兇比月婆容貌

나찰녀는 동굴 문을 나와 큰 소리로 외쳤어요.

"손오공, 어디 있느냐?"

손오공은 앞으로 나아가 허리를 굽혀 절하며 말했어요.

"형수님, 인사 받으십시오."

나찰녀는 흥 하며 말했어요.

"누가 네 형수란 말이냐! 누가 네 절 따위를 받고 싶다더냐!"

"댁의 우마왕께서 일찍이 이 몸과 형제의 의를 맺었으니, 바로 일곱 형제지요. 지금 공주께서는 큰형님의 정실부인이시니, 어떻게 형수님이라고 부르지 않을 수 있겠습니까?"

"이 원숭이놈아, 형제의 의를 맺었다면서 어째서 내 아들을 함정에 빠뜨린 것이냐?"

손오공은 영문을 모르겠다는 듯이 물었어요.

"아드님이 누구지요?"

"호산 고송간 화운동의 성영대왕 홍해아이다. 바로 너한테 해를 당했지. 안 그래도 너에게 복수하려 했으나 찾을 수가 없었는데, 이제 네가 죽고 싶어 날 찾아왔구나. 내가 용서할 줄 알았느냐?"

손오공은 얼굴 가득 웃음을 지으며 말했어요.

"그건 형수님이 모르시는 말씀이오, 엉뚱하게 이 몸을 탓하셨구려. 아드님께선 제 사부님을 붙잡아 쪄 먹고 지져 먹으려 했는데, 다행히 관음보살께서 아드님을 거둬 가시고 제 사부님을 구출하셨지요. 지금 아드님은 보살님이 계신 곳에서 선재동자가 되어 진실로 보살님의 정과를 받아들였으니, 윤회전생도 하지 않고 소멸하지도 않으며, 더러워지거나 때를 씻을 필요도 없이 하늘과 땅과 더불어 수명을 같이하고, 해와 달과 나이를 같이 먹게 되었지요. 그러니 형수님께선 이 몸이 아드님의 목숨을 지켜준 은혜에 감사해야 마땅하거늘 오히려 이 몸을 탓하다니, 이게 무슨 도리랍니까?"

"이 주둥이만 잘 놀리는 원숭이놈아! 우리 애가 목숨을 잃지 않았다면, 어떻게 다시 내 앞에 나타날 수 있고, 언제나 한번 만나 볼 수 있다더냐?"

손오공이 웃으며 말했어요.

"형수님, 아드님을 만나시려면 어디 어려울 게 있겠습니까? 제게 부채를 빌려주셔서 불을 끄고 우리 사부님을 지나가시게 해드리면, 제가 바로 남해 관음보살께 가서 아드님을 데려와 만나게 해드리고, 부채도 돌려드리겠습니다. 안 될 게 뭐가 있겠습니까? 그때가 되면 아드님이 터럭 하나라도 다친 적이 있는지 아시게 될 겁니다. 조금이라도 다친 데가 있다면 저를 탓하시는 것도 당연합니다만, 예전보다 더 멋지고 훤칠해졌다면 제게 감사하셔야 합니다."

"못된 원숭이놈! 혀는 그만 나불거리고 대가리를 내밀어라. 내 칼로 몇 번 찍어주마! 아픔을 견뎌낸다면 부채를 빌려주겠지만, 참지 못하면 네놈을 일찌감치 염라대왕과 만나게 해주겠다!"

손오공은 두 손을 깍지 끼고 공손히 나아가 웃으며 말했어요.

"형수님, 여러 말씀 마십시오. 이 몸이 맨머리를 내밀 테니 마음대로 내리치십시오. 하지만 힘이 다 빠지면 그만두시고 반드시 부채를 빌려주셔야 합니다."

나찰녀는 다짜고짜 두 손으로 검을 휘둘러 손오공의 머리를 향해 내리쳤어요. 팅! 탱! 열 몇 번을 내리쳤지만, 손오공은 전혀 신경을 쓰지 않았어요. 나찰녀가 겁이 나서 도망치려 하자, 손오공이 말했어요.

"형수님, 어디 가십니까? 빨리 빌려주세요."

"내 보물은 본래 함부로 빌려주는 것이 아니다."

"빌려주시지 않을 거면, 이 시동생의 여의봉 맛을 보여드리겠소!"

멋진 원숭이 왕! 그는 한 손으로 나찰녀를 붙들고 다른 한 손으로 귓속에서 여의봉을 꺼내 한 번 흔들어 사발만 한 굵기로 변하게 만들었어요. 나찰녀는 손을 뿌리치고 칼을 들어 맞섰어요. 그러자 손오공도 여의봉을 휘둘러 때리려 하니, 취운산에서 벌어진 둘의 싸움은 친척의 정은 고사하고 그저 원수 사이의 싸움 같았어요. 정말 살벌했지요.

치마 두르고 비녀 꽂은 여인은 본래 수련하여 요괴가 된 몸인데
아들 위해 복수할 마음으로 못된 원숭이 미워했지.
손오공은 본래 사납고 성을 잘 냈지만
사부의 길이 막혀 여자에게 양보했지.
먼저 파초선을 빌리러 찾아왔다고 말하며
날래고 용감한 기상 드러내지 않고 부드럽게 참았지.
나찰녀는 멋모르고 검을 휘둘러 내리쳤지만
원숭이 왕은 일부러 친척 사이라고 말했지.
여자가 어찌 남자와 싸울 수 있으랴?
결국 남자의 힘이 여자보다 센 것을!
이쪽의 여의봉은 대단히 흉맹하고
저쪽의 서릿발같이 시퍼런 칼날은 무척 빈틈없구나.

얼굴 향해 쳐들어가고
머리 향해 내리치며
힘겹게 맞붙어 그만두려 하지 않는구나.
이리 피하고 저리 막으며 무예를 펼치고
앞으로 맞서고 뒤로 막으며 뛰어난 책략 부리네.
이제 막 싸움이 무르익어가는데
어느새 서쪽에서 해가 지고 있네.
나찰녀가 다급하게 신선의 부채 들고
한 번 휘두르니 귀신도 수심에 젖네!

裙釵本是修成怪　爲子懷仇恨潑猴
行者雖然生狠怒　因師路阻讓娥流
先言拜借芭蕉扇　不展驍雄耐性柔
羅刹無知輪劍砍　猴王有意說親由
女流怎與男兒鬭　到底男剛壓女流
這個金箍鐵棒多兇猛　那個霜刃青鋒甚緊綢
劈面打　照頭丟　恨苦相持不罷休
左擋右遮施武藝　前迎後架騁奇謀
却纔鬭到沉酣處　不覺西方墜日頭
羅刹忙將眞扇子　一扇揮動鬼神愁

나찰녀는 날이 저물 때까지 손오공과 대치하다가 손오공의 여의봉이 살벌하고 그의 공격 수법이 주도면밀해서 도저히 이길 수 없다는 것을 알았어요. 그녀가 곧 파초선을 꺼내 한 번 휘두르니 한바탕 음산한 바람이 일어나 손오공을 흔적도 없이 날려버렸어요. 버티고 있는 것은 생각조차 할 수 없었지요. 이렇게 나찰녀는 승리를 거두고 돌아갔지요.

삼장법사 일행은 화염산에 길이 막히고, 손오공은 나찰녀의 파초선에 날려 가다

제천대성은 정신없이 날려 가고 있었는데, 이리 내리자니 땅에 내려갈 수도 없고, 저리 떨어지자니 몸이 남아나지 않을 것 같았어요. 마치 회오리바람에 휩쓸린 낙엽이나 흐르는 물에 휩쓸린 떨어진 꽃잎 같았어요. 그렇게 밤새 날려 가다가 날이 밝아올 무렵에야 비로소 어느 산 위에 떨어져 두 손으로 뾰족하게 솟은 바위를 끌어안고 있었어요. 한참만에야 정신을 차리고 자세히 살펴보니, 그곳은 바로 소수미산小須彌山이었어요. 제천대성은 길게 탄식하며 중얼거렸어요.

"정말 무시무시한 아줌마로군! 어떻게 이 몸을 여기까지 보냈지? 예전에 여기 와서 영길보살靈吉菩薩에게 황풍괴黃風怪를 항복시키고 사부님을 구할 방법을 물어본 일이 있지. 그 황풍령은 여기서 똑바로 남쪽으로 삼천 리 남짓 떨어져 있는데, 이제 서천으로 가는 길에서 돌아왔으니 바로 동남쪽인데, 몇만 리나 되는지 모르겠군. 영길보살에게 가서 한번 물어보고 원래 길로 돌아가자."

그가 그렇게 머뭇거리고 있는데 종소리가 들렸어요. 손오공은 급히 산비탈을 내려가 곧장 선원仙院에 이르렀어요. 문 앞에 있던 도인이 손오공의 모습을 알아보고 즉시 안으로 들어가 알렸어요.

"재작년에 황풍 요괴를 항복시키러 가자고 보살님을 모시러 왔던 털북숭이 제천대성이 또 왔습니다."

영길보살은 손오공임을 알고 급히 보좌에서 내려와 맞이해 안으로 들어가 예를 올리며 말했어요.

"축하하오! 경전을 얻어 오셨구려?"

"아직 도착하지 못했습니다. 아직 멀었어요, 멀어요!"

"뇌음사에 도착하지 못하셨다면 여긴 어쩐 일로 또 오셨습니까?"

"지난번에는 후한 정을 베풀어주셔서 황풍 요괴를 항복시켰습니다만, 오는 길에 얼마나 많은 고초를 겪었는지 모릅니다. 이번에는 화염산을 지나다 나아갈 수 없어서 그곳 사람들에게 물어보니 쇠 부채 신선의 파초선으로 부치면 불길을 끌 수 있다기에 이 몸이 찾아가봤지요. 알고 보니 그 신선은 우마왕의 아내이자 홍해아의 어머니더군요. 그 여자는 제가 자기 아들을 관음보살님의 동자로 만들어 항상 볼 수 없게 만들었다며, 저를 원수처럼 미워하며 부채를 빌려주려 하지 않고 저와 싸웠습니다. 그런데 제 여의봉을 당해낼 수 없자 나를 향해 부채질을 해버리니, 하염없이 날리다가 여기까지 이르러서야 땅에 내릴 수 있었습니다. 그래서 돌아가는 길을 여쭤볼까 하고 잠시 선원에 들렀습니다. 여기서 화염산까지는 얼마나 먼지요?"

영길보살이 웃으며 말했어요.

"그 부인은 나찰녀라고 하는데, 쇠 부채 공주라고도 불리지요. 그녀의 파초선은 본래 곤륜산崑崙山 뒤에 있던 것입니다. 그것은 혼돈이 열린 이래 하늘과 땅이 만들어낸 신령한 보물로, 태음太陰의 정수가 모아진 잎사귀이기 때문에 불기운을 없앨 수 있지요. 만약 사람에게 부치면 팔만사천 리를 날려가야 음산한 바람이 그치게 됩니다. 우리 산과 화염산은 기껏 오만 리 남짓 떨어져 있는데, 제천대성께서는 구름을 타는 능력이 있기 때문에 여기에 멈추게 된 것이지요. 보통 사람이라면 멈출 수 없었을 겁니다."

"대단하군요! 대단해요! 그런데 우리 사부님은 어떻게 하면 그곳을 지날 수 있을까요?"

"안심하십시오. 이번에 오신 것도 삼장법사의 인연이 제천대성께서 공을 이루도록 맞춰져 있기 때문입니다."

"어떻게 하면 공을 이룰 수 있을까요?"

"제가 석가여래께 가르침을 받을 때 여래께서는 제게 바람을 잠재우는 정풍단定風丹이라는 단약 한 알과 비룡장飛龍杖이라는 지팡이 하나를 주셨는데, 비룡장은 이미 황풍괴를 항복시킬 때 썼습니다. 정풍단은 아직 사용해보지 않았는데, 이제 제천대성께 드리겠습니다. 틀림없이 그놈의 요괴가 당신에게 부채질을 해도 꿈쩍도 하지 않을 것입니다. 제천대성께서는 그 부채를 얻어 불을 끄면 공을 이루는 게 아니겠습니까?"

손오공은 고개를 숙여 예를 표하고 감사해 마지않았어요. 영길보살은 즉시 소맷자락에서 비단 주머니 하나를 꺼내더니 정풍단 한 알을 손오공의 옷깃 안쪽에 잘 놓고 바늘과 실로 단단히 꿰맸어요. 그리고 손오공을 대문까지 전송하며 말했어요.

"경황이 없어 더 붙들지 못하겠습니다. 서북쪽으로 가시면 바로 나찰녀가 있는 산입니다."

손오공은 영길보살과 작별하고 근두운을 몰아 순식간에 취운산으로 돌아왔어요. 그리고 여의봉으로 동굴 문을 두드리며 소리쳤어요.

"문 열어라! 문 열어! 손 어르신이 부채 좀 빌려 쓰러 오셨다!"

깜짝 놀란 문안에 있던 하녀가 다급하게 보고했어요.

"마님, 부채 빌리러 왔던 자가 또 왔어요!"

나찰녀가 그 말을 듣고 속으로 무서워하며 중얼거렸어요.

"이 못된 원숭이놈이 정말 재주도 좋구나! 내 보물 부채는 사람에게 부치면 팔만사천 리를 날아가서야 멈출 수 있는데, 어떻게 금방 날려갔다가 바로 돌아온 것이지? 이번엔 부채질을 세 번이나 해서 그놈이 돌아올 길도 찾지 못하게 해버려야겠군."

그녀는 벌떡 일어나 채비를 단단히 하고 두 손에 칼을 든 채, 문 밖으로 달려 나오며 말했어요.

"손오공! 겁도 없이 또 죽으려고 찾아왔구나!"

손오공이 웃으며 말했어요.

"형수님, 너무 인색하게 굴지 마십시오. 부채를 꼭 빌려주셔야 합니다. 우리 사부님을 보호하여 산을 지나기만 하면 돌려드리겠습니다. 저는 성실하기 그지없는 군자인지라, 빌려 간 물건을 돌려주지 않는 소인배가 아닙니다."

나찰녀가 또 욕을 퍼부었어요.

"못된 원숭이놈! 정말 싸가지가 없구나! 경우도 전혀 없고! 아들을 빼앗아간 원수도 아직 갚지 못했는데, 부채를 빌려줄 마음이 어떻게 생기겠느냐! 도망치지 마라! 이 어미의 칼을 받아라!"

제천대성은 전혀 무서워하지 않고 여의봉을 들어 맞섰어요. 그들 둘이 왔다 갔다 대여섯 합을 겨루자, 나찰녀는 손에 힘이 빠져 칼을 휘두르기 어려웠어요. 손오공은 힘도 센 대단한 적수였던 것이지요. 그녀는 형세가 여의치 않다는 것을 깨닫자 즉시 부채를 꺼내 손오공을 향해 부쳤어요. 그러나 손오공은 꿈쩍도 않고 우뚝 버티고 있었어요. 손오공은 여의봉을 거두고 히히 웃으며 말했어요.

"이번은 저번과 다를 게요. 형수님이 아무리 부채질을 해도 이 몸이 조금이라도 움직이면 사나이가 아니요!"

나찰녀는 다시 부채질을 두 번이나 했지만 손오공은 과연 꿈쩍도 하지 않았어요. 나찰녀는 당황해서 급히 보물을 거둬들이고, 몸을 돌려 동굴 안으로 도망치더니 문을 단단히 잠가버렸어요.

손오공은 그녀가 문을 잠그는 것을 보고 꾀를 부렸어요. 그는 옷깃을 뜯어 정풍단을 입에 물더니, 몸을 한 번 흔들어 모기 눈썹 사이에 붙어사는 작은 벌레로 변해 문틈으로 들어갔어요. 그러자 나찰녀의 목소리가 들렸어요.

"아이고, 목마르다! 얼른 차를 가져오너라!"

근처에서 시중들던 하녀가 즉시 향긋한 차를 한 주전자 가져와서 잔에 가득 찰찰 따르니, 차 거품이 몽글몽글 일어났어요. 손오공은 그걸 보더니 기뻐하면서, 앵 하고 날아가 차 거품 아래 숨었어요. 나찰녀는 몹시 목이 말랐던지라, 차를 받자마자 두세 모금 만에 모두 마셔버렸어요. 손오공은 배 속에 이르자 원래 모습을 드러내고, 큰 소리로 외쳤어요.

"형수님, 부채 좀 빌려주세요."

나찰녀는 깜짝 놀라 안색이 변하며 소리쳤어요.

"애들아, 앞문은 잠갔느냐?"

그러자 하인들이 모두 대답했어요.

"예, 잠갔어요."

"문을 잠갔다면 어째서 손오공이 집 안에서 소리치는 게지?"

"마님 몸에서 소리치고 있습니다."

"손오공, 어디서 얄팍한 술수를 부리고 있는 것이냐?"

"이 몸은 평생 얄팍한 술수를 부릴 줄 모릅니다. 모두가 진짜 재주요, 참된 재간이라오. 이미 형수님의 몸 안에서 놀면서 간과 폐를 보았어요. 형수님이 목이 마르신 줄 알고 제가 차 한 사발[2]을 보내 갈증을 풀어드리겠습니다."

그리고 그가 발을 한 번 구르자, 나찰녀는 위장이 아파 견딜 수가 없어서 땅바닥에 주저앉아 괴로워했어요. 손오공이 말했어요.

"형수님, 거절하지 마십시오. 제가 다시 간식을 보내 허기를 채

2 본문에는 '좌완坐碗'이라고 했는데, 이것은 원래 끓는 물이 담긴 사발을 올려놓는 받침이라는 뜻이다. 여기서는 손오공이 나찰녀를 주저앉게 만들겠다는 의미가 숨겨져 있다.

우게 해드리겠습니다."[3]

그리고 그는 다시 머리로 위를 치받았어요. 나찰녀는 가슴이 너무 아파 땅바닥을 데굴데굴 구르며, 누렇게 뜬 얼굴과 창백해진 입술로 그저 이렇게 말할 뿐이었지요.

"도련님, 살려주세요!"

손오공은 그제야 손발을 멈추며 말했어요.

"이제야 저를 도련님으로 인정하시는 겁니까? 형님을 봐서라도 목숨은 살려드릴 테니, 얼른 부채를 가져와 빌려주시오!"

"도련님, 여기 있어요! 여기요! 나와서 가져가세요!"

"부채를 꺼내는 걸 보면 나가겠습니다."

나찰녀는 즉시 하녀에게 파초선을 가져와 옆에서 들고 서 있게 했어요. 손오공은 나찰녀의 목구멍에서 그걸 보고 말했어요.

"형수님, 제가 목숨을 살려드리겠으나 허리 아래의 굴[4]로 나가지 않고, 입으로 나가겠소. 입을 세 번 벌리시오."

나찰녀가 정말 입을 벌리자, 손오공은 모기 눈썹 사이의 벌레로 변해서 밖으로 날아 나와 파초선 위에 앉았어요. 나찰녀는 그가 나온 줄 모르고 계속해서 세 번 입을 벌리며 소리쳤어요.

"도련님, 나오세요."

손오공은 원래 모습을 드러내고, 부채를 집으며 말했어요.

"여기 있잖아요? 빌려줘서 고맙습니다! 고마워요!"

그리고 느긋하게 걸어 동굴 문으로 갔어요. 하녀들은 황급히 문을 열어 그가 동굴을 나가게 해주었어요.

제천대성은 구름을 돌려 동쪽 길로 돌아왔어요. 순식간에 구름

3 간식은 중국어 표기로 '점심點心'인데, 이것을 글자 그대로 풀면 심장을 두드린다는 뜻이다. 이것은 손오공이 나찰녀의 배 속에서 발을 구른 일을 빗대어 말한 것이다.

4 자궁과 이어진 질膣을 가리킨다. 여기를 통해서 나오면 곧 손오공이 나찰녀의 아들이 되어버리는 셈이다.

을 내리고 붉은 벽돌로 쌓은 담 아래 서니, 저팔계가 그를 보고 기뻐하며 말했어요.

"사부님, 사형이 왔어요! 왔다니까요!"

삼장법사는 즉시 주인 노인 및 사오정과 함께 대문 밖으로 나와 그를 맞이하여 함께 집 안으로 들어갔어요. 손오공은 파초선을 옆에 기대놓고 말했어요.

"노인장, 이 부채요?"

"맞습니다, 맞아요!"

삼장법사가 기뻐하며 말했어요.

"착한 제자야, 너무나 큰 공을 세웠구나. 이 보물을 구하느라 얼마나 힘들었겠느냐?"

"고생이야 말할 필요 없지요. 그 쇠 부채 신선이 누군지 아세요? 알고 보니 우마왕의 아내이자 홍해아의 어머니로서, 나찰녀라고도 하고 쇠 부채 공주라고도 하더군요. 제가 부채를 빌리러 동굴 밖에 찾아갔더니, 그녀는 제게 원수를 갚겠다며 칼로 몇 차례 내리쳤어요. 그래서 제가 여의봉으로 겁을 주었더니, 부채질을 한 번 해서 저를 소수미산까지 하염없이 날려 보내버렸어요.

다행히 영길보살을 만났더니 제게 정풍단 한 알을 주고 돌아가는 길을 가르쳐주어서, 다시 취운산으로 가서 나찰녀를 만났어요. 나찰녀는 또 부채질을 해댔으나, 제가 꿈쩍도 않자 바로 동굴로 돌아가버렸어요. 그래서 이 몸이 모기 눈썹 사이의 벌레로 변해 동굴로 날아 들어갔지요. 그리고 그 자가 마침 마실 차를 찾기에, 제는 또 차 거품 아래로 들어가 그녀의 배 속에 이르러 장난을 쳤어요. 그녀는 견딜 수 없을 정도로 너무 아파 계속해서 '도련님, 살려주세요!' 하면서, 진심으로 부채를 빌려주겠다고 하더군요. 그래서 그녀를 살려주고 부채를 가져왔어요. 화염산을 지나고 나면 돌려줄 겁니다."

삼장법사는 그 말을 듣고 감사해 마지않았어요.

스승과 제자 일행은 모두 노인에게 작별 인사를 하고 계속 서쪽으로 갔어요. 사십 리 정도 가니까 찌는 듯한 열기가 점점 심해졌어요. 사오정은 발바닥이 다 익겠다고 소리치고, 저팔계는 손톱이 뜨겁다고 난리였지요. 말은 평소보다 빨리 걸었는데, 땅바닥이 뜨거워서 오래 디딜 수가 없었기 때문이지요. 이렇게 앞으로 나아가기가 무척 어려워지자, 손오공이 말했어요.

"사부님, 잠시 말에서 내리십시오. 동생들도 걷지 말게. 내가 부채질로 불을 끄고 비바람이 내리면 땅이 좀 식을 테니, 그때 산을 지나가지요."

손오공이 파초선을 들고 불 가까이 다가가서 힘껏 한 번 부치니, 산 위의 불빛이 활활 일어났어요. 다시 한 번 부치니 백배나 더 타올랐어요. 또 한 번 부치자 불길은 천 길이나 높이 치솟으며, 점점 몸을 태웠어요. 손오공은 급히 물러났으나, 양쪽 허벅지의 털은 모두 타버린 상태였어요. 그는 삼장법사 앞에 뛰어와 소리쳤어요.

"빨리 돌아갑시다, 빨리요! 불길이 다가오고 있어요! 불길이 온다고요!"

삼장법사는 말에 올라 저팔계 및 사오정과 함께 동쪽으로 이십 리 남짓 가서야 쉬면서 물었어요.

"오공아, 어떻게 된 일이냐?"

손오공이 부채를 팽개치며 말했어요.

"말도 안 돼! 엉터리야! 그것한테 속았어!"

삼장법사가 그 말을 듣고 눈썹을 찡그리고 늘어나는 마음속의 근심 때문에 건잡을 수 없이 눈물을 흘리며 그저 이렇게 말했

어요.

"어쩌면 좋단 말이냐?"

그러자 저팔계가 말했어요.

"형님, 얼른 돌아가라고 소리친 건 왜 그런 거요?"

"내가 처음 부채를 부치니까 불길이 활활 일어나더니, 두 번째 부치니까 불길이 더욱 세지고, 세 번째 부치니까 불길이 천 길이나 치솟더구나. 빨리 도망치지 않았더라면 터럭이 모두 타버릴 뻔했다."

"번개가 쳐도 다치지 않고 불에도 데지 않는다고 항상 큰소리치시더니, 지금은 어째서 또 불을 무서워하시는 게요?"

"이 멍청아, 너 완전 깡통이구나. 그때는 신경을 써서 방비했지만, 지금은 부채질로 불길을 끄려고만 했지 불을 피하는 피화결避火訣을 외우지 않았고, 또 몸을 지키는 호신법護身法을 쓰지 않아서, 양쪽 허벅지의 털이 타버린 거야."

사오정이 말했어요.

"이렇게 불길이 세다면 서쪽으로 가는 길이 없는데, 어쩌면 좋지요?"

저팔계가 말했어요.

"불이 없는 곳을 찾아서 가면 되잖아?"

삼장법사가 저팔계에게 물었어요.

"불이 없는 곳이 어디냐?"

"동쪽과 남쪽, 북쪽에는 모두 불이 없어요."

"경전은 어디 있는데?"

"그야 서쪽이지요."

"난 그저 경전이 있는 곳으로 가고 싶을 뿐이다!"

그러자 사오정이 말했어요.

"경전이 있는 곳엔 불이 있고 불이 없는 곳엔 경전이 없군요. 정말 진퇴양난입니다."

스승과 제자들이 저마다 말도 안 되는 소리를 떠들고 있는데, 누군가 길가에서 소리쳤어요.

"제천대성님, 걱정하실 필요 없습니다. 잠시 오셔서 공양이나 잡숫고 다시 상의하십시오."

넷이 고개를 돌려보니, 몸에는 바람을 막는 깃털 옷을 입고, 머리에는 반달 모양으로 굽은 모자를 쓰고, 손에는 용머리가 장식된 지팡이를 짚고, 발에는 쇠 굽을 박은 가죽신을 신은 노인 하나가 보였어요. 그 뒤에는 독수리 부리 같은 입에 물고기 볼 모양의 얼굴을 한 귀신을 거느리고 있었는데, 그 귀신의 머리 위에는 구리로 만든 동이 하나가 얹혀 있었어요. 동이 안에는 찐 떡과 죽, 조를 섞은 쌀밥이 들어 있었어요. 노인은 서쪽으로 가는 길 아래에서 허리를 굽혀 절하며 말했어요.

"저는 본래 화염산의 토지신입니다. 제천대성께서 당나라 스님을 보호하시는데 앞으로 나아가지 못하고 계시다는 걸 알고, 공양을 한 끼 바치는 것입니다."

"공양이야 먹을 수 있지만, 이 불길이 언제나 꺼져서 우리 사부님을 지나시게 해드릴 수 있겠느냐?"

"불길을 끄려면 나찰녀를 찾아가 파초선을 빌려야 합니다."

손오공은 길가에서 부채를 주워 들며 말했어요.

"이게 그 부채가 아니냐? 그런데 불길은 부채질을 할수록 더 거세지니, 무엇 때문이냐?"

토지신은 그걸 보더니 웃으며 말했어요.

"이 부채는 진짜가 아닙니다. 속으셨군요."

"진짜를 얻으려면 어떻게 해야 하느냐?"

그 토지신은 다시 허리를 숙이고, 미소를 머금은 채 말했어요.

그대가 진짜 파초선을 빌리려면
대력왕을 찾아가셔야 한답니다.

若還要借眞蕉扇　須是尋求大力王

결국 대력천왕과는 무슨 인연이 있는지는 알 수 없으니, 이에 대해서는 다음 회를 들어보시라.

제60회
손오공, 우마왕으로 변장해 파초선을 얻다

토지신이 손오공에게 말해줬어요.

"대력왕은 바로 우마왕입니다."

"이 산의 불은 본래 우마왕이 놓은 것이었군. 그래놓고 화염산이라고 그럴듯하게 이름을 붙인 것인가?"

"아닙니다. 아니에요. 제천대성께서 제 죄를 용서해주신다면 솔직히 말씀드리겠습니다."

"네가 무슨 죄를 지었느냐? 괜찮으니까 솔직히 말해보아라."

"이 불은 원래 제천대성께서 놓은 것입니다."

손오공은 버럭 화를 냈어요.

"내가 언제 그랬다는 거냐? 네가 헛소리를 하는구나! 내가 방화범이란 말이냐?"

"제천대성께서도 저를 알아보지 못하시는군요. 원래 이곳에는 이런 산이 없었습니다. 그런데 제천대성께서 오백 년 전 하늘궁전에서 소란을 피우다가 현성이랑신에게 붙들려 태상노군한테 압송되었지요. 그때 제천대성을 팔괘로 속에 넣고 불을 지핀 후에 솥뚜껑을 열었는데 제천대성께서 팔괘로를 밟아 넘어뜨려 벽

돌 몇 장이 떨어졌습니다. 그 벽돌 안쪽은 아직 불기운이 남아 있었는데, 이곳에 떨어져서 화염산이 된 겁니다. 저는 본래 도솔궁에서 팔괘로를 지키던 불목하니였습니다. 태상노군께서는 제가 팔괘로를 잘 지키지 못했다고 꾸짖으시면서 이곳으로 내려보내 화염산의 토지신으로 삼으셨습니다."

저팔계가 이 말을 듣더니 원망하며 말했어요.

"어쩐지 차림새가 좀 그렇다 했더니만 알고 보니 도사가 변한 토지신이었구만."

손오공은 반신반의하면서 물었어요.

"그런데 방금 전에 대력왕을 찾아가라고 한 건 무슨 까닭이냐?"

"대력왕은 나찰녀의 남편인데, 근자에 나찰녀를 버린 이후 지금은 적뇌산積雷山 마운동摩雲洞에 살고 있습니다. 원래 그 동굴에는 만세호왕萬歲狐王이 살고 있었는데, 그는 옥면공주玉面公主라는 딸 하나를 남기고 죽었습니다. 그 공주는 백만장자였는데 그것을 관리할 사람이 없었지요. 이 년 전에 우마왕의 신통력이 대단하다는 것을 알고 재산을 혼수품으로 삼아 데릴사위 남편으로 삼았습니다. 그 우마왕은 나찰녀를 버리고 오랫동안 돌보지 않았습니다.

만약에 제천대성께서 우마왕을 찾아가 여기에 한 번 와달라고 사정한다면 진짜 부채를 빌릴 수 있을 겁니다. 그렇게 되면 첫째 불을 끄고 사부님을 보호하여 앞으로 나아갈 수 있고, 둘째 불로 인한 근심을 영원히 없애버려 이곳의 살아 있는 생명들을 보호할 수 있으며, 셋째 제가 용서받아 하늘로 돌아가 태상노군께 임무를 다했다고 보고할 수 있게 됩니다."

"적뢰산은 어디에 있느냐? 그곳까지는 거리가 얼마나 되느냐?"

"정 남쪽에 있고 이곳에서 그곳까지는 삼천 리 남짓 됩니다."

손오공은 이 말을 듣고 즉시 저팔계와 사오정에게 사부님을 보호하라고 분부하고 토지신도 돌아가지 말고 함께 있도록 했어요. 그리고 바로 휙 하는 소리와 함께 사라졌어요. 반 시간도 안 되었는데 하늘에 닿을 듯한 높은 산이 보였어요. 구름을 내려 산봉우리 위에 서서 보니 정말 멋진 산이었지요.

높기는
산꼭대기 하늘에 닿아 있고
크기는
산 뿌리가 황천까지 뻗어 있네.
산 앞쪽은 햇볕이 따스한데
봉우리 뒤쪽은 바람이 차갑구나.
산 앞쪽은 햇볕 따스하여
초목도 엄동설한을 모르고,
봉우리 뒤쪽은 바람 차가우니
한여름에도 얼음과 서리가 녹지 않네.
용이 사는 못은 계곡과 이어져 물이 멀리까지 흘러가고
호랑이 굴은 벼랑에 의지하여 꽃이 일찍 피네.
물이 천 갈래로 흐르니 옥구슬이 날아가는 듯하고
꽃이 일제히 피니 비단을 펼친 듯하네.
구불구불한 언덕에는 구불구불한 나무가 서 있고
삐죽삐죽 돌 주변에는 삐죽삐죽 갈라진 소나무가 있구나.
정말 높은 산
험준한 봉우리
깎아지른 절벽
깊은 계곡이구나.

향기로운 꽃
아름다운 열매
붉은 등나무
자줏빛 대나무
푸른 소나무
비췻빛 버드나무들은
사시사철 모습 변치 않고
천년만년 그 빛깔 용처럼 변치 않네.

高不高　頂摩碧漢
大不大　根扎黃泉
山前日暖　嶺後風寒
山前日暖　有三冬草木無知
嶺後風寒　見九夏冰霜不化
龍潭接澗水長流　虎穴依崖花放早
水流千派似飛瓊　花放一心如布錦
灣環嶺上灣環樹　扢叉石外扢叉松
眞個是高的山　峻的嶺
陡的崖　深的澗
香的花　美的果
紅的藤　紫的竹
青的松　翠的柳
八節四時顏不改　千年萬古色如龍

제천대성은 한참 동안 바라보다가 높은 봉우리를 내려와 깊은 산속으로 들어가 길을 찾았어요. 아직 동태를 파악하지 못하고 있는데, 문득 소나무 그늘 아래에 한 여자가 있는 것이 보였어요.

그녀는 손에 향기로운 난초를 꺾어 들고 사뿐사뿐 걸어오고 있었지요. 제천대성이 바위 옆으로 몸을 숨기며 눈을 똑바로 뜨고 보니, 그 여자는 이런 모습이었어요.

나라를 망칠 만한 아리따운 미인이
천천히 발걸음을 옮기고 있네.
외모는 왕소군王昭君 같고,
얼굴은 초나라 여인[1]처럼 아름답구나.
꽃이 말을 알아듣는 듯[2]
옥이 향기를 토해내는 듯.
높이 쪽진 머리는 까마귀가 누워 있는 듯하고
두 눈은 푸른 가을 물이 담겨 있는 듯하구나.
담황색 치마 밑으로 전족한 발의 작은 가죽신 살짝 보이고
비췻빛 소매 밑으로 분칠한 듯 희고 긴 팔목 살짝 보이는구나.
굳이 운우지정 나눈 선녀의 모습 얘기할 필요 있으랴!
정말 붉은 입술, 하얀 이로구나.
금강錦江같이 윤기 있는 피부에 초승달 같은 수려한 눈썹은

1 초나라 여인은 미인을 가리키는 상투적인 표현이다.

2 왕유인王裕仁의 『개원천보유사開元天寶遺事』에 이러한 내용이 기록되어 있다. 당唐나라 현종玄宗 때 태액지太液池라는 연못에 수천 송이 흰 연꽃이 활짝 핀 적이 있었다. 현종은 귀빈들과 함께 꽃을 감상하다가 양귀비를 가리키며 주위 사람들에게 "말을 알아듣는 이 꽃과 나의 아름다움을 다툴 만하구나."라고 말했다. 이 이후로 '말을 알아듣는 꽃'이라는 뜻의 '해어화解語花'는 미인을 비유하는 말이 되었다.

탁문군卓文君[3]이나 설도薛濤[4]보다 아름답구나.

嬌嬌傾國色　緩緩步移蓮
貌若王嬙　顏如楚女
如花解語　似玉生香
高髻堆青軃碧鴉　雙睛蘸綠橫秋水
緗裙半露弓鞋小　翠袖微舒粉腕長
說甚麼暮雨朝雲　眞個是朱唇皓齒
錦江滑膩蛾眉秀　賽過文君與薛濤

여자는 점점 더 바위 가까이 다가왔어요. 제천대성은 허리를 숙여 예를 올리고 천천히 말했어요.

"보살님, 어디 가십니까?"

여자는 손오공을 미처 보지 못한 채 묻는 소리만 듣고 고개를 들었다가, 문득 제천대성의 외모가 험상궂은 걸 보고 깜짝 놀랐어요. 그녀는 물러나고 싶었으나 물러나지도 못하고 앞으로 가고 싶었으나 갈 수도 없어서, 어쩔 수 없이 벌벌 떨며 가까스로 대답했어요.

"당신은 어디서 오신 누구인가요? 감히 이곳에서 누굴 찾지요?"

제천대성이 속으로 생각해봤어요.

'내가 만약 경전을 가지러 가기 위해 파초선을 구하러 간다는

3 탁문군卓文君은 서한西漢 때 임공臨邛(지금의 쓰촨성四川省 공래현邛崍縣) 사람이다. 거문고 연주에 뛰어났는데 남편이 죽은 후 사마상여司馬相如를 사랑하여 몰래 도망가 결혼하였다. 그의 이야기는 민간에 널리 전해져 소설이나 희곡에서도 자주 등장한다.

4 설도薛濤는 당唐나라 때 여류 시인으로 자는 홍도洪度였으며 섬서성陝西省 장안長安 사람이었다. 어려서 부친을 따라 촉蜀 땅으로 들어가 후에 악기樂妓가 되었다. 완화계浣花溪에 살면서 진홍색 편지지를 만들어 시를 적었는데 사람들을 그것을 설도전薛濤箋이라고 불렀다. 현존하는 시도 다른 사람에 준 작품이 많은 편이며 정조가 감상적이다. 명明나라 사람이 편집한 『설도시薛濤詩』와 근래에 들어와 장봉주張蓬舟가 편찬한 『설도시전薛濤詩箋』이 있다.

얘기를 꺼냈는데 혹시 이 여자가 우마왕과 친분이 있다면 곤란하겠지? 거짓말로 친척이라고 핑계를 대어 우마왕을 초청하러 왔다고만 해야겠군.'

여자는 그가 대답하지 않자 얼굴색이 변하면서 화난 목소리로 소리를 질렀어요.

"너는 누구냐? 감히 나한테 와서 묻다니!"

제천대성은 허리를 숙이고 웃음을 지으며 대답했어요.

"나는 취운산에서 왔는데 이곳은 초행길이라 길을 모릅니다. 보살님, 이곳이 적뢰산입니까?"

"그래요."

"마운동은 어디 있습니까?"

"그 동굴을 왜 찾아요?"

"취운산 파초동 철선공주가 우마왕을 청해 오라고 보내서 왔습니다."

그 여자는 철선공주가 우마왕을 초청한다는 말을 듣자 몹시 화가 나 귀뿌리까지 온통 붉어져 욕설을 퍼부었어요.

"그 못된 년이 정말로 창피한 줄 모르는구나! 우마왕이 우리 집에 온 지 이 년도 안 됐는데 그동안 그년한테 얼마나 많은 진주, 비취, 금은, 능라 비단을 보내줬는지 몰라. 해마다 땔감을 대주고 달마다 쌀을 보내주면서 마음껏 쓰도록 해주고 있는데, 그러고서도 부끄러운 줄 모르고 또 그이를 데려가려고 하다니!"

제천대성은 그 말을 듣자 그 여자가 옥면공주라는 것을 알고 일부러 여의봉을 꺼내어 크게 고함을 쳤어요.

"이 못된 년! 재물로 우마왕을 매수하다니, 정말 돈으로 남편을 얻은 년이구나. 네년이 그러고서도 부끄러운 줄 모르고 오히려 누구를 욕하는 거냐?"

여자는 손오공이 이렇게 나오자 깜짝 놀라 혼비백산했어요. 전족을 해서 걸음도 제대로 못 걷는 발을 비틀비틀 움직여 덜덜 떨면서 뒤돌아 달아났어요. 제천대성은 고래고래 고함치며 뒤쫓아 갔지요. 소나무 숲을 뚫고 지나가니 그곳이 바로 마운동 입구였어요. 여자는 동굴 안으로 뛰어들어 가더니 덜커덩 하고 문을 닫았어요. 제천대성이 그제야 여의봉을 거두고 발걸음을 멈추어 바라보니, 정말 멋진 곳이었어요.

숲이 빽빽하게 우거져 있고
깎아지른 절벽 험준하네.
쑥 그늘 무성하고
향초 냄새 가득하네.
옥을 짤랑이듯 맑은 소리 내며 흐르는 샘물 대숲 가로지르고
기묘한 돌들 멋을 알아 떨어진 꽃잎 두르고 있네.
안개와 노을 먼 산봉우리 감싸고 있고
해와 달은 구름 병풍을 비추고 있네.
용과 호랑이가 울부짖고
학과 꾀꼬리 울어대네.
맑고 그윽한 풍경 정말 사랑스럽고
기화요초의 경치 언제나 청명하구나.
천태산天台山의 신선 동굴에도 뒤지지 않고
바다 위의 봉래산, 영주산에 비길 만하구나.

樹林森密　崖削崚嶒
薜蘿陰冉冉　蘭蕙味馨馨
流泉漱玉穿修竹　巧石知機帶落英
烟霞籠遠岫　日月照雲屏

龍吟虎嘯　鶴唳鶯鳴
一片清幽眞可愛　琪花瑤草景常明
不亞天台仙洞　勝如海上蓬瀛

손오공이 그곳에서 경치를 구경하고 있었던 것은 그만 얘기하지요.

한편 그 여자는 뛰느라고 얼굴에 땀이 줄줄 흘러내렸고, 심장이 놀라서 두근두근 뛰었어요. 그녀는 곧장 서재 안으로 들어갔어요. 우마왕은 그곳에서 조용히 연단술煉丹術에 관한 책에 읽고 있었어요. 여자는 토라져서 우마왕의 품속에 쓰러지더니, 귀와 볼을 쥐어뜯으며 대성통곡을 했어요. 우마왕은 얼굴 가득 웃음을 지으며 말했어요.

"이쁜이, 화내지 마. 무슨 할 말이 있는 거야?"

여자는 야단법석을 떨면서 욕을 했어요.

"못된 마왕, 나를 죽이려 하다니!"

우마왕이 웃으며 물었어요.

"무슨 일로 나를 원망하는 거지?"

"제가 의지할 부모가 없어 몸을 보호하고 목숨을 지켜달라고 당신을 데릴사위로 들인 거예요. 강호에서는 당신을 호걸이라고 하던데, 이제 보니 마누라를 두려워하는 졸장부에 지나지 않았군요!"

우마왕은 이 말을 듣더니 여자를 끌어안으며 말했어요.

"이쁜이, 내가 잘못한 게 있으면 차근차근 말해보시오. 그래야 내가 사과를 하지."

"제가 방금 동굴 밖에서 꽃그늘 아래를 한가로이 거닐며 난초를 꺾고 있었어요. 그런데 갑자기 털북숭이 얼굴에 벼락신의 주둥이를 가진 중이 갑자기 앞으로 오더니 인사를 하는 것이었어요. 저는 깜짝 놀라 멍하니 있다가 정신을 차리고 누구냐고 물었지요. 그는 철선공주의 부탁을 받고 우마왕을 모시러 왔다고 하더군요. 제가 한두 마디 하자 그는 도리어 저한테 한바탕 욕설을 퍼부으며 몽둥이를 들고 때리려고 쫓아왔어요. 재빨리 달아나지 않았다면 그놈한테 맞아 죽을 뻔했다고요. 그러니 이게 당신을 불러온 게 재앙이 된 게 아니고 뭐예요? 내가 못살아!"

우마왕은 그 말을 듣더니 그녀에게 정색을 하고 사과했어요. 우마왕이 한참 동안 부드러운 말로 달래고 구슬리자 여자는 비로소 화를 풀었어요. 그러자 이번에는 우마왕이 화를 내며 말했어요.

"임자, 내 솔직히 얘기하지. 파초동이 비록 외진 곳이기는 하지만 조용하고 편안한 곳이요. 그 산에 사는 내 아내는 어려서부터 수행에 뜻을 두어 도를 깨달은 신선이요. 가문이 엄격하여 그 안에는 삼척동자는 그만두고 일척동자도 없는데, 어떻게 벼락신의 주둥이를 가진 남자를 심부름꾼으로 보낼 수 있겠소? 아마 어디서 온 요괴놈이 거짓으로 이름을 대고 이곳으로 나를 찾으러 온 모양이오. 내, 나가보지."

우마왕은 걸음을 옮겨 서재를 나와 대청에 올라 갑옷을 가져다 입었어요. 그리고 혼철곤混鐵棍을 들고 문밖으로 나가 크게 소리쳤어요.

"어떤 놈이 이곳에서 무례하게 구는 것이냐?"

손오공이 옆에 있다가 그의 모습을 보니, 오백 년 전과는 전혀 달랐어요.

잘 닦아서 은빛으로 반짝이는 강철 투구를 썼고
수놓은 비단에 융모를 댄 황금 갑옷을 입었고
끝은 말려 있고 바닥은 흰 노루 가죽 신을 신었고
세 가닥으로 꼰 실에 사자 모양 매듭 있는 허리띠 묶었네.
두 눈은 밝은 거울같이 빛나고
두 눈썹은 붉은 무지개처럼 아름답구나.
입은 시뻘건 대야 같고
이빨은 구리판처럼 나 있구나.
울부짖는 소리 진동하니 산신도 두려워하고
위풍 있는 행동거지 악귀도 놀라는구나.
사해에서는 혼세混世라는 이름으로 알려져 있고
서방에서는 대력마왕大力魔王이라 부른다네.

頭上戴一頂水磨銀亮熟鐵盔　身上貫一副絨穿錦繡黃金甲
足下踏一雙捲尖粉底麂皮靴　腰間束一條攢絲三股獅蠻帶
一雙眼光如明鏡　兩道眉豔似紅霓
口若血盆　齒排銅板
吼聲響震山神怕　行動威風惡鬼慌
四海有名稱混世　西方大力號魔王

제천대성은 옷을 단정히 하고 앞으로 가서 깊이 고개 숙여 인사했어요.

"큰형님, 아우를 알아보시겠습니까?"

우마왕이 답례하며 말했어요.

"자네는 제천대성 손오공 아닌가?"

"맞습니다. 접니다. 오래전에 헤어진 후 줄곧 인사를 못 드렸습니다. 마침 이곳에 왔는데 어떤 여자에게 물어보고서야 형님을 만나볼 수가 있었습니다. 풍채가 정말로 멋지십니다. 축하합니다."

"입에 발린 소리는 그만둬라. 듣자 하니 너는 하늘궁전에서 소란을 피웠다가 석가여래에게 제압을 당해 오행산 아래에 깔려 있었다지? 근래에 하늘의 재앙에서 벗어나 당나라 중을 보호하고 서천으로 가 부처를 뵙고 경전을 구하려 한다고 들었다. 그런데 어째서 호산 고송간 화운동에서 내 어린 자식인 우성영牛聖嬰을 해쳤느냐? 내 그렇잖아도 너를 못마땅하게 생각하고 있었는데, 무슨 일로 또 나를 찾아온 것이냐?"

제천대성이 예를 올리며 대답했어요.

"큰형님, 아우를 오해하지 마십시오. 그 당시에 아드님이 저희 사부님을 붙잡아 그 고기를 먹으려고 하였습니다. 하지만 이 아우는 그에게 접근할 수가 없었지요. 다행히 관음보살께서 우리 사부님을 구해주시고 그를 타일러 불교에 귀의토록 한 겁니다. 지금 아드님은 선재동자가 되어 형님보다도 높으며 극락과 영원한 수명을 누리고 있는데, 뭐 나쁠 게 있다고 도리어 저를 원망하십니까?"

우마왕이 욕을 하며 말했어요.

"원숭이놈, 주둥이를 잘도 놀리는구나. 내 아들을 해친 상황은 네가 말한 대로이다. 그건 그렇고, 방금 네가 내 애첩을 모욕하면서 우리 집을 찾아온 것은 무엇 때문이냐?"

제천대성이 웃으며 대답했어요.

"큰형님을 만나보려고 하는데 찾을 수가 없어서 둘째 형수님인 줄은 알지도 못하고 그 여자한테 물어보았습니다. 그런데 그 여자가 저한테 욕을 몇 마디 하기에 일순간 제가 거칠게 구는 바람에 형수님을 놀라게 했습니다. 부디 너그러이 용서해주십시오."

"그렇게 된 것이라면 내 옛정을 보아서 너를 용서하마."

"너그러운 은혜를 베풀어주셔서 감사하기 그지없습니다. 그런데 한 가지 번거로운 부탁이 있는데, 좀 도와주십시오."

우마왕은 욕을 했어요.

"이 원숭이놈, 눈치가 없구나! 용서해주었는데도 돌아가지는 않고 도리어 나한테 귀찮게 달라붙어 뭘 도와달라고?"

"형님, 솔직히 말씀드리지요. 제가 삼장법사를 보호하여 서쪽으로 가다가 화염산이 길을 가로막아 앞으로 나아가지 못하고 있습니다. 그 지방 사람들에게 물어서 나찰녀 형수님이 파초선이라는 부채를 가지고 있다는 것을 알고 좀 빌려 쓰려고 했습니다. 어제 옛날 형님 집을 찾아가 형수님을 만났는데, 형수님이 빌려주지 않겠다고 고집을 부리시기에 특별히 형님께 부탁드리는 겁니다. 형님께서 천지와 같은 큰마음을 여시어 저와 함께 큰형수님 있는 곳으로 가서 부디 부채를 빌려 불을 끌 수 있게 해주십시오. 삼장법사가 무사히 산을 넘고 나면 즉시 부채를 원래 그대로 돌려드리겠습니다."

우마왕은 이 말을 듣고 속에서 불이 일어나 어금니를 깨물며 욕설을 퍼부었어요.

"네가 점잖게 얘기한다 했더니만 부채를 빌리려는 까닭이었구나. 분명 먼저 산에 있는 내 아내를 모욕하고, 그 사람이 빌려주려고 하지 않자 나를 찾아왔고, 또다시 내 애첩을 쫓아온 것이었구나. '친구의 부인을 모욕해서는 안 되고 친구의 첩을 죽여서는 안 된다(朋友妻 不可欺 朋友妾 不可滅)'라는 속담도 있다. 그런데 너는 내 아내를 모욕했고 내 첩을 죽이려 했으니 얼마나 무례하냐! 이리 와서 내 혼철곤 맛이나 봐라."

"형님이 나를 때리겠다고 해도 두렵지 않소. 하지만 보물을 빌리려는 것은 내 진심이니 부디 제가 좀 쓰도록 빌려주시오."

"네가 만약 내 공격을 세 합 막아낸다면 내 아내한테 부채를 빌려주라고 하겠다. 하지만 막아내지 못한다면 너를 때려죽여 내 분을 풀겠다."

"형님, 말씀 한번 잘하셨소. 이 아우가 게을러서 줄곧 형님을 찾아뵙지 못했는데, 그간 무예는 예전에 비해서 어떤지 모르겠소. 우리 형제끼리 무예를 한번 겨뤄봅시다."

우마왕이 다짜고짜 혼철곤을 들고 정면으로 내리치니, 제천대성도 여의봉을 잡고 맞서 싸웠어요. 둘의 싸움은 정말 대단했어요.

여의봉과
혼철봉은
안면을 바꾸어 친구로 여기지도 않는구나.
저쪽이 말하길,
"이 원숭이놈, 네가 자식을 망쳐놓은 것을 원망하고 있었다."
이쪽에서 대답하길,
"당신 아드님은 이미 도를 깨달았으니 원망하지 마시오."
저쪽이 말하길,
"이 속도 없는 놈, 무슨 일로 감히 우리 집을 찾아왔느냐?"
이쪽에서 대답하길,
"제가 까닭이 있어 특별히 만나뵈러 왔소이다."
한쪽은 부채를 빌려 삼장법사를 보호하려 하고
한쪽은 지독히 인색하여 파초선을 빌려주려 하지 않는구나.
말이 오가는 사이 옛정은 잊어버리고

모두가 의리는 없이 화만 내는구나.
우마왕이 혼철곤을 드니 교룡에 견줄 만하고
제천대성 여의봉으로 대적하니 귀신도 숨어버리는구나.
처음에는 산 앞에서 싸우다가
나중에는 일제히 구름을 타고 싸우는구나.
하늘에서 신통력을 드러내고
오색 광채 속에서 신묘한 재간 펼치는구나.
두 자루 몽둥이 부딪치는 소리 하늘궁전의 문을 진동시키는데
엇비슷한 실력이라 승부를 가릴 수 없구나.

金箍棒　混鐵棍　變臉不以朋友論
那個說　正怪你這猢猻害子情
這個說　你令郎已得道休嗔恨
那個說　你無知怎敢上我門
這個說　我有因特地來相問
一個要求扇子保唐僧　一個不借芭蕉忒鄙吝
語去言來失舊情　擧家無義皆生忿
牛王棍起賽蛟龍　大聖棒迎神鬼遁
初時爭鬪在山前　後來齊駕祥雲進
半空之内顯神通　五彩光中施妙運
兩條棍響震天關　不見輸贏皆傍寸

제천대성과 우마왕은 백여 합을 겨루었지만 승부를 가릴 수 없었어요. 한참 맞붙어 싸우고 있는데 산봉우리 위에서 우마왕을 부르는 소리가 들렸어요.

“우마왕 나리, 우리 대왕께서 거듭 절을 올리며 빨리 연회에 왕

림해주시라고 청하십니다."

우마왕은 이 말을 듣더니 혼철곤으로 여의봉을 막으며 말했어요.

"원숭이놈아, 잠깐 멈춰라. 나는 친구네 집 잔치에 갔다 와야겠다."

우마왕은 그렇게 말하더니 구름을 내려 곧장 동굴로 들어가 옥면공주에게 말했어요.

"이쁜이, 벼락신의 주둥이를 가진 저자는 손오공이라는 원숭이라오. 내 혼철봉을 맞고 달아났으니 감히 다시는 오지 않을 거요. 마음 푹 놓고 놀고 계시오. 나는 친구네 집에 술 먹으러 가봐야겠소."

우마왕은 투구와 갑옷을 벗고 검붉은 색깔의 솜털 저고리를 입고 문을 나서 피수금정수辟水金睛獸에 올라탔어요. 그리고 졸개들에게 문과 뜰을 잘 지키도록 하고, 구름과 안개를 타고 곧장 서북쪽 방향으로 갔어요. 제천대성이 높은 봉우리 위에서 이 광경을 지켜보면서 생각했어요.

'이 우가놈이 어떤 친구를 사귀어 어디로 연회에 참석하려는 것인지 모르겠군. 이 어르신이 한번 따라 가봐야겠다.'

멋진 손오공! 그는 몸을 한번 흔들어 맑은 바람으로 변해 뒤쫓아갔어요. 얼마 가지 않아 어느 산속에 도착했는데, 우마왕이 소리도 없이 사라져버렸어요. 제천대성은 원래 몸으로 돌아와 산으로 들어가 찾아봤어요. 산속에는 맑은 물이 고여 있는 깊은 호수가 하나 있었어요. 호숫가에 돌 비석이 하나 세워져 있는데 그 비석 위에 "난석산亂石山 벽파담碧波潭"이라는 글자가 새겨져 있었지요. 제천대성은 생각해봤어요.

'우가놈은 물속으로 들어간 게 틀림없어. 물속 정령이라면 교

손오공은 우마왕이 잔치에 간 틈에 우마왕으로 변신해서 나찰녀를 속이다

룡이나 물고기 정령 아니면 거북이, 자라, 악어 정령이겠군. 이 몸도 물속으로 들어가 보자.'

대단한 제천대성! 그가 손가락을 구부려 결을 맺고 주문을 외며 몸을 한 번 흔들자 크지도 작지도 않은 서른여섯 근 정도의 게로 변했어요. 풍덩 물속으로 뛰어들어 곧장 호수 바닥으로 잠수했어요. 문득 영롱하고 투명한 패루牌樓가 나타났어요. 패루 아래에는 피수금정수가 매여 있었지요. 패루 안으로 들어가니 그곳에는 물이 없었어요. 제천대성이 기어 들어가 자세히 살펴보니, 저쪽에서 음악 소리가 흘러나왔어요.

붉은 용왕의 궁궐은
바깥세상과 다르지 않구나.
황금으로 집의 기와를 만들었고
백옥으로 지도리를 만들었네.
대모 거북 병풍이 펼쳐져 있고
산호 구슬 난간이 걸쳐져 있구나.
찬란한 연회 자리에 서려 있는 상서로운 구름과 안개는
위로 해와 달, 별에까지 아래로 번화한 거리까지 이어져 있네.
하늘궁전이나 큰 바다는 아니지만
정말 이곳은 봉호산[5]에 견줄 만하구나.
높은 대청에 연회를 마련해놓고 주인과 손님이 줄지어 앉아 있고
높고 낮은 관원들 옥 달린 관모를 썼구나.

5 봉호산은 봉래산蓬萊山을 말한다. 신선이 살고 있는 삼신산三神山 가운데 하나로 그 섬의 모양이 모두 병과 비슷한 데서 삼신산을 삼호三壺라고도 부른다.

급히 미녀를 불러 상아 쟁반 받쳐 들게 하고
선녀를 재촉하여 음악을 연주토록 하네.
큰 고래 노래하고
큰 게는 춤추고
자라는 생황 불고
악어는 북 치고
흑룡의 아래턱에서 나온 진귀한 진주는 그릇들을 비추고 있네.[6]
비취 병풍에는 전서체 글씨가 쓰여 있고
복도에는 새우 수염으로 만든 발이 걸려 있네.
온갖 종류의 악기들 아름다운 신선의 음악 차례로 연주하니
그 선율 하늘까지 울려 퍼지네.
검은 머리 농어 기생 옥으로 장식한 거문고 연주하고
붉은 눈의 해마는 옥퉁소를 부네.
쏘가리 노파는 노루 포를 머리로 이고 와 바치고
용녀는 머리에 황금 봉황의 꼬리털을 꽂고 있네.
먹는 것은 모두 하늘 주방[7]에서 만든 온갖 진귀한 음식들이고
마시는 것은 신선 세계의 음료수와 잘 익은 술이로구나.

朱宮貝闕　與世不殊

6 『장자莊子·열어구列御寇』에는 이런 기록이 있다. "천금의 진주는 반드시 깊고 깊은 연못 속 흑룡의 턱 아래에 있다(千金之珠 必在九重之淵而驪龍頷下)." 따라서 원문의 '려함지주驪頷之珠'는 흑룡의 턱 아래서 나온 전설상의 진주를 가리킨다.

7 여기서 하늘 주방이라고 번역한 '천주天廚'는 원래 별 이름이다. 『성경星經』 상上에 이런 기록이 있다. "천주육성天廚六星은 자미궁紫微宮 동북쪽 귀퉁이, 전사성傳舍星 북쪽 백관들의 주방 근처에 위치하고 있는데, 지금의 광록시光祿寺의 주방도 그것을 모방하였다." 이런 까닭으로 고대 중국에서는 맛있는 음식을 보고 천주天廚에서 나온 것이라고 칭찬하였다. 앞에 언급한 자미궁紫微宮에서 자미는 북두성 북쪽에 위치하고 있는 성좌로 천제天帝가 거처하는 곳으로 알려져 있다. 그래서 자미궁이라고 하면 보통 천자의 대궐을 뜻하기도 한다.

黃金爲屋瓦　白玉作門樞
屏開玳瑁甲　檻砌珊瑚珠
祥雲瑞靄輝蓮座　上接三光下八衢
非是天宮并海藏　果然此處賽蓬壺
高堂設宴羅賓主　大小官員冠冕珠
忙呼玉女捧牙槃　催喚仙娥調律呂
長鯨鳴　巨蟹舞
鱉吹笙　鼉擊鼓　驪頷之珠照樽俎
鳥篆之文列翠屏　蝦鬚之簾掛廊廡
八音迭奏雜仙韶　宮商響徹遏雲霄
青頭鱸妓撫瑤瑟　紅眼馬郎品玉簫
鱖婆頂獻香獐脯　龍女頭簪金鳳翹
吃的是天廚八寶珍羞味　飲的是紫府瓊漿熟醞醪

위쪽에는 우마왕이 앉았고 좌우에는 서너 명의 교룡 정령이 있었어요. 또 앞쪽에는 용왕 정령이 앉아 있고 그 양편으로는 용왕의 아들과 손자들, 용왕의 부인과 딸들이 앉아 있었어요. 그들이 한창 술잔을 주고받고 있을 때 제천대성이 기어올라 가다가 용왕한테 들켜버렸어요. 용왕이 즉시 명령을 내렸어요.

"저 버르장머리 없는 게를 잡아 와라."

용왕의 아들과 손자들은 우르르 달려들어 제천대성을 붙잡았어요. 제천대성은 얼른 사람 소리를 내어 이렇게 말했어요.

"살려주세요. 살려주세요."

용왕이 물었어요.

"너는 어디서 온 버르장머리 없는 게더냐? 어째서 감히 대청으로 기어올라 와 귀한 손님들 앞에서 멋대로 옆으로 기어 다니는 거냐? 빨리 자백하면 죽이지는 않으마."

멋진 제천대성! 그는 거짓말을 지어내어 그들에게 대답했어요.

저는 호수에서 태어나 생활하며
벼랑 근처에 굴을 파고 임시로 살고 있습니다.
아마도 오래 살았던 탓인지 신수가 펴서
횡행개사橫行介士[8]라는 관직도 제수 받았습니다.
풀과 진흙 속을 외롭게 기어 다니다 보니
지금껏 예의를 배우지 못했습니다.
법도를 몰라 왕의 위엄을 거슬렀으니
바라건대 자비심을 베푸시어 죄를 용서해주십시오.

生自湖中爲活 傍崖作窟權居
蓋因日久得身舒 官受橫行介士
踏草拖泥落索 從來未習行儀
不知法度冒王威 伏望尊慈恕罪

자리에 앉아 있던 여러 정령들은 이 말을 듣고 모두 두 손을 맞잡고 용왕에게 절하면서 말했어요.

"횡행개사가 용궁에 처음 들어와 왕에 대한 예의를 모르고 한 짓이니 주공께서 그를 용서해주시지요."

용왕은 여러 정령들에게 감사하고 명을 내렸어요.

"저놈을 풀어줘라. 곤장을 맞을 게 있다는 사실을 잊지 말고 밖에서 기다려라."

제천대성은 "예!" 하고 밖으로 도망쳐 곧장 패루 아래에 이르렀어요. 그는 속으로 생각했어요.

8 게의 별칭이다.

'우마왕은 이곳에서 술을 마시고 있으니 연회가 끝나기를 언제 기다린단 말이야? 잔치가 끝났다 하더라도 부채를 빌려주려고 하지 않을 거야. 차라리 그의 피수금정수를 훔쳐 타고 우마왕으로 변하여 나찰녀한테 가서 그녀를 속이고 부채를 빼앗아 우리 사부님이 산을 넘도록 하는 것이 묘책이겠다.'

멋진 제천대성! 그는 즉시 본래 모습을 드러내어 피수금정수의 고삐를 풀고 펄쩍 뛰어 안장에 걸터앉아 곧장 물속에서 나왔어요. 그는 호수 밖으로 나와서 우마왕의 모습으로 변하여 피수금정수를 타고 구름을 몰았지요. 그리고 얼마 안 되어 취운산 파초동 입구에 도착해서, "문 열어라!" 하고 소리쳤어요. 동굴 문 안에 있던 하녀 둘이 목소리를 알아듣고 문을 열었어요. 그들은 우마왕 얼굴을 보더니 즉시 안으로 들어가 알렸어요.

"마님, 나리가 오셨습니다."

나찰녀는 이 말을 듣고 급히 구름머리를 단정히 하고 걸음을 옮겨 문을 나와 맞이했어요. 제천대성은 안장에서 내리더니 피수금정수를 끌고 들어와 대담하게도 아름다운 여인을 속였어요. 나찰녀는 평범한 인간의 눈인지라 그를 알아보지 못한 채 손을 잡고 안으로 들어갔어요. 그리고 시녀들에게 자리를 마련하고 차를 내오도록 했어요. 온 집안사람들도 주인을 보자 모두 공경하고 조심스럽게 행동했지요. 잠시 인사말을 하더니 '우마왕'이 말했어요.

"여보, 오래간만이구려."

"대왕, 만복을 빕니다. 대왕께서는 새색시만 사랑하시고 저는 버리고 돌보지 않으시더니, 오늘은 무슨 바람이 불어 절 찾아오셨나요?"

제천대성은 웃으며 대답했어요.

"내 어찌 당신을 버리겠소? 단지 옥면공주한테 데릴사위로 들어간 이후 집안일이 번잡하고 많은 친구들이 찾아오는 바람에, 밖에 오래 머무르게 되었던 것이오. 하지만 재산은 한밑천 장만했다오. 그건 그렇고, 최근에 들리는 소문에 따르면, 손오공이란 놈이 당나라 중을 보호하고 화염산 근처까지 왔다고 하오. 그놈이 당신한테 와서 부채를 빌려달라고 할지도 모르겠소. 내 그렇잖아도 내 자식을 망쳐버린 그놈에게 원수를 갚지 못하고 있는 것이 한이니, 만약에 오면 나한테 알려주시오. 내 그놈을 붙잡아 갈기갈기 찢어 우리 부부의 한을 풀어야겠소."

나찰녀는 그 말을 듣더니 눈물을 흘리며 말했어요.

"대왕님, 속담에도 '남자한테 부인이 없으면 재물이 남아나기 어렵고 여자한테 남편이 없으면 몸을 보전하기 어렵다(男子無婦財無主 女子無夫身無主)'라는 말이 있잖아요? 하마터면 그 원숭이 놈한테 제 목숨을 잃을 뻔했다고요."

제천대성은 이 말을 듣고 일부러 버럭 화를 내면서 욕설을 퍼부었어요.

"그 못된 원숭이가 언제 산을 넘어가기라도 한 것이오?"

"아직 산을 넘어가지는 않았어요. 어제 저한테 와서 부채를 빌려달라고 하더군요. 저는 그놈이 제 아이를 망쳐버린 것을 생각하고 갑옷을 입고 보검을 휘두르며 문을 나가 그 원숭이를 내리쳤어요. 그놈은 아픔을 참으며 절 보고 형수님이라고 부르더니, 대왕님과 자기가 결의형제 맺었다고 하더군요."

"그 말은 맞소. 오백 년 전에 일곱 명과 형제의 의를 맺은 적이 있소."

"그는 저한테 욕을 얻어먹고도 감히 대꾸하지 못하고, 칼로 맞고서도 감히 대들지 못하더군요. 나중에는 제가 부채질을 해서 날려 보냈습니다. 그런데 어디서 바람을 잠재우는 정풍법定風法

을 알아냈는지는 모르겠지만, 오늘 아침에 또 문밖에 와서 부르는 거예요. 제가 다시 부채질을 했지만 꼼짝도 않더라고요. 다급히 보검을 휘두르며 찌르려 하니, 이번에는 그도 지지 않고 덤비는 거예요. 저는 그의 여의봉이 매서워서 동굴 안으로 들어와 문을 단단히 걸어 잠갔지요. 그런데 그는 어디를 통해 들어갔는지 내 배 속으로 들어가 하마터면 목숨을 잃을 뻔했다고요. 저는 그를 도련님이라고 몇 번 부르고 부채를 줘서 보냈습니다."

제천대성은 일부러 가슴을 치며 안타까워했어요.

"저런, 저런! 부인이 잘못했소. 어째서 그 보물을 그 원숭이한테 준 거요? 분통 터져죽겠구먼!"

나찰녀가 웃으며 말했어요.

"대왕님, 고정하셔요. 그에게 준 것은 가짜 부채예요. 그를 속여 보낸 것뿐이에요."

"진짜 부채는 어디 있소?"

"염려 놓으세요. 제가 잘 보관하고 있어요."

나찰녀는 시녀들에게 술을 준비하도록 하여 축하연을 베풀었어요. 그녀는 술잔을 들고 바치며 말했어요.

"대왕님, 신혼 재미도 좋으시겠지만 부디 옛정을 잊지 말아주세요. 자, 고향의 술을 한잔 드세요."

제천대성은 받지 않을 수 없어 하는 수 없이 허허 웃으며 손으로 술잔을 들고서 말했어요.

"부인이 먼저 한 잔 드시오. 내가 밖의 재산을 관리하느라고 부인과 오랫동안 헤어져 있었는데, 그동안 집안을 잘 돌봐준 부덕에 대해 이것으로나마 감사하고자 하오."

나찰녀는 다시 술잔을 받아서 술을 따르더니 '우마왕'에게 건네주며 말했어요.

"예로부터 '부인은 남편과 일심동체(妻者齊也)'라는 말이 있어요. 남편은 자신을 길러준 아비와 같은데, 뭐가 고맙다는 거예요?"

둘은 한동안 서로 겸양하다가 비로소 앉아서 술잔을 주고받았어요. 제천대성은 감히 비린 음식을 먹을 수가 없어서, 과일만 몇 개 먹으며 그녀와 이야기를 나누었지요. 술이 몇 잔 오가자 나찰녀는 어느 정도 취기가 올라 슬그머니 색정이 일기 시작했어요. 그녀는 제천대성에게 바짝 달라붙어 몸을 비비고 문지르며 손을 잡고 부드러운 말로 속삭이며 어깨를 붙이고 귓속말로 아양을 떨었어요. 술잔 하나를 가지고 너 한 모금 나 한 모금 마시기도 하고, 과일을 먹여주기도 했어요. 제천대성은 본심을 숨긴 채 일부러 어울려 같이 웃으며 그녀와 바짝 달라붙어 있을 수밖에 없었어요.

시를 낚는 낚싯바늘
근심을 쓸어내는 빗자루[9]
만사를 잊게 하는 것은 술만 한 게 없다네.
남자는 뜻을 세우며 흉금을 터놓게 되고
여자는 감정을 억제할 수 없어 웃고 떠들게 된다네.
붉어진 얼굴 어린 복숭아 같고
흔드는 몸은 여린 버들 같구나.
조잘조잘 말도 많고
비비고 툭툭 치는 몸짓에 춘정이 담겼구나.

9 이 두 구절은 모두 술을 가리킨다. 소식蘇軾의 「동정춘색洞庭春色」이라는 시에 "(술을) 낚는 낚싯바늘이라고도 부르고, 근심을 쓸어내는 빗자루라고도 부른다(應呼釣詩鉤 亦號掃愁箒)"라는 구절이 있다. 동정춘색洞庭春色은 술 이름이다. 색과 향과 맛이 모두 뛰어나다. 옛날 시인들은 술을 빌려 시흥을 일으켰고 근심을 떨쳐버렸기 때문에 이렇게 표현한 것이다.

때로 구름머리 어루만지고
가냘픈 손 흔드네.
몇 번이나 발을 들어보이기도 하고
여러 차례 옷소매를 흔들어 보였네.
하얀 목 절로 숙여지고
잘록한 허리 점점 꼬여가네.
사랑의 속삭임 그칠 줄 모르고
풀어진 금빛 단추 사이로 부드러운 젖가슴 반쯤 드러나네.
취하니 정말 옥산이 무너져 내리는 듯하고
게슴츠레 눈 뜨고 손 더듬으며 자주 추태를 부리네.

釣詩鉤　掃愁箒　破除萬事無過酒
男兒立節放襟懷　女子忘情開笑口
面赤似夭桃　身搖如嫩柳
絮絮叨叨話語多　捻捻掐掐風情有
時見掠雲鬟　又見輪尖手
幾番常把脚兒蹺　數次每將衣袖抖
粉項自然低　蠻腰漸覺扭
合歡言語不曾丢　酥胸半露鬆金鈕
醉來眞個玉山頹　餳眼摩娑幾弄醜

제천대성은 그녀가 이렇게 취한 것을 보고 슬쩍 떠보았어요.
"부인, 진짜 부채는 어디에 보관하고 있소? 항상 조심하시오. 손오공은 변화무쌍하여 또 와서 속이고 빼앗아갈지 모르니."
나찰녀는 깔깔 웃으며 입속에서 살구 잎사귀만 한 물건을 토해내어 제천대성에게 건네줬어요.
"이게 그 보물이잖아요?"

제천대성은 손으로 받았지만 믿어지지 않았어요. 그는 이런 생각이 들었지요.

'이렇게 조그만 것으로 어떻게 불을 끈담? 또 가짜일 거야.'

나찰녀는 그가 보물을 보면서 깊이 생각에 잠겨 있는 것을 보고, 참지 못하고 앞으로 다가와 화장한 얼굴을 손오공의 얼굴에다가 비벼대며 이렇게 말했어요.

"여보, 보물은 집어넣고 술이나 드세요. 넋 나간 것처럼 뭘 그렇게 생각하세요?"

제천대성은 그 말을 받아서 그녀에게 물어봤어요.

"이렇게 작은 물건으로 어떻게 팔백 리 불을 끌 수 있겠소?"

나찰녀는 취중이라 제정신을 잃어버리고 거리낌 없이 사용법을 이야기했어요.

"대왕님, 당신과 헤어진 지 이 년이 지났는데, 아마 당신이 밤낮으로 즐거움을 탐하다 보니 그 옥면공주 때문에 기억력이 상했나보군요. 어째서 자기 집 보물에 관한 일까지 잊어버리신 거지요? 그냥 왼쪽 엄지손가락으로 부채 자루 위 일곱 번째 붉은 실을 비비며 '회허가흡희취호呬嘘呵吸嘻吹呼' 하고 주문을 외우면 바로 열두 자로 길이가 늘어나지요. 이 보물은 변화가 무궁하여 저 팔백 리의 불이라도 부채질 한 번이면 꺼버릴 수 있지요."

제천대성은 이 말을 듣고 마음속에 깊이 새겼어요. 그는 부채를 입속에 넣고 얼굴을 쓱 문질러 본래 모습을 드러내며 크게 소리쳤어요.

"나찰녀, 네 눈에는 내가 네 진짜 남편으로 보이냐? 나한테 달라붙어 그렇게 추태를 부리고도 부끄럽지 않느냐?"

그 여자는 손오공인 것을 보자 놀라서 술상을 밀어 넘어뜨리고 땅바닥에 쓰러졌어요. 말할 수 없는 창피함에 그녀는 "아이고 분해! 분통 터져!"라고 소리만 지를 뿐이었어요. 제천대성은 여자가 죽든 살든 상관하지 않고 손을 뿌리치고 성큼성큼 걸어서 곧장 파초동을 나왔어요. 이야말로 이런 격이지요.

미인을 탐할 마음은 없었고
뜻을 이루었기에 웃는 얼굴 돌아왔지.

無心貪美色　得意笑顔回

그는 몸을 솟구쳐 상서로운 구름을 타고 높은 산으로 올라가, 파초선을 입으로 토해내어 사용법을 연습해봤어요.

왼쪽 엄지손가락으로 부채 자루 위의 일곱 번째 붉은 실을 비비며 "희허가흡회취호" 하고 주문을 외우자, 정말 부채가 열두 자 정도로 커졌어요. 그가 손으로 잡고 자세히 살펴보니, 이전의 가짜 부채와는 과연 달랐어요. 상서로운 빛이 밝게 비치고 상서로운 기운이 가득했지요. 위에는 서른여섯 가닥의 붉은 실이 가로세로로 얽혀 있고 안과 밖이 서로 연결되어 있었어요. 하지만 손오공은 부채를 크게 하는 방법만 알아냈지 작게 하는 주문은 알아내지 못했어요. 그래서 어쩔 수 없이 그대로 둔 채 부채를 어깨에 들쳐 메고 왔던 길을 찾아서 돌아갔는데, 그 이야기는 더 이상 하지 않겠어요.

한편 우마왕은 벽파담 속에서 여러 정령들과의 연회를 끝내고 문밖으로 나오니, 피수금정수가 보이지 않았어요. 용왕이 정령을 모아놓고 물었어요.

"누가 우마왕의 피수금정수를 훔쳐 갔느냐?"

여러 정령들은 무릎을 꿇고 대답했어요.

"훔쳐 갈 만한 사람이 없습니다. 저희들은 모두 연회 자리에서 술과 쟁반을 들고 나르고, 노래하고, 악기를 연주하고 있었습니다. 이 앞에 있었던 이는 한 명도 없습니다."

용왕이 말했어요.

"우리 집 악단 아이들이 감히 그랬을 것 같지는 않고, 혹시 낯선 사람이 들어온 적 있느냐?"

용왕의 아들과 손자들이 대답했어요.

"방금 전 자리에 앉아 있을 때 게 정령이 이곳에 왔었는데, 그 놈이 바로 낯선 놈입니다."

우마왕은 이 말을 듣고 문득 깨달았어요.

"더 얘기할 필요 없습니다. 아침나절에 사람을 보내 저를 초청하러 왔을 때의 일입니다. 당나라 중을 보호하여 경전을 가지러 가는 손오공이라는 자가 도중에 화염산을 만나 지나가기가 어렵게 되자 저한테 파초선을 빌리러 왔었습니다. 제가 그에게 빌려주지 않자 한바탕 싸움이 벌어졌는데 승부를 가리지 못했습니다. 저는 그를 내버려 둔 채 곧장 연회에 참석하러 왔습니다. 그 원숭이는 무척 영리하고 꾀도 많은 놈입니다. 분명 그놈이 게 요괴로 변하여 이곳에 정보를 알아내려고 왔다가, 제 피수금정수를 훔쳐 타고 파초선을 속여 갈취하려고 제 아내가 사는 곳으로 갔을 겁니다."

여러 정령들은 이 말을 듣자 모두 놀라 벌벌 떨면서 물었어요.

"하늘궁전을 크게 시끄럽게 했던 그 손오공 말씀이십니까?"

"그렇소. 여러분 가운데 서천으로 가는 길목에 사시는 분이 있으면 혹시 무슨 불상사가 생길 경우 반드시 그놈을 피해 숨으셔야 될 겁니다."

용왕이 말했어요.

"그렇게 된 것이군요. 그렇다면 대왕님이 타고 오신 짐승은 어떻게 되는 겁니까?"

우마왕이 웃으며 대답했어요.

"괜찮습니다. 괜찮아요. 여러분들은 각자 돌아가시오. 저는 그 놈을 쫓아가겠습니다."

우마왕이 마침내 물길을 가르며 호수 속에서 뛰어나와 누런 구름을 타고 곧장 취운산 파초동에 도착하니, 나찰녀가 자빠져 가슴을 치며 대성통곡하는 소리가 들렸어요. 우마왕이 문을 열고 보니 피수금정수는 아래쪽에 매여 있었어요. 우마왕이 크게 소리쳤어요.

"부인, 손오공은 어디 갔소?"

여러 시녀들은 우마왕을 보고 일제히 무릎을 꿇으며 말했어요.

"나리, 오셨습니까?"

나찰녀는 우마왕을 붙들고 머리를 부딪치며 욕을 했어요.

"이 천벌을 받아 죽을 못된 인간! 어째서 그렇게 조심성이 없는 거예요. 그 원숭이놈이 피수금정수를 훔쳐 타고 당신 모습으로 변하여 이곳에 와서 나를 속이게 만들다니!"

우마왕은 이를 갈며 말했어요.

"그 원숭이놈은 어디 갔소?"

나찰녀는 가슴을 치며 욕을 했어요.

"그 못된 원숭이는 내 보물을 훔치더니 원래 모습을 드러내어 달아나버렸어요. 아이고, 분해라!"

"부인, 몸 생각을 하시구려. 너무 초조하게 생각하지 마시오. 내 그 원숭이놈을 쫓아가 보물을 빼앗고, 그놈의 가죽을 벗겨 뼈를 부수고 심장과 간을 꺼내어 당신의 화를 풀어주겠소."

그러더니 우마왕이 시녀들에게 고함을 쳤어요.

"무기를 가져와라!"

"나리의 무기는 이곳에 없습니다."

"너희 마님의 무기라도 가져오란 말이다!"

시녀들은 청봉검青鋒劍 두 자루를 받들어 내왔어요. 우마왕은 연회에 입고 갔던 검붉은 솜털 저고리를 벗고, 몸에 꽉 끼는 바지를 졸라매고, 양손에 칼을 들고 파초동을 나와 곧장 화염산으로 내달려 쫓아갔어요. 바로 이런 것이었지요.

> 은혜를 저버린 사내 사랑에 빠진 부인을 속게 만들고
> 화가 난 우마왕 손오공을 뒤쫓아 가다.
>
> 忘恩漢騙了痴心婦　烈性魔來近木叉人[10]

결국 이번에 가서 길흉이 어떻게 될는지는 여기서 알 수 없으니, 이에 대해서는 다음 회를 들어보시라.

10 목차木叉는 원래 불교의 호법신이지만 여기서는 손오공을 가리킨다.

부록

현장법사의 서역 여행도

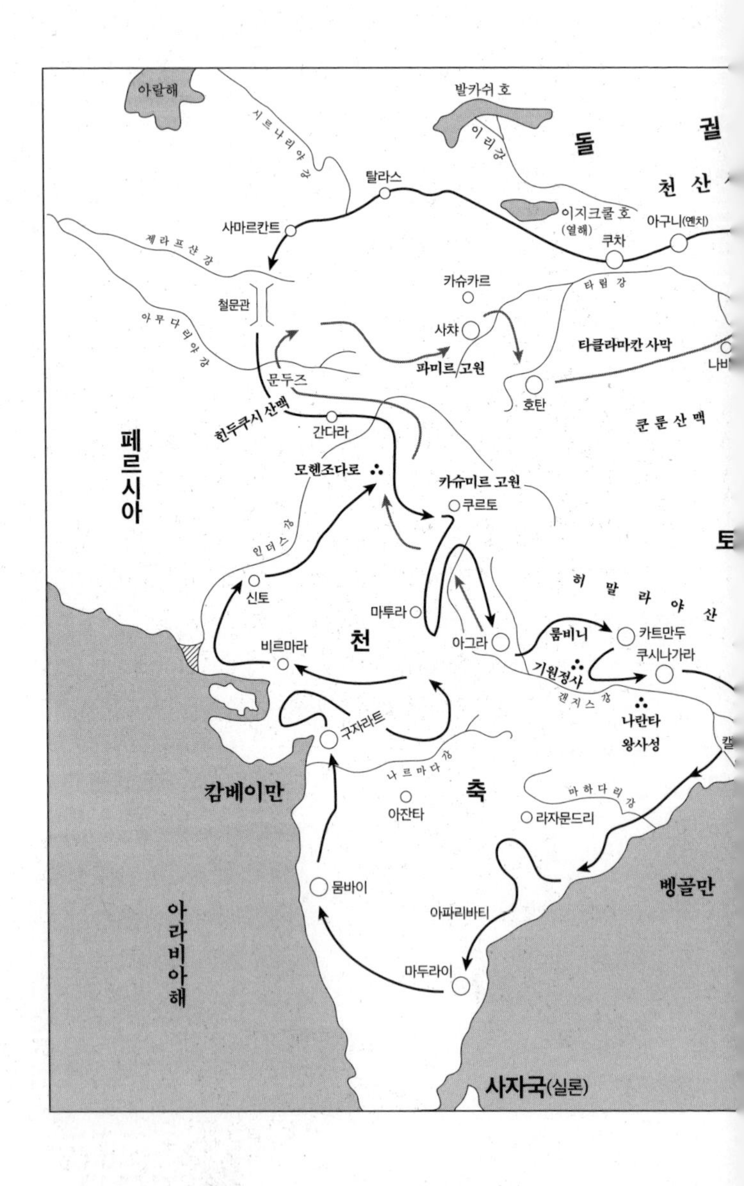

아랄해
시르나리야 강
발카쉬 호
이리강
돌
궐
탈라스
천 산
이지크쿨 호
(열해)
아구니(옌치)
사마르칸트
쿠차
제라프샨 강
카슈카르
타림 강
철문관
아무다리야 강
사차
타클라마칸 사막
나비
파미르 고원
문두즈
호탄
힌두쿠시 산맥
간다라
쿤룬 산맥
페르시아
모헨조다로
카슈미르 고원
쿠르토
토
인더스 강
신토
히말라야 산
마투라
룸비니
카트만두
비르마라
천
아그라
쿠시나가라
기원정사
갠지스 강
나란타
왕사성
구자라트
캘
나르마다 강
캄베이만
축
아잔타
마하다리 강
라자문드리
뭄바이
벵골만
아파리바티
아라비아해
마두라이
사자국(실론)

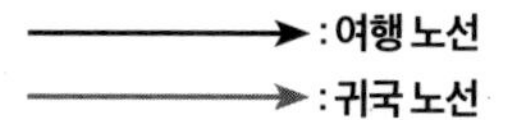

: 여행 노선
: 귀국 노선

고비 사막
유사하
둔황
옥문관
가욕관
양주(량저우)
황허
난주(란저우)
장안(시안)
당
양쯔 강
나란타 사원 부근
나란타 사원
연못
신왕사성
취봉산
왕사성
부드가야

『서유기』 6권 등장인물

손오공

동승신주東勝神洲 오래국傲來國 화과산花果山의 돌에서 태어나 수보리 조사須菩提祖師에게 도술을 배워 일흔두 가지 변신술을 익힌다. 반도 대회를 망치고 도망쳐 화과산의 원숭이 무리를 이끌고 스스로 '제천 대성齊天大聖'이라 칭하며 옥황상제에게 도전했다가, 석가여래에게 붙잡혀 오백 년 동안 오행산 아래 눌려 쇠구슬과 구리 녹인 쇳물로 허기를 때우며 벌을 받는다. 관음보살의 안배로 서천으로 불경을 가지러 가는 삼장법사의 제자가 되어 신통력과 기지로 온갖 요괴들을 물리친다.

삼장법사

장원급제한 수재 진악陳沂의 아들이자 승상 은개산殷開山의 외손자이다. 아버지는 부임지로 가던 도중 홍강洪江의 도적들에게 피살되고, 임신 중이던 어머니는 강제로 도적의 아내가 된다. 죽은 아버지의 직위를 사칭하던 유홍劉洪의 음모를 피해, 어머니는 그를 강물에 띄워 보낸다. 요행히 금산사金山寺의 법명화상法明和尙이 그를 구해 현장玄奘이라는 법명을 주었다. 그는 이후 불가의 수양에 뜻을 두고 수행하다가 관음보살의 배려로 불경을 찾아 서천으로 떠나도록 선발된다. 당 태종은 그에게 삼장三藏이라는 법명을 준다.

저팔계

본래 하늘의 천봉원수天蓬元帥였으나 반도대회에서 항아를 희롱한 죄로 인간 세상으로 내쫓긴다. 어미의 태를 잘못 들어가 돼지의 모습으로 태어났으나, 서른여섯 가지 술법을 부리며 요괴가 되어 악행을 일삼다가 관음보살에게 감화되어 삼장법사의 제자로 안배된다. 이후, 오사장국烏斯藏國 고로장高老莊에서 데릴사위로 있었는데, 손오공을 만나 싸우다가 복릉산福陵山 운잔동雲棧洞으로 도망친다. 하지만 곧 굴복하여 삼장법사의 제자가 된다. 아홉 날 쇠스랑[九齒花]을 무기로 쓴다.

사오정

본래 하늘의 권렴대장군捲簾大將軍이었으나, 반도대회에서 실수로 옥파리玉渾璃를 깨뜨리는 바람에 아래 세상으로 내쫓긴다. 유사하流沙河에서 요괴 노릇을 하며 지내다가 관음보살에 의해 삼장법사의 제자로 안배된다. 훗날 유사하를 건너려던 삼장법사 일행을 몰라보고 손오공, 저팔계와 싸우지만, 관음보살이 자신의 큰제자인 목차木叉 혜안惠岸을 보내 오해를 풀어주어서, 결국 삼장법사의 셋째 제자가 된다. 무기로는 항요장降妖杖을 쓴다.

가짜 손오공

본래 여섯 귀의 미후[獼猴]로서 만물에 대해 환히 아는 능력을 가진 원숭이이다. 손오공이 도적들을 때려죽였다가 삼장법사에게 쫓겨난 틈을 이용하여 손오공으로 변신해서 삼장법사를 때려눕히고 봇짐을 빼앗아 화과산 수렴동으로 도망쳐 원숭이 요괴들의 두목 노릇을 한다. 진짜 손오공이 그의 정체를 밝히기 위해 삼장법사와 관음보살, 옥황상제, 염라대왕에게까지 찾아가지만, 결국 석가여래가 가짜의 정체를 밝혀낸다.

나찰녀

우마왕의 아내이자 홍해아의 어머니로서, 취운산翠雲山 파초동芭蕉洞

에 살면서 파초선芭蕉扇으로 화염산火燄山의 불길을 다스려주며 그곳 백성들을 착취하고 있는 까닭에 쇠 부채 공주[鐵扇仙]라 불린다. 화염산의 불길에 길이 가로막힌 삼장법사 일행이 파초선을 빌리러 가자, 손오공이 홍해아를 해쳤다고 생각하며 파초선을 내주지 않고 오히려 손오공에게 복수를 하려 든다. 손오공이 술법을 써서 그녀의 배 속으로 들어가 굴복시키고 파초선을 빼앗으려 하자 그녀는 속임수로 가짜 부채를 내준다.

우마왕

손오공이 화과산 수렴동에 있을 때 의형제를 맺었던 요괴로, 자칭 평천대성平天大聖이라 했다. 혼철곤混鐵棍을 무기로 쓰며, 나중에 적뇌산積雷山 마운동摩雲洞에서 옥면공주玉面公主를 둘째 부인으로 삼아 살고 있으면서, 대력마왕大力魔王이라 불린다. 손오공이 나찰녀에게 파초선을 빌리기 위해 도움을 청하지만, 그는 오히려 손오공의 무례함을 탓하며 도움을 거절하고 오히려 싸우려든다. 결국 손오공이 그의 모습으로 변신해 나찰녀를 속이고 파초선을 훔쳐 가자 분노하여 손오공을 쫓아간다.

독각시대왕

금두산金峴山 금두동에서 요괴 노릇을 하고 있다가, 우연히 길을 잘못 들어 찾아온 삼장법사와 저팔계, 사오정을 잡아먹으려고 한다. 무기로는 점강창點鋼槍을 쓰며, 어떤 무기라도 쓸어 가버리는 보물인 흰 고리를 지니고 있다.

여의진선

우마왕의 동생이자 홍해아의 삼촌으로, 서량녀국西梁女國의 해양산解陽山 파아동破兒洞의 이름을 취선암聚仙庵이라고 고친 후, 그 안에 있는 낙태천落胎泉을 차지한 채, 자모하子母河의 물을 마시고 임신한 사람들에게 뇌물을 받고 낙태할 수 있는 샘물을 나눠 준다. 임신한 삼장법사와 저팔계를 위해 샘물을 얻으려는 손오공에게 마음대로 움직이는 갈고리[如意鉤]를 무기로 쓰며 대항하지만, 당해내지 못하고 굴복한다.

서량녀국 여왕

여인들만 사는 나라의 여왕이다. 서천으로 가는 도중에 나라를 지나는 삼장법사를 유혹하여 부부가 되려고 하지만, 삼장법사의 굳건한 마음을 무너뜨리지 못한다. 손오공은 삼장법사에게 거짓으로 여왕과 결혼하는 척하라는 계책을 써서 서량녀국을 빠져나간다.

전갈 요괴

독적산毒敵山 비파동琵琶洞에 사는 요괴로, 삼장법사의 원양元陽을 빼앗기 위해 납치한다. 요괴의 지독한 독침 때문에 고생하던 손오공은 관음보살의 귀띔을 받고 동천문東天門 안에 있는 광명궁光明宮의 묘일성관昴日星官에게 가서 도움을 청한다. 묘일성관이 두 개의 볏을 가진 큰 수탉으로 본래 모습을 드러내고 요괴를 죽이자, 저팔계가 쇠스랑으로 내리쳐 시체를 뭉개버린다.

불교 · 도교 용어 풀이

【ㄱ】

구전대환단九轉大還丹

도가에서 말하는 신선의 단약. '구전九轉'은 아홉 번 달였다는 뜻이다. 도가에서는 단약을 달이는 횟수가 많고 시간이 오래될수록 복용한 후에 더 빨리 신선이 될 수 있다고 생각했다. "아홉 번 달인 단약은 복용한 후 사흘 안에 신선이 될 수 있다"는 말이 『포박자抱朴子』「금단金丹」에 보인다.

금련金蓮

원래는 '지용보살地湧菩薩'이라고 한다. 『법화경法華經』「용출품湧出品」에 의하면, 석가여래가 「적문迹門」—『법화경』은 「적문」과 「본문本門」으로 나뉜다—을 강의한 후 「본문」을 강의하려 하자, 석가여래의 교화를 입은 무량대보살無量大菩薩이 땅 밑에서 솟아올라 허공에 머물렀다고 한다. 부처와 보살은 모두 연꽃 자리에 앉아 있으므로 '지용금련地湧金蓮'이라 칭하기도 한다. 여기에선 수보리조사가 위대한 도의 오묘함을 강론했음을 비유한 것이다.

급고독장자給孤獨長者

중인도中印度 교살라국橋薩羅國 사위성舍衛城의 부유한 상인 수달다須達多의 별칭이다. 그는 자비와 선을 베풀기를 좋아해서 종종 외롭고 쓸쓸한 이들에게 먹을 것을 베풀어주었기 때문에 이런 별칭을 얻었다. 그는 왕사성王舍城에서 석가여래의 설법을 듣고 크게 감동하여 석가여래를 자기 나라로 초청했다. 그라고 태자 기다祇多의 정원을 사서 기원정사祇園精舍를 세워 석가여래에게 바치며 설법하는 장소로 쓰게 해주었다.

기원琪園

기원祇園, 즉 지원정사祇園精舍를 가리키는 듯하다. 인도의 불교 성지 중 하나이다. 코살라Kosala국 급고독장자給孤獨長者가 큰돈을 주고 파사닉왕태자波斯匿王太子 제타(Jeta, 祇陀)의 사위성舍衛城 남쪽의 화원花園인 기원을 사들여 정사精舍를 건축하여 석가가 사위국舍衛國에 머물며 설법하는 장소로 삼았다. 제타 태자는 화원을 팔았을 뿐만 아니라 화원에 있던 나무를 석가에게 바치고 두 사람의 이름을 따 이 정사를 기수급독고원祇樹給獨孤園이라고 불렀다. 기원은 약칭이다. 왕사성王舍城의 죽림정사竹林精舍와 함께 불교 최고最古의 두 정사로 알려져 있다. 당나라 현장법사가 인도를 찾았을 때 이 정사는 이미 붕괴되어 있었다.

【ㄴ】

"너는 열 가지 악한 죄를 범하였다."(제1권 5회 171쪽)

불교에서는 사람이 몸, 입, 생각으로 범하는 10가지 죄악으로 살생, 절도[偸盜], 음란[邪淫], 망령된 말[妄語], 일구이언[兩舌], 욕설[惡口], 거짓으로 꾸민 말[綺語], 탐욕, 격노[瞋迷], 사악한 생각[邪見]을 들고 있다. 십악대죄十惡大罪라고 하면 모반謀反, 모대역謀大逆, 모반謀叛, 악역惡逆, 부도不道, 대불경大不敬, 불효不孝, 불목不睦, 불의不義, 내란內亂을 가리킨다.

네 천제[四帝]

도교에서 떠받드는 네 명의 천신으로 사제四帝 또는 사어四御라고 불린다. 호천금궐지존옥황대제昊天金闕至尊玉皇大帝, 중천자미북극대제中天紫微北極大帝, 구진상천천황대제勾陳上天天皇大帝, 승천효법토황제지承天效法土皇帝祇를 가리킨다.

녹야원鹿野苑

석가모니가 도를 깨달은 후 처음으로 법륜法輪을 전하고 사체법四諦法을 이야기하였다는 곳으로 전해진다.

【ㄷ】

"다시 오천사백 년이 지나서 해회가 끝날 무렵에는 정貞의 덕이 하강하고 원元의 덕이 일어나면서 자회子會에 가까워지고……."(제1권 1회 27쪽)

여기서는 송나라 때의 소옹(1011~1077, 자字는 요부堯夫, 시호諡號는 강절선생康節先生)이 쓴 『황극경세皇極經世』에 들어 있는 천지의 개벽과 순환에 관한 설명을 빌려 쓰고 있다. 『주역』「건괘乾卦」의 괘를 풀어놓은 글에 '원형이정元亨利貞'이라는 표현이 들어 있는데, 흔히 이것을 건괘의 '네 가지 덕성[四德]'이라고 부르며, 그 하나하나가 네 계절과 짝을 이룬다고 설명하곤 한다. 그런 속설에 입각하면 "정의 덕이 하강하고 원의 덕이 일어난다"는 것은 겨울이 가고 봄이 오기 시작한다는 뜻이 된다.

대단大丹

도가 용어로 오랜 기간의 수련과 고행을 통해 얻어지는 내단內丹을 가리킨다.

대라천

도교에서 말하는 서른여섯 층의 하늘 중 가장 높은 곳에 위치한 하늘.

대승교법大乘敎法

1세기 무렵에 형성된 불교의 교파로서, 대자대비한 마음으로 중생을 두루 제도하여 불국정토佛國淨土를 건립하는 것을 최고의 목표로 삼으면서, 개인적 자아 해탈을 추구하던 원시불교와 다른 교파를 '소승'이라고 비판했다. 대승불교에서는 삼세시방三世十方에 무수한 부처가 있다고 여기는 데 비해, 소승불교에서는 석가모니만을 섬긴다.

대천大千

'대천세계大千世界', '삼천대천세계三千大千世界'를 줄인 말로 석가모니의 교화가 미친 지역을 가리킨다. 불교에서는 수미산을 중심으로 하여 사대부주四大部洲의 일월이 비추는 곳을 합쳐서 하나의 소세계小世界로, 천 개의 소세계를 소천세계小千世界로, 천 개의 소천세계를 중천세계中千世界로, 천 개의 중천세계를 대천세계로 생각한다.

도솔천궁兜率天宮

도교 전설에서는 태상노군이 거주하는 곳이다. 불교에도 도솔천이 있는데, 욕계慾界의 육천六天 가운데 네 번째 하늘이다. 욕계의 정토로 미륵보살이 사는 곳이다.

동승신주東勝神洲 · **서우하주**西牛賀洲 · **남섬부주**南贍部洲 · **북구로주**北俱蘆洲

여기에 언급된 4개 대륙은 불경에서 말하는, 수미산을 사방으로 둘러싼 염해海에 떠 있는 4개의 큰 대륙을 가리킨다. 다만 여기서는 그 명칭을 약간 바꾸어 사용하고 있다. '동승신주'는 원래 '동승신주東勝身洲'라고 되어 있는데, 이것은 반달 모양의 그 지역에 사는 사람들이 신체와 용모가 빼어나고 각종 질병을 앓지 않는다는 뜻이었다. 그리고 '서우하주'는 본래 '서우화주西牛貨洲'라고 되어 있는데, 이것은 보름달 모양의 그 지역에서는 소를 화폐로 사용했기 때문에 붙여진 명칭이라고 한다. 또 '남섬부주'의 명칭은 '염부閻浮'라는 나무의 이름을 뜻하는 '섬부贍部'라는 표현을 이용해서 만든 것인데, 수레의 윗부분에 얹은 상자처럼 생긴 이 대륙에 염부나무가 많이 자라기 때문에 붙여진 것이다. 마지막으로 '북구로주'는 '북구로주北拘盧洲'라고 쓰기도 하는데, 정사각형의 그릇 덮개 모양으로 생긴 이 땅에 사는 사람들은 천 년 동안 장수를 누리고, 다른 지역보다 평등하고 안락한 생활을 한다고 했다.

【ㅁ】

만겁의 세월

고대 인도에서는 세계가 일정한 시간이 지나면 멸망했다가 다시 시작된다고 믿었는데, 그 한 번의 주기를 하나의 '칼파kalpa'라고 불렀다. '겁'은 칼파를 음역한 것이다. 80차례의 작은 겁이 모이면 하나의 큰 겁이 되는데, 하나의 큰 겁에는 '성成', '주住', '괴壞', '공空'의 네 단계가 들어 있어서, 이것을 '사겁四劫'이라 부른다. '괴겁'의 때에 이르면 물과 불과 바람의 세 가지 재앙이 나타나 세상은 훼멸의 단계로 들어가기 시작한다고 하는데, 이 때문에 후세에는 '겁'을 '풀기 어려운 재난'의 뜻으로 사용하기도 했다.

"모든 것이 결국은 정과 기와 신이니……."(제1권 2회 72쪽)

정신력과 체력[精], 원기[氣], 정력[神]을 가리킨다. 도교에서는 이 세 가지를 조화롭게 키우고 수양하면 신선이 될 수 있다고 생각했다. 이는 주로 『황정경』의 주장을 인용한 것이다.

"무상문의 진정한 법주이시니……."(제1권 7회 224쪽)

무상문은 여기서 불문佛門을 범칭하는 것으로 쓰였다. 불교의 삼론종三論宗이 '모든 법이 모두 공'이란 사상을 종지로 삼기 때문에 무상종無相宗이라고 불린다. 법주法主는 불경에서 석가모니에 대한 칭호로 쓰인다. 설법주說法主라고 쓰기도 하며 교의를 선양하는 스승이란 의미를 갖는다.

문수보살文殊菩薩

대승불교의 보살 가운데 하나로, 지혜를 상징한다. 특히 보현보살과 함께 석가모니를 좌우에서 모시고 있는데, 일반적으로 석가모니의 왼쪽에서 머리에 큰 태양과 다섯 지혜를 상징하는 상투를 틀고, 손에는 칼을 쥔 채 푸른 사자를 탄 모습으로 묘사된다.

【ㅂ】

반야般若

범어 '푸라쥬나Prājuuñā'를 음역한 것으로 '포어루어[波若]'라고도 하며 '지혜'라는 뜻이다. 즉, '모든 사물을 여실히 이해하는 지혜'를 가리키는 것으로 일반적인 지혜와는 다르다.

법계法界

불법의 범위로 원시불교에서는 열두 인연[因緣], 대승에서는 만유의 본체인 진여眞如, 우주를 가리킨다. 또 불교도의 사회라는 의미도 가질 수 있는데, 여기서는 전자와 후자의 의미를 겸한다고 할 수 있다.

법상法相

모든 사물에 내재하거나 외재하는 표상을 통틀어 가리키는 말이다.

"별자리 밟으니……."(제5권 44회 117쪽)

본문의 '사강포두査勍佈斗'는 '답강포두踏勍佈斗', 즉 도교의 법사가 단을 세우고 의식을 치를 때 별자리를 따라 걷는 걸음걸이를 가리킨다. 이렇게 걸으면 신령을 불러낼 수 있다는 것인데, 이 걸음을 만들어낸 이가 우禹임금이라 해서 '우보禹步'라고도 부른다.

보타낙가산普陀落伽山

'흰 꽃이 피어 있는 작은 산' 또는 '꽃과 나무로 가득한 작은 산'이라는 뜻을 가진 범어 '포탈라카potalaka'의 음역이다. 지금의 저장성浙江省 포투어시앤普陀縣 동북쪽 바다 가운데 '보타도'라는 섬이 있다. 이 섬은 옛날에 산서山西의 오대산五臺山과 안휘安徽의 구화산九華山, 사천四川의 아미산峨眉山과 더불어 중국 불교의 4대 사찰이 자리 잡은 명산으로 꼽혔다.

복기服氣

도교에서는 선인仙人들이 여름에는 화성火星의 적기赤氣를, 겨울에는 화성의 흑기黑氣를 마시면 배고픔을 잊는다고 한다.

"불법은 본래 마음에서 생겨나고 또한 마음을 따라 사라진다네."(제2권 20회 271쪽)

법은 범어 '다르마dharma'의 의역이다. 여기서는 모든 사물과 현상을 가리킨다. '심'이란 모든 정신 현상을 가리킨다. 불교에는 '만법일심설萬法一心說'이라는 것이 있다. 『반야경般若經』에 이런 기록이 있다. "모든 법과 마음을 잘 인도해야 한다. 마음을 안다면 모든 법을 다 알 수 있다. 세상의 모든 법은 다 마음에서 비롯된다."

불이법문不二法門

불교 용어로, 모든 현상과 모순이 '분별이 없고' 각종 차이를 초월해야 한다는 뜻이다. 이른바 언어나 문자를 떠난 '진여眞如', '실상實相'의 깨달음으로, 그들은 서로 평등하며 서로 간에 구별도 없다. 보살이 이 '불이不二'의 이치를 깨달은 것을 '불이법문不二法門'에 들었다고 한다. 여기에서 불이법문은 '불문佛門'을 뜻한다.

【ㅅ】

사대천왕四大天王

불교에서는 33개 하늘의 군주를 제석이라고 부른다. 이들은 수미산 꼭대기 도리천 중앙의 희견성喜見城에 거주하고 있다. 이들 밑에 수미산의 사방을 지키는 외장外將이 있는데 이들을 사대천왕, 혹은 사대금강四大金剛이라고 부른다. 천하의 네 방위를 맡아 지키고 있기 때문에 호세사천왕護世四天王이라고도 불린다. 동방의 다라타多羅咤는 지국천왕持國天王으로 몸은 흰색이고 비파를 들고 있다. 남방의 비유리毗琉璃는 증장천왕增長天王으로 몸은 청색이고 보검을 쥐고 있다. 서방의 비류박차毗留博叉는 광목천왕廣目天王으로 몸은 붉은색이고 손에는 용이 똬리를 틀고 있다. 북방의 비사문毗沙門은 다문천왕多聞天王으로 몸은 녹색이고 오른손에는 우산을, 왼손에는 은 쥐를 쥐고 있다.

"사람이 죽어 삼칠 이십일 일 혹은 오칠 삼십오 일, 칠칠 사십구 일이 다 차면 이승의 죄를 다 씻어내고 환생할 수 있습니다."(제4권 38회 228쪽)

불교에서는 7일을 하나의 주기로 삼는다. 죽은 자의 영혼은 이 주기가 일곱 번 끝날 때까지 자신이 내세의 이승에 다시 태어날 곳을 찾을 수 있으며, 그것이 적절한 선택인지 여부는 저승의 판관들이 심사하여 결정한다. 만약 그가 스스로 마땅한 곳을 찾지 못했다면 저승의 판관이 다시 태어날 곳을 지정해 준다. 어쨌든 49일이 지난 후에는 모든 영혼이 반드시 윤회하여 이승의 어딘가에 태어나게 된다.

"사부님, 겁내지 마십시오. 저건 원래 사부님의 껍질이었습니다."(제10권 98회 228쪽)

이것은 본래 불교의 해탈 과정이라기보다는 육신을 버리고 우화등선羽化登仙하는 도교의 '시해尸解'에 가까운 묘사이다. '시해'에는 숯불에 몸을 던지는 '화해火解'와 물에 빠져 죽는 '수해水解', 칼로 목숨을 끊는 '검해劍解' 등 다양한 방법이 있다.

사상四相

불교 용어로, 아래와 같은 여러 가지 다른 의미를 가지고 있다. 첫째 인과사상因果四相이라 하여 생生, 노老, 병病, 사死를 가리킨다. 둘째 만물의 변화를 나타내는 네 가지 상, 곧 생상生相, 주상住相, 이상移相, 멸상滅相을 가리킨다. 셋째 중생이 실재實在라고 착각하는 네 가지 상, 곧 아상我相, 인상人相, 중생상衆生相, 수자상壽者相을 가리킨다.

사생四生

불교에서는 중생의 출생을 네 가지로 나눈다. 사람과 가축 같은 태생胎生, 날짐승과 길짐승 및 물고기 같은 난생卵生, 벌레와 같이 습기에 의지해 형체를 이루는 습생濕生, 의탁하는 것 없이 업력業力을 빌려 홀연히 출현하는 화생化生이 그것이다.

사인四忍

고통이나 모욕을 당해도 원망하는 마음이 없고 편안한 마음으로 불교의 교리를 믿고 지키며 동요되지 않는 것을 말한다. 지혜의 일부분으로 이인二忍, 삼인三忍, 사인四忍 등이 있다.

사위성舍衛城

사위[śrāvastī]는 원래 코살라국의 도성 이름이었는데, 남쪽에 있었던 또 하나의 코살라국과 구별하기 위하여 '사위舍衛'라는 도시 이름으로 국명을 대체하였다. 이곳에는 불교를 숭상하는 것으로 유명하던 파사닉왕波斯匿王이 살았는데, 성안에 급고독장자給孤獨長者가 보시한 기원정사祇園精舍가 있는데 유적이 아직도 남아 있다. 전하는 바에 따르면, 석가모니가 성불한 후 이곳에서 25년 살았다고 한다. 7세기에 당나라 현장법사가 이곳을 찾은 적이 있다.

사치공조四值功曹

도교에서 신봉하는 치년值年, 치월值月, 치일值日, 치시值時 네 신의 총칭으로 신들이 사는 천정天庭에 기도문을 전달하는 관직을 맡고 있다.

삼계三界

불교에서는 인간 세상을 세 단계로 나눈다. 욕계慾界는 온갖 욕망을 다 가지고 있는 중생의 세계이고, 색계色界는 욕계의 윗단계로서 욕망은 없으나 외형과 형태는 존재하는 세계이고, 무색계無色界는 다시 색계의 윗단계로서, 색상色相(사물의 형태와 외관)이 모두 사라지고 오로지 정신만이 정지 상태에 머무르는 중생계이다. 여기에선 인간세계에 대한 범칭으로 쓰였다. 감원坎源이란 수원水源을 의미한다. 『주역』「감괘坎卦」가 수에 속하므로 이렇게 일컫는 것이다.

삼공三空

불가 용어로, 삼해탈三解脫, 삼삼매三三昧라고도 한다. 아공我空, 법공法空, 아법구공我法俱空을 가리키기도 하고 삼공해탈三空解脫, 무상해탈無相解脫, 무원해탈無愿解脫을 가리키기도 한다.

삼관

도교의 기氣 수련에 관련된 용어인데, 그에 대한 해설은 각각이다. 『회남자淮南子』「주술훈主術訓」에서는 귀, 눈, 입이라고

했고, 『황정경』에서는 손, 입, 발이라고 했다. 명당明堂, 가슴에 있는 동방洞房, 단전丹田의 셋이라고 하기도 하고(『원양자元陽子』), 머리 뒤쪽의 옥침玉枕, 녹로翁晤, 등뼈 끝부분의 미려尾閭의 셋이라고 하기도 한다(『제진현오집성諸眞玄奧集成』).

삼귀오계

삼귀는 '삼귀의三皋依'의 준말이다. 불교에 입문할 때 반드시 스승에게서 '삼귀의'를 전수받게 되니, 즉 부처[佛], 불법[法], 승려[僧]의 삼보三寶를 가리킨다. 오계五戒는 살생하지 말고, 도둑질하지 말고, 음란하고 사악한 짓을 말며, 망령된 말을 하지 말고, 술을 마시지 말라는, 불교도가 평생 지켜야 할 다섯 가지 계율이다. 도가에도 오계가 있으니, 살생하지 말고, 육식과 술을 하지 말며, 속 다르고 겉 다른 말을 말며, 도둑질하지 말고, 사악하고 음란한 짓을 하지 말라는 것이다.

삼단해회대신三壇海會大神

덕이 깊고 넓은 것이나 수량이 엄청난 것을 비유하여 쓰는 말이다. 『화엄현소華嚴玄疏』에 따르면, '바다가 모인다[海會]'고 말하는 것은 그 깊고 넓음 때문이다. 어짊이 두루 미쳐 중생들에게 골고루 퍼지고 덕이 깊어 불성佛性을 구하는 것이 헤아릴 수 없이 넓고 크기 때문에 '바다'라고 한 것이라고 했다.

삼도三塗

'삼악취三惡趣' 또는 '삼악도三惡道'라고도 하는데, 뜨거운 불로 몸을 태우는 지옥도地獄道와 서로 잡아먹는 축생도畜生道, 그리고 칼과 몽둥이로 핍박하는 아귀도餓鬼道를 가리킨다. 불교에서는 악행을 저지른 사람은 죽어서 반드시 이 셋 가운데 하나에 빠지게 된다고 한다.

삼매화三昧火

삼매란 범어 '사마디Samadhi'의 역어로서 '고정되다', '정해지다'의 뜻을 가지고 있다. 보통 한 가지에 집중하여 흩어짐이 없는 정신 상태를 가리킨다. 삼매화란 삼매의 수양을 쌓은 사람의 몸 안에서 돌고 있는 기운이며 진화眞火라고 부르기도 한다.

삼승三乘

승乘이란 물건을 실어 나르는 기구로서, 중생을 구제해 현실 세계인 차안此岸에서 깨달음의 세계인 피안彼岸에 도달함을 비유한 것이다. 불교에선 인간을 세 종류의 '근기根器'로 나눌 수 있다고 보므로, 수양에도 세 종류의 경로가 있게 되고, 수레로 실어 나르는 것의 비유에 따라 세 종류의 수행 방법을 '삼승'이라고 일컬으니, 성문승聲聞乘, 연각승緣覺乘, 보살승菩薩乘이 그것이다. 도가에도 '삼승'이 있는데, 동진부洞眞部가 대승, 동현부洞玄部가 중승中乘, 동신부洞神部가 소승이다.

삼시신三尸神

도교에서는 인간의 신체에 세 가지 벌레가 있다고 여기는데, 이를 삼충三蟲, 삼팽三彭, 삼시신三尸神이라 한다. 『태상삼시중경太上三尸中經』에 이르기를, "상시上尸는 팽거彭倨라 하는데 사람 수염 속에 있고, 중시中尸는 팽질彭質이라 하는데 사람 배 속에 있고, 하시下尸는 팽교彭矯라고 하는데 사람 발 속에 있다"고 한다. 송나라 때 섭몽득葉夢得이 쓴 『피서록화避暑錄話』에 따르면, 삼시신은 "인간의 잘못을 기억해 경신일庚申日에 사람이 잠든 틈을 타 상제께 그것을 일러바친다"고 한다.

삼원三元

도교 용어로 도교에서는 천天, 지地, 수水를 삼원三元 혹은 삼관三官이라고 한다.

삼재三災의 재앙

불교에는 큰 '삼재'와 작은 '삼재'가 있다. 전자는 한 겁이 끝날 무렵마다 나타나 세상 만물을 없애버리는 바람과 물과 불의 세 가지 재앙을 가리키고, 후자는 기근과 역병과 전쟁을 가리킨다. 여기서는 전자를 의미한다.

삼청三淸

도교에서 추앙하는 세 명의 최고신으로 옥청원시천존玉淸元始天尊(혹은 천보군天寶君), 상청영보천존上淸靈寶天尊(혹은 태상노군太上道君), 태청도덕천존太淸道德天尊(혹은 태상노군太上老君)을 말한다. 도교에서는 사람과 하늘 밖의 선경, 곧 삼청경三

淸境이라는 곳에 이들 세 신이 살고 있다고 생각한다.

"세 송이 꽃 정수리에 모여 근본으로 돌아갈 수 있었고……."(제2권 19회 240쪽)

도교의 연단술에서는 정情, 기氣, 신神을 세 송이 꽃 혹은 세 가지 보물이라고 부른다. 세 송이 꽃이 정수리에 모였다는 것은 신체가 영원히 훼손당하지 않는 경지에 이르렀다는 것을 뜻한다.

세 혼

도가에서는 사람에게 혼이 세 개가 있다고 여겼으니, 탈광脫光, 상령爽靈, 유정幽精이 그것이다. 『운급칠첨雲笈七籤』 54권 「혼신魂神」에 따르면, 도가에서는 그 세 개의 혼을 굳게 지키는 법술이 있다고 한다.

"손에 든 여의봉은 위로 서른세 곳의 하늘……."(제1권 3회 107쪽)

범어 '도리천忉利天'의 의역이다. 『불지경론佛地經論』에 따르면, 이 명칭은 수미산 정상의 네 면에 각기 팔대천왕이 자리 잡고 있고, 가운데 제석帝釋이 살고 있다고 해서, 그 수에 맞춰서 붙여진 것이다.

수미산

인도의 전설에 나오는 산 이름이다. '수미須彌'는 '오묘하고 높다[妙高]'는 뜻을 가진 범어 '수메루sumeru'를 잘못 음역한 것이다. 불교에서는 이 산을 인간세계의 중심이자, 해와 달이 돌아서 뜨고 지는 곳이며, 삼계三界의 모든 하늘들을 지탱하는 기둥으로 여긴다.

수보리조사須菩提祖師

'수보리'는 본래 부처의 십대제자 가운데 하나이나, 여기서는 불교와 도교의 수련을 겸한 신선의 하나로 설정된 허구적 등장인물이다.

수중세계[下元]

도교에서는 하늘나라[天上]를 상원上元이라 하고, 육지를 중원中元, 물속을 하원下元이라 부른다.

"신묘한 거북과 삼족오三足烏의 정기 흡수했지."(제2권 19회 240쪽)

이 구절은 도가에서 물과 불을 조화롭게 하고 정精과 기氣가 서로 호응하는 연단술을 사용함을 나타내고 있다. '이離'와 '감坎'은 각각 팔괘의 하나로서, 이는 불이고 감은 물이다. 용과 호랑이는 도가에서 각각 물과 불, 납과 수은을 의미한다. 연단술에서 신묘한 거북은 신장 속의 검은 액체이다. '금오'는 신화 속의 '삼족오'로서 태양을 의미하고, 결국 심장을 뜻한다. '신령한 거북'과 '금오'는 연단술의 정과 기이다.

"신장腎臟의 물 두루 흘려 입속의 화지로 들어가게 하고……."(제2권 19회 240쪽)

도교에서는 혀 아래쪽에 있는 침샘을 화지華池라고 부른다. 여기서는 오행 가운데 물에 해당하는 신장腎臟에서 정화된 기운이 온몸에 흐른다는 관념을 엿볼 수 있다.

십지十地

불교 용어로 '십주十住'라고도 한다. 보살이 수행하는 열 가지 경계를 말한다. 『화엄경華嚴經』에 따르면, 이것은 환희지歡喜地, 이구지離垢地, 발광지發光地, 염승지聆勝地, 난승지難勝地, 현전지現前地, 원행지遠行地, 부동지不動地, 선혜지善彗地, 법운지法雲地를 가리킨다.

【ㅇ】

"아래로는 십팔 층 지옥……."(제1권 3회 107쪽)

지옥은 범어 '나락가那洛迦'의 의역이며, 불락不樂, 가염可厭, 고기苦器 등으로도 쓴다. 지하에는 팔한八寒, 팔열八熱, 무간無間 등이 있다. 불교에서는 사람이 생전에 악업을 지으면 사후에 지옥에 떨어져 각종 고통을 당한다고 한다. 『남사南史』「이맥전夷貊傳」에 따르면, 유살하劉薩何가 갑자기 병으로 죽었다가 나중에 다시 소생했는데, 스스로 십팔 층 지옥에 다녀온 적이 있다고 말했다는 기록이 있다.

아비지옥

불교에서 말하는 팔대지옥 중에서 여덟 번째 지옥으로서 거기에 떨어지면 영원히 벗어나지 못한다.

"아홉 등급 연화대가 있네."(제1권 7회 224쪽)

구품화九品花란 곧 구품 연화대蓮花台를 가리킨다. 불교 정토종淨土宗에서는 수행자의 공덕이 각기 다르므로 극락왕생해서 앉게 되는 연화대 또한 등급이 있게 된다고 본다. 상상上上, 상중上中, 상하上下, 중상中上, 중중中中, 중하中下, 하상下上, 하중下中, 하하下下 종 아홉 등급이다.

여산노모驪山老母

여자 신선의 이름이다. 전설에 따르면, 은나라와 주나라가 교체될 무렵에 천자가 된 여인이라고 한다. 당나라와 송나라 이후로 신선으로 받들어져서 '여산모驪山姆' 또는 '여산노모'라고 불렸다. 『집선전集仙傳』에 따르면, 당나라 때의 이전李筌이 신선의 도를 좋아했는데, 숭산嵩山 호구암虎口岩의 석벽에서 『황제음부경黃帝陰符經』을 얻고, 그것을 베껴 수천 번을 읽었으나 그 뜻을 이해할 수 없었다. 그러다가 여산에서 한 노파를 만났는데, 신령한 생김새가 예사롭지 않았다. 마침 길가에 불에 탄 나무가 있었는데, 노파가 "불은 나무에서 일어나지만 재앙은 반드시 극복된다(火生於木 禍發必剋)"고 중얼거렸다. 이전이 깜짝 놀라서 "그건 『황제음부경』의 비밀스러운 문장인데, 노파께서 어찌 알고 언급하시는 겁니까?" 하고 물었더니, 노파는 이전에게 그 경전의 오묘한 뜻을 풀어 설명해주고 보리밥을 대접해주고는 바람을 타고 사라져버렸다. 이전은 이때부터 밥을 먹지 않아도 배가 고프지 않아서, 그 참에 곡식을 끊고 도를 추구했다고 한다. 여산은 당나라 때 장안 부근(지금의 산시성陝西省 린동시앤臨潼縣 동남쪽)에 있는 산이다. 당나라 현종玄宗은 이곳의 온천에 화청궁華淸宮을 지어 양귀비楊貴妃와 함께 놀았으며, 근처에는 진秦 시황제始皇帝의 무덤이 있다.

연등고불燃燈古佛

정광불錠光佛이라고도 한다. 『지도론智度論』의 기록에 따르면,

그가 태어났을 때 몸 주변의 빛이 등과 같아서 그런 이름이 붙여졌다고 한다. 석가모니가 부처가 되기 전에, 연등불燃燈佛은 그가 장래에 부처가 될 거라고 예언했다고 한다.

영대방촌산靈臺方寸山

'영대'는 도가에서 사람의 마음을 비유하는 표현이며 '영부靈府'라고도 한다. '방촌' 역시 사람의 마음을 나타내는 표현이다. 이런 표현 때문에 일반적으로 『서유기』는 사람이 마음을 수양하는 과정을 비유와 상징으로 묘사한 작품이라고 여겨지곤 한다.

"예로부터 연단술과 『역경易經』, 황로黃老 사상의 뜻을 하나로 합쳤으니……."(제10권 99회 258쪽)

동한의 방사方士 위백양魏伯陽은 『주역참동계周易參同契』를 지어 『주역』의 효상론爻象論을 통해 연단하여 신선을 이루는 법을 설명하면서, 연단술과 『주역』, 황로 사상을 합쳐 하나로 만들었다.

예수기고재預修寄庫齋

기고寄庫란 요나라에서 제사 의식을 이르던 말이다. 또 한편으로는 민간신앙의 하나로 생전에 지전을 사르며 불사를 행하여 저승 관리에게 미리 돈을 주어 사후에 쓸 수 있도록 준비하는 의식을 가리키기도 한다.

오방오로五方五老

도교에서는 동왕공東王公(동화제군東華帝君), 단령丹靈, 황노黃老, 호령晧靈, 현로玄老를 오방오로라고 한다.

오온五蘊

'오음五陰'이라고도 하며 색色, 수受, 상想, 행行, 식識의 다섯 가지를 가리킨다. 이것은 순서대로 형상形相, 기욕嗜慾, 의념意念, 업연業緣, 심령心靈을 의미한다. 불교에서는 일체의 중생이 다섯 가지에 의해 이루어진다고 여긴다.

옥국보좌玉局寶座

태상노군의 보좌를 가리킨다. 옥국玉局은 지명으로 현재 청뚜시成都市에 있다. 도교의 전적에 따르면, 동한東漢 환제桓帝 영수永壽 원년(155)에 태상노군이 장도릉張道陵과 함께 이곳에 도착했는데, 다리가 달린 옥 침상이 땅에서 솟아올라 태상노군이 보좌에 앉아 공중으로 올라가 장도릉에게 경전을 강설하였다고 한다. 그리고 그가 떠나자 침상은 사라지고 땅에는 구멍이 생겼는데, 후에 그것을 옥국화玉局化라고 불렀다 한다. 송나라 때는 이곳에 옥국관玉局觀이 설립되었다.

"우리는 정精을 기르고, 기氣를 단련하고, 신神을 보존해서 용과 호랑이를 조화롭게 만들고, 감坎으로부터 이離를 채워야 하니……."(제3권 26회 151쪽)

도교의 연단煉丹에 대한 설명이다. 용과 호랑이는 음양오행의 원리에 따라 내단內丹을 설명하는 말이다. 용은 양陽에 속해서 이離에서 생기는데, 이는 불에 속하기 때문에 "용은 불 속에서 나온다(龍從火裏出)"고 한다. 이에 비해 호랑이는 음陰에 속해서 감坎에서 생기는데, 감은 물에 속하기 때문에 "호랑이는 물가에서 태어난다(虎向水邊生)"고 한다. 이 두 가지를 합쳐서 '도의 근본[道本]'이라 하는 것이다. 인체의 경우 간肝은 용에 해당되고 신장腎臟은 호랑이에 해당한다. 용과 호랑이의 근본은 원래 '참된 하나[眞一]'에 있으니, 음양의 융합이란 곧 그 근본을 합쳐 하나가 되는 것을 가리킨다. 한편, 외단外丹에서도 용과 호랑이로 음양을 비유하며, 수은[汞]을 구워 약을 제련하는 것을 일컬어 "용과 호랑이를 만든다(爲龍虎)"라고 하는데, 이 또한 음양의 융합을 가리키는 말이다.

원신元神

도교에서는 인간의 영혼이 수련을 거친 경우에 그것을 '원신'이라고 부른다. 신선의 도를 터득한 사람은 원신이 육체를 떠나 자유자재로 다닐 수 있다.

원양元陽

원양지기元陽之氣를 가리킨다. 도교에서는 이것을 선천적으로 타고나는 것이자 후천적인 양생의 노력으로 키울 수 있다고 본다. 이 기운은 타고난 정기精氣가 변화된 것으로, 오장육부 등의 모든 기관과 조직의 활동을 추동하고, 생명 변화의 원천이 된다.

육도六道

불교 용어로 '육취六趣'라고도 한다. 불교에서는 중생의 세계를 여섯 가지, 즉 하늘, 사람, 아수라阿修羅, 아귀餓鬼, 축생畜生, 지옥地獄으로 나눈다. 『엄경楞嚴經』에 따르면, 불문에 귀의하지 않으면 영원히 이 여섯 세계 안에서 윤회를 거듭하고 해탈할 수 없다고 말한다.

육도윤회六道輪廻

불교에서는 중생이 선악의 업인業因에 따라 지옥과 아귀餓鬼, 축생, 수라修羅, 인간, 천상의 여섯 세계를 윤회한다고 여겼다.

육욕

여섯 가지 탐욕. 첫째는 색욕色慾으로 빛깔에 대한 탐욕이고, 둘째는 형모욕形貌慾으로 미모에 대한 탐욕, 셋째는 위의자태욕威儀姿態慾으로 걷고 앉고 웃고 하는 애교에 대한 탐욕, 넷째는 언어음성욕言語音聲慾으로 말소리, 음성, 노래에 대한 탐욕, 다섯째는 세활욕細滑慾으로 이성의 부드러운 살결에 대한 탐욕, 여섯째는 인상욕人相慾으로 남녀의 사랑스런 인상에 대한 탐욕을 가리킨다.

육정六丁과 육갑六甲

도교에서 받들고 있는 천제天帝가 부리는 신으로 바람과 우레를 일으킬 수 있고 귀신을 제압할 수 있다. 육정은 정묘丁卯, 정사丁巳, 정미丁未, 정유丁酉, 정해丁亥, 정축丁丑으로 음신陰神, 즉 여신이고, 육갑은 갑자甲子, 갑술甲戌, 갑신甲申, 갑오甲午, 갑신甲辰, 갑인甲寅으로 양신陽神, 즉 남신이다.

은혜

불교에서 말하는 "네 가지 크나큰 은혜[四重恩]"란 세상 사람들이 마땅히 갚아야 될 네 가지 은덕을 가리킨다. 『석씨요람釋氏要覽』「권중卷中」에 따르면 두 가지 설이 있다. 하나는 부모의 은혜, 중생의 은혜, 임금의 은혜, 삼보三寶의 은혜를 말한다. 다른 하나는 부모의 은혜, 스승과 나이 많은 어른의 은혜, 임금의 은혜, 시주施主의 은혜를 말한다.

일곱 부처

불가에서는 비파시불毗婆尸佛, 시기불尸棄佛, 비사부불毗舍浮佛, 구류손불拘留孫佛, 구나함모니불拘那含牟尼佛, 가섭불迦葉佛, 석가모니불釋迦牟尼佛을 '과거의 칠불' 혹은 약칭으로 '칠불'이라 부른다.

입정入靜

불교에서 좌선을 하고 모든 잡념이 끊어진 고요한 상태에 들어가는 것을 일컫는 말이다.

【ㅈ】

작소관정鵲巢貫頂

석가여래가 참선을 하느라 나무 아래 앉아 있는데, 새 한 마리가 그런 석가여래를 나무인 줄 알고 머리에다 집을 짓고 알을 낳았다. 참선을 끝낸 석가여래는 머리 속에 알이 있는 줄 알고는 참선을 계속하여 그 알이 부화하여 새가 되어 날아간 다음에야 일어섰다는 이야기에서 유래한 표현이다.

장생제長生帝

도교에서 숭상하는 태산신泰山神을 가리킨다. 이 신이 인간의 생사를 주관한다는 전설이 있다. 그래서 '장생제'라고 부른다.

재동제군梓潼帝君

도교에서 공명功名과 녹위祿位를 주재한다고 여겨 모시는 신이다. 『명사明史』「예지禮志」와 『삼교원류수신대전三教源流搜神大全』에 따르면, 그의 이름은 장아자張亞子이고 촉蜀 땅의 칠곡산七曲山(지금의 쓰촨성四川省 쯔통시앤梓潼縣 북쪽)에 살았다고 한다. 그는 진晉나라에서 벼슬살이를 하다가 전사했는데, 후세 사람들이 그를 위해 사당을 세워주었다. 당나라와 송나라 때 여러 차례 벼슬이 더해져서 '영현왕英顯王'에까지 봉해졌다. 도교에서는 그가 문창부文昌府의 일과 인간 세상의 벼슬살이를 관장한다고 여겼기 때문에, 원나라 인종仁宗 연우延佑 3년(1316)에는 '보원개화문창사록굉인제군輔元開化文昌司祿宏仁帝君'에 봉해져서 흔히 '문창제군文昌帝君'으로 불렸다.

"절로 거북과 뱀이 얽히게 되리라."(제1권 2회 73쪽)

모두 도교에서 내단內丹을 수련함을 의미하는 용어이다. 옥토끼는 달에서 약을 찧고 있다는 신화 속의 동물이고, 까마귀는 해에 산다는 다리 셋 달린 새로서 보통 금조金鳥라고 부른다. 여기에선 이것들로 인체 내의 정, 기, 신, 음양이 서로 어울려 조화되는 이치를 비유하고 있다. 거북과 뱀이 뒤얽혀 있다는 것은, 도교에서 떠받드는 북방의 신 현무玄武로서 거북과 뱀이 합체된 모습을 하고 있다. 북방 현무가 수水에 속한 것을 가지고 중의中醫에서는 오행 가운데 수에 속하는 콩팥[腎臟]을 비유하고 있는데, 콩팥은 타고난 원양 진기眞氣를 보존하는 곳이다.

"제호醍醐를 정수리에 들이부은 듯……."(제4권 31회 16쪽)

불교 용어로 지혜를 불어 넣어 깨닫게 한다는 뜻이다. 제호醍醐란 치즈[峯酪]에서 추출한 정화로, 불가에서 최고의 불법을 비유하는 말이다.

좌관坐觀

자기 몸 하나가 들어갈 만한 작은 방에 들어가 외부와 일체의 교섭을 단절한 채 수행하는 것으로 90일이 한 단위가 된다.

지장왕보살地藏王菩薩

불교의 대승보살大乘菩薩 가운데 하나로, 범어 '걸차저얼파乞叉底蘖婆'의 의역이다. 그는 "대지처럼 편안히 참아내는 부동심을 갖고 있고, 비장의 보물처럼 고요하게 생각에 잠겨 깊고 은밀한 성품을 나타낸다(安忍不動如大地 靜慮深密如秘藏)"(『지장십륜경地藏十輪經』)는 데서 '지장'이라는 이름을 갖게 되었다. 불교에서는 그가 석가모니가 사라지고 미륵彌勒이 세상에 나타나기 전에 육도六道에 현신하여 천상에서 지옥에 이르기까지 모든 중생의 고난을 구제해주는 보살이라고 한다.

진언眞言

불교 밀종의 경전을 진언이라고 하니, 범어 '만다라mandala'의 의역으로서 망령되지 않고 진실된 말이란 의미이다. 또 승려나 도사가 귀신을 항복시키고 사악한 기운을 쫓기 위해 암송하는 구결을 진언이라고 하기도 했다. 여기서는 후자에 해당한다.

진여

'진眞'은 허망하지 않고 진실한 것을 가리키며, '여如'는 '여상如常', 즉 항상 변하지 않는 것을 가리킨다. 이런 경지는 투철한 깨달음을 통해서 도달할 수 있는 것이라고 한다.

【ㅊ】

천강성天勍星

도교에서는 북두성 주변에 있는 36개의 별을 지칭하여 천강성天勍星이라 한다.

천화天花

양나라 무제 때 운광雲光법사가 경전을 강의하자 하늘이 감동하여 천화가 떨어져 내렸다는 말이 양나라 혜교慧皎의 『고승전高僧傳』에 실려 있다. 또 『법화경』「서품序品」에 의하면, 부처가 『법화경』 강론을 끝내자 하늘에서 만다라화, 마하만다라화, 만수사화와 마하만수사화가 부처와 청중들 몸으로 어지러이 떨어져 내렸다고 한다. 여기서는 이 두 가지 의미를 함께 가지고 있다.

칠보七寶

불교 용어로 『법화경法華經』에 따르면 금, 은, 유리, 거거硨磲(인도에서 나는 보석), 마노瑪瑙, 진주, 매괴玫瑰(붉은빛의 옥)를 칠보라 한다.

【ㅌ】

탈태환골

도교의 연단煉丹에서는 어미의 몸에 태胎가 생기는 것으로 정精, 기氣, 신神이 뭉쳐 내단內丹을 이루는 것을 비유한다. 이런 경지에 이르면 보통 인간의 육신을 벗어던지고 신선의 몸으로 탈바꿈한다는 것인데, 이것을 일컬어 '탈태환골'이라 한다. 오대五代 무렵의 진박陳樸이 편찬한 『내단담內丹談』에 따르면, 도가의 수련은 아홉 단계를 거쳐 연단하게 되는데, 그 과정은 다음과 같다. 첫 번째 단계를 지나면 생기가 유통하고 음양이 화합하면서 내단이 단전丹田을 향해 내려오기 시작하고, 두 번째 단계를 지나면 참된 정기가 단약처럼 둥글게 뭉쳐 단전으로 갈무리되고, 세 번째 단계를 거치면 신선의 태가 어린애 같은 모양을 갖추고, 네 번째 단계를 거치면 신선의 태와 정신이 넉넉해져서 혼백이 모두 갖춰지고, 다섯 번째 단계를 거치면 신선의 태가 자라면서 마음대로 신통력을 부릴 수 있게 되고, 여섯 번째 단계가 지나면 신체 안팎의 음양이 모두 넉넉해져서 신선의 태와 정신이 인간의 육체와 하나로 합쳐지고, 일곱 번째 단계가 지나면 오장五臟의 타고난 기운이 모두 신선의 그것으로 바뀌고, 여덟 번째 단계가 지나면 어린애에게 탯줄[臍帶]이 있는 것처럼 배꼽 가운데 '지대地帶'가 생겨서 태식胎息, 즉 코와 입을 쓰지 않는 호흡을 통해 기운을 온몸에 두루 흐르게 할 수 있으며, 최후의 아홉 번째 단계에 이르면 육신이 도와 하나가 되어 지대가 저절로 떨어지고 발아래 구름이 생겨 하늘로 날아오를 수 있다고 한다.

태상노군급급여율령봉칙太上老君急急如律令奉廠

'급급여율령急急如律令'이란 도교에서 사용하는 일상적 주문이다. 원래 한나라 때의 공문서에 '여율령'이라는 표현이 자주 쓰였는데, 나중에 도교에서 '신을 부르고 귀신을 잡는[召神拘鬼]' 주문의 말미에 종종 이 표현을 모방해서 썼다. 이것은 율법의 명령과 같이 반드시 긴급하게 집행해야 한다는 뜻을 나타낸 것이다.

태을太乙

태일太一이라고도 한다. 여기서는 하늘과 땅이 나뉘지 않고 혼돈된 상태로 있을 때의 원기元氣를 의미한다. 도가에서도 텅 비어 있는 '도道'의 별칭으로 쓴다.

태을천선太乙天仙

천선이란 도교에서 승천升天한 신선을 가리키는 말이다. 『포박자抱朴子』「논선論仙」에 따르면, "『선경仙經』에 이르기를, '상사上士'는 육신을 이끌고 허공으로 올라가니 천선天仙이라 하고, 중사中士는 명산에서 노니니 이를 지선地仙이라 하고, 하사下士는 죽은 후에야 육신의 허물을 벗으니, 이를 시해선尸解仙이라 한다'고 하였다"고 한다.

【ㅍ】

팔난八難

팔난이란 부처님을 만나고 불법을 구하기 어려운 여덟 가지 상황을 말하는 것이다. 즉 지옥, 축생, 아귀, 장수천長壽天, 북울단월北鬱單越, 맹롱음아盲聾瘖啞, 세지변총世智辯聰, 불전불후佛前佛後이다.

팔대금강八大金剛

팔대금강명왕八大金剛明王의 약칭으로 금강수보살金剛手菩薩, 묘길상보살妙吉祥菩薩, 허공장보살虛空藏菩薩, 자씨보살慈氏菩薩, 관자재보살觀自在菩薩, 지장보살地藏菩薩, 제개장보살除蓋障菩薩, 보현보살普賢菩薩을 가리킨다.

【ㅎ】

현무玄武

도교의 사방신四方神 가운데 북방의 신을 가리킨다. 그 모습은 대체로 거북과 뱀이 합쳐진 모양으로 묘사된다. 송나라 대중상부(大中祥符, 1008~1016) 연간에는 휘諱를 피하기 위해 '진무眞武'라고 칭했다. 송나라 진종眞宗 때는 '진천진무령응우성제군鎭天眞武靈應祐聖帝君'으로 추존되어 '진무제군'으로 불리기 시작했다. 도교 사당에 조각상이 모셔진 경우가 많은데, 그 모습은 검은 옷을 입고 머리를 풀어헤친 채, 손에 칼을 짚고 발로 거북과 뱀이 합쳐진 괴물을 밟고 있으며, 그 하인은 검은 깃발을 들고 있는 것으로 묘사된다.

현장玄奘

당나라의 실존했던 고승으로, 속세의 성명은 진위(陳褘, 602~664)이며, 낙천洛川 구씨柳氏(지금의 허난성河南省 이앤스시앤偃師縣 꺼우스쩐柳氏鎭) 사람이다. 어려서 출가하여 불교 경전을 연구했고, 천축天竺, 즉 인도에 유학하여 17년 동안 공부하고 장안으로 돌아와 불경의 번역에 힘써서, 중국 불교 법상종法相宗의 창시자 가운데 하나가 되었다. 『서유기』에서는 비록 이 인물을 모델로 삼았지만, 오랫동안 민간에서 전설로 전해지면서 실제 역사에 나타난 것과는 많은 차이가 생기게 되었다.

현제玄帝

노자老子를 가리킨다. 당나라 고종高宗 건봉乾封 원년(666)에 노자를 태상현원황제太上玄元皇帝로 추존하였는데, 간략히 현제라고도 불린다.

화생化生

『유가론瑜迦論』에 따르면, 껍질에 의지해서 나는 것을 난생卵生, 암수 교합을 통해 몸에 담고 있다가 낳은 것을 태생胎生, 습기를 빌려 나는 것을 습생傀生, 아무것도 없는 상태에서 변화하여 생겨난 것을 화생化生이라 한다고 했다.

『황정경黃庭經』

도가의 경전 가운데 하나로, 원래는 『태상황정내경경太上黃庭內景經』과 『태상황정외경경太上黃庭外景經』이라는 두 권의 책으로 되어 있다. 이 책에 담긴 내용은 주로 양생수련養生修練의 방법들이라고 한다.

"할멈과 어린아이는 본래 다름이 없다네."(제3권 23회 63쪽)

시에서 '할멈'은 도교에서 신봉하는 비장脾臟의 신이다. 비장은 오행 가운데 토土에 속하고, 그 색은 황색이기 때문에 이런 명칭이 붙었다. 『서유기』에서 황파는 종종 사오정의 별칭으로 쓰인다. '어린아이'는 심장의 신으로, '적성동자赤城童子'라고도 한다. 심장을 상징하는 색은 적색이기 때문에 이런 명칭이 붙었다.

서유기 6

1판 1쇄 인쇄 2019년 10월 30일
1판 3쇄 발행 2024년 9월 26일

지은이 오승은
옮긴이 홍상훈 외
펴낸이 임양묵
펴낸곳 솔출판사

편집 윤정빈 임윤영
경영관리 박현주

주소 서울시 마포구 와우산로29가길 80(서교동)
전화 02-332-1526
팩스 02-332-1529
블로그 blog.naver.com/sol_book
이메일 solbook@solbook.co.kr
출판등록 1990년 9월 15일 제10-420호

ISBN 979-11-6020-110-9 (04820)
979-11-6020-104-8 (세트)

• 잘못된 책은 구입한 곳에서 바꿔드립니다.
• 책값은 뒤표지에 표시되어 있습니다.